猫武士

① 学徒探索
The Apprentice's Quest

[英] 艾琳·亨特 ◎ 著
周鹰 马智良 ◎ 译

中国少年儿童新闻出版总社
中国少年儿童出版社
北京

特别感谢基立·鲍德卓

著作权合同登记：图字 01-2018-0992

The Apprentice's Quest
Copyright © 2015 by Working Partners Limited
Series created by Working Partners Limited
Simplified Chinese edition Copyright © 2018 by
China Children's Press & Publication Group
All rights reserved.

图书在版编目（CIP）数据

猫武士六部曲. 1, 学徒探索 /（英）艾琳·亨特著；周鹰，马智良译. -- 北京：中国少年儿童出版社，2018.4（2024.7重印）

ISBN 978-7-5148-4451-1

Ⅰ.①猫… Ⅱ.①艾… ②周… ③马… Ⅲ.①儿童小说-长篇小说-英国-现代 Ⅳ.①I561.84

中国版本图书馆 CIP 数据核字（2018）第 012414 号

XUETU TANSUO
（猫武士六部曲）

出版发行：中国少年儿童新闻出版总社
　　　　　中国少年儿童出版社

执行出版人：马兴民

主持编辑：何强伟	责任校对：刘文芳
责任编辑：何强伟　徐　伟	美术编辑：缪　惟
执行编辑：赵　勇	责任印务：厉　静
社　　址：北京市朝阳区建国门外大街丙12号	邮政编码：100022
总 编 室：010-57526070	发 行 部：010-57526568
官方网址：www.ccppg.cn	编 辑 部：010-57526271

印　　刷：北京华宇信诺印刷有限公司

开　本：880mm×1230mm　1/32	印　张：9.25
版　次：2018年4月第1版	印　次：2024年7月第22次印刷
字　数：200千字	
ISBN 978-7-5148-4451-1	定　价：32.00元

图书出版质量投诉电话：010-57526069　电子邮箱：cbzlts@ccppg.com.cn

目　录

猫族成员 …………………………………… 8
引子 ………………………………………… 1
第一章 ……………………………………… 7
第二章 ……………………………………… 18
第三章 ……………………………………… 35
第四章 ……………………………………… 52
第五章 ……………………………………… 65
第六章 ……………………………………… 73
第七章 ……………………………………… 85
第八章 ……………………………………… 95
第九章 ……………………………………… 103
第十章 ……………………………………… 125
第十一章 …………………………………… 136
第十二章 …………………………………… 144
第十三章 …………………………………… 154
第十四章 …………………………………… 170
第十五章 …………………………………… 182
第十六章 …………………………………… 197
第十七章 …………………………………… 205
第十八章 …………………………………… 213
第十九章 …………………………………… 218
第二十章 …………………………………… 228
第二十一章 ………………………………… 241
第二十二章 ………………………………… 249
第二十三章 ………………………………… 256
第二十四章 ………………………………… 264

猫视界

- 两脚兽巢穴
- 绿叶季两脚兽地
- 两脚兽小道
- 两脚兽小道
- 空地
- 影族营地
- 小雷鬼路
- 绿叶季两脚兽地盘
- 半桥
- 半桥
- 湖岛
- 河族营地
- 小溪
- 马场

月亮池

废弃的两脚兽巢穴

旧雷鬼路

雷族营地

老橡树

小溪

风族营地

坏掉的半桥

两脚兽地盘

雷鬼路

族群标志

雷族

河族

影族

风族

星族

北

观兔露营地

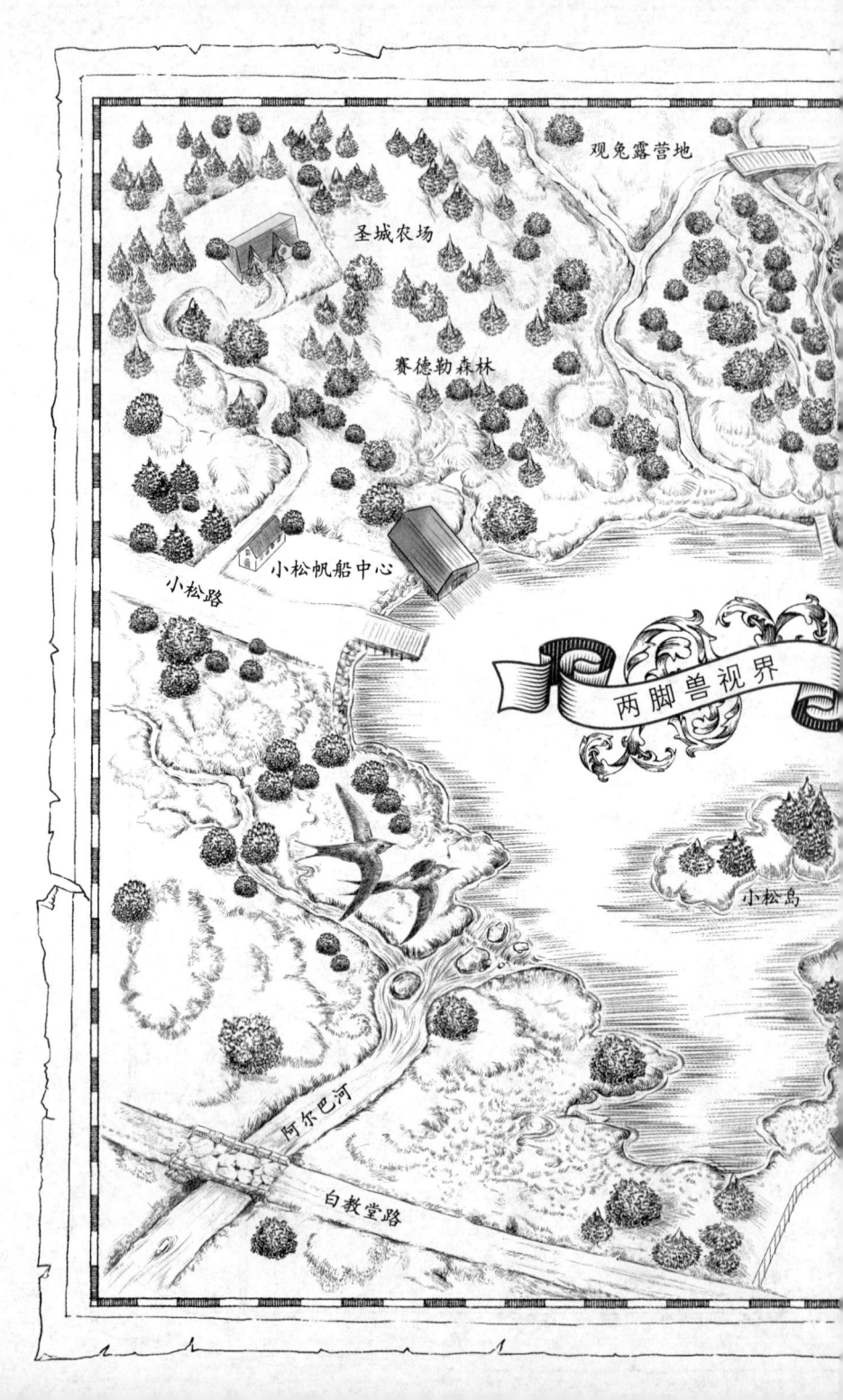

圣城农场

赛德勒森林

小松帆船中心

小松路

两脚兽视界

小松岛

阿尔巴河

白教堂路

废弃的工人房
采石路
水晶池
矿场
兔山林
图例
落叶林
松树林
沼泽
湖
小路
圣城湖
兔山
兔山驯马场
兔山路
北

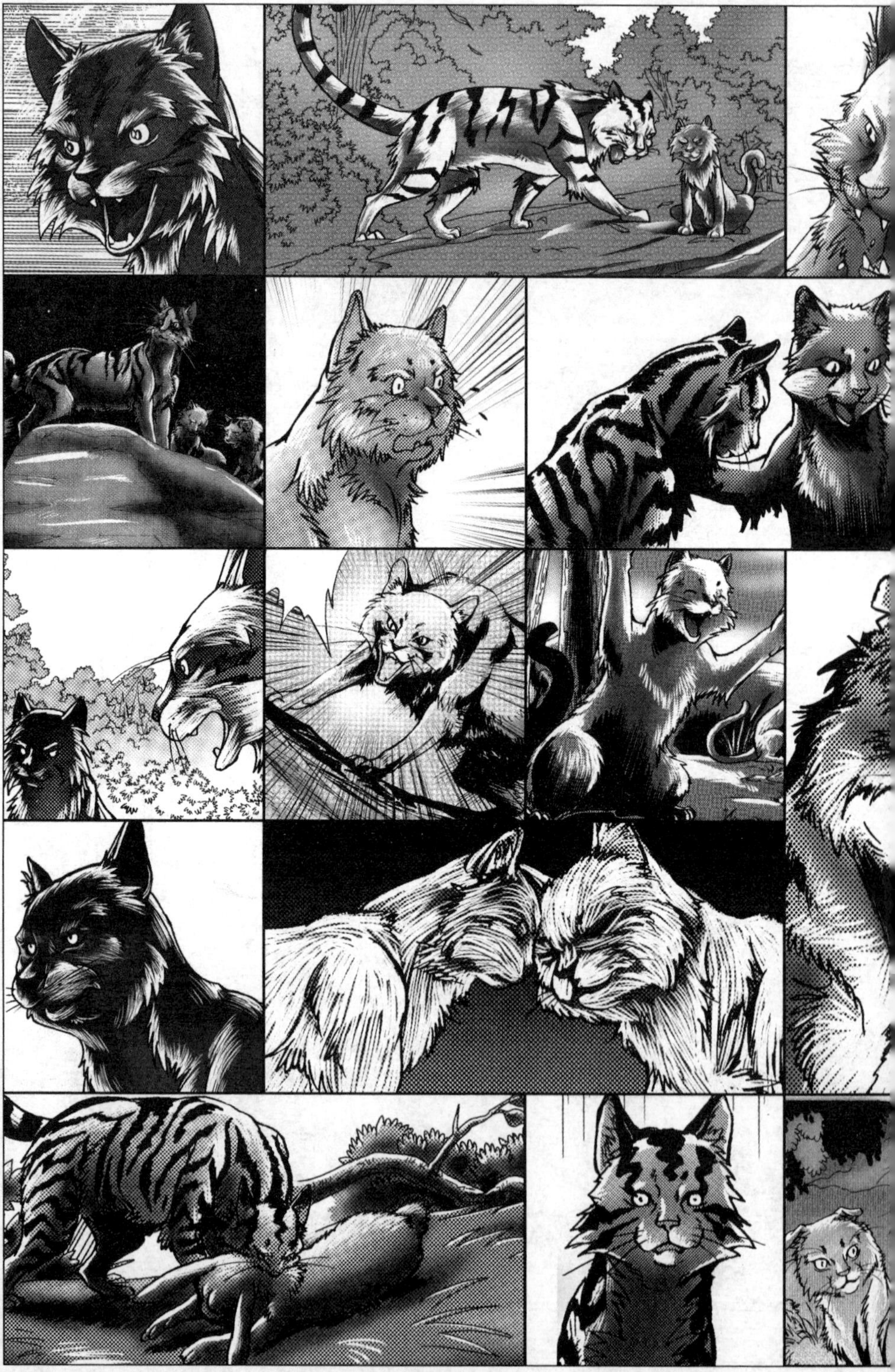

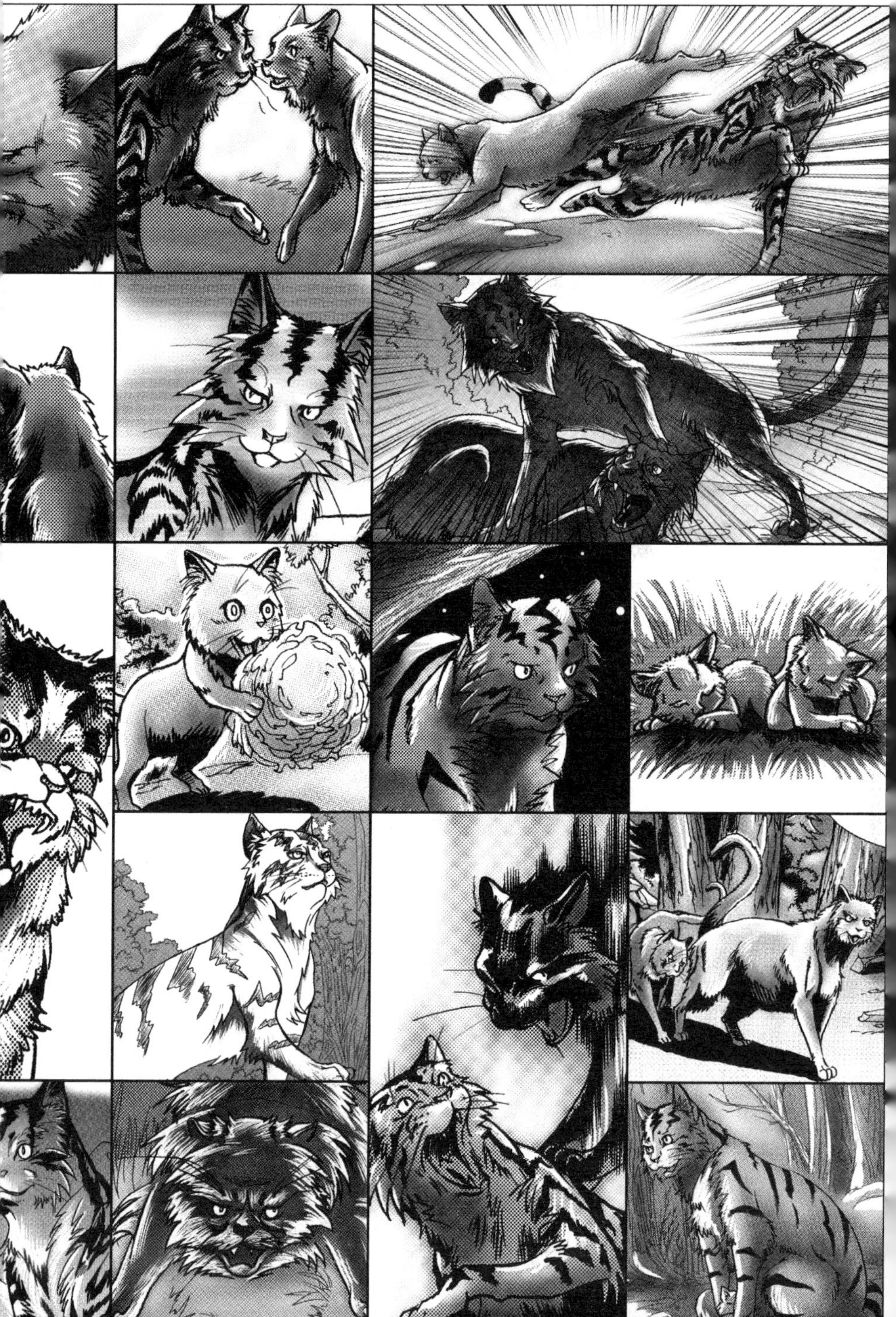

猫族成员

雷 族

族长
黑莓星——暗棕色虎斑公猫,琥珀色眼睛

副族长
松鼠飞——暗姜黄色母猫,绿眼睛,一只脚掌为白色

巫医
叶池——浅棕色虎斑母猫,琥珀色眼睛,脚掌和胸脯为白色
松鸦羽——浅灰色虎斑公猫,蓝眼睛,眼睛是瞎的
　　(所指导的学徒是赤杨爪。赤杨爪是一只短毛暗姜色公猫,琥珀色眼睛,尾尖为白色)

武士(公猫和不在育婴期的母猫)
蕨毛——金棕色虎斑公猫
云尾——白色长毛公猫,蓝色眼睛
亮心——带姜黄色斑点的白色母猫
刺掌——金棕色虎斑公猫
白翅——白色母猫,绿色眼睛
桦落——浅棕色虎斑公猫
莓鼻——奶油色公猫,尾巴只剩一截
鼠须——灰白相间的公猫
罂粟霜——浅玳瑁色和白色相间的母猫
炭心——灰色虎斑母猫
狮焰——金色虎斑公猫,琥珀色眼睛
玫瑰瓣——深奶油色母猫
荆棘光——深棕色母猫,后腿瘫痪
梅花落——玳瑁色和白色相间的母猫,皮毛上有白色花瓣形斑点
黄蜂条——带黑色条纹的浅灰色公猫

藤池——银白相间的虎斑母猫，深蓝色眼睛
鸽翅——浅烟灰色母猫，蓝色眼睛
樱桃落——姜黄色母猫
　　（所指导的学徒是烁爪。烁爪是一只橙色虎斑母猫）
鼹鼠须——棕色和奶油色相间的公猫
　　（所指导的学徒是赤杨爪）
雪丛——皮毛蓬松的白色公猫
琥珀月——浅姜黄色母猫
露珠鼻——灰白相间的公猫
暴云——灰色虎斑公猫（曾用名弗兰基）
冬青簇——黑色母猫
香薇歌——黄色虎斑公猫
栗条——深棕色母猫

猫后（怀孕或正在哺乳的母猫）
黛西——奶油色长毛母猫，浅冰蓝色眼睛，来自马场
百合心——小个头深灰色虎斑母猫，皮毛上有白色斑块，蓝色眼睛
　　（玳瑁色母猫小叶、黑色公猫小云雀、白毛带黄色斑纹的母猫小蜜的母亲）

长老（从武士岗位上退休的老年猫）
波弟——胖胖的暗棕色虎斑猫，口鼻呈灰色（曾为独行者）
灰条——长毛灰色公猫
沙风——浅姜黄色母猫，绿色眼睛
米莉——带有条纹的灰色虎斑母猫，蓝色眼睛

影 族

族长

花楸星——暗姜黄色公猫

副族长

乌霜——黑白相间的公猫

巫医

小云——个头非常小的棕色虎斑公猫

武士

褐皮——浅玳瑁色母猫,绿色眼睛
　　（所指导的学徒是松针爪）
虎心——深棕色虎斑公猫
　　（所指导的学徒是滑爪）
石翅——白色公猫
　　（所指导的学徒是杜松爪）
尖毛——深棕色公猫,头顶毛发簇生
　　（所指导的学徒是蓍爪）
黄蜂尾——黄色虎斑母猫,绿色眼睛
　　（所指导的学徒是去爪）
曙皮——奶油色母猫
　　（所指导的学徒是蜂爪）
雪鸟——纯白色母猫,绿色眼睛,皮毛光滑,动作轻盈,肌肉发达
焦毛——深灰色公猫,耳朵上有划痕,一只耳朵已破裂
莓心——黑白相间的母猫
苜蓿足——灰色虎斑母猫
涟尾——白色公猫
雀尾——大个头棕色虎斑公猫
雾云——浅灰色母猫

猫后

草心——浅棕色虎斑母猫

松树鼻——黑色母猫

（米色公猫小桦、黄色皮毛琥珀色眼睛的母猫小狮、棕色带白斑的公猫小洼、皮毛光滑的灰色公猫小石板的母亲）

长老

橡毛——小个头浅棕色公猫

杂毛——深灰色虎斑母猫，长长的毛发向各个方向奓开

鼠痕——深棕色公猫，背上有一道很长的疤痕

风　族

族长

一星——浅棕色虎斑公猫

副族长

兔泉——棕白相间的公猫

巫医

隼飞——棕灰色公猫，毛色斑驳，有像隼的羽毛一样的白色斑点

武士

夜云——黑色母猫

金雀花尾——灰白相间的母猫，毛色很浅，蓝色眼睛

鸦羽——烟灰色公猫

（所指导的学徒是香薇爪。香薇爪是一只深棕色母猫）

叶尾——暗姜黄色虎斑公猫,琥珀色眼睛
烬足——灰色公猫,有两只脚掌是深灰色的
风皮——黑色公猫,琥珀色眼睛
荆豆皮——灰白相间的母猫
云雀翅——浅棕色虎斑母猫
莎草须——亮棕色虎斑母猫
轻足——黑色公猫,胸口有一抹白毛
燕麦掌——淡棕色虎斑公猫
羽皮——灰色虎斑母猫
鸣须——深灰色公猫

猫后

石楠尾——浅棕色虎斑母猫,蓝色眼睛
  (灰色母猫小烟和棕色母猫小纹的母亲)

长老

白尾——小个头白色母猫

河 族

族长

雾星——蓝灰色母猫,蓝色眼睛

副族长

芦苇须——黑色公猫

巫医

蛾翅——皮毛上有斑纹的金色虎斑母猫

柳光——灰色虎斑母猫

武士

薄荷毛——浅灰色虎斑公猫

暮毛——棕色虎斑母猫

　　（所指导的学徒是荫爪。荫爪是一只深棕色母猫）

鱼尾——深灰与白色相间的母猫

锦葵鼻——浅棕色虎斑公猫

花瓣毛——灰白相间的母猫

甲虫须——棕白相间的虎斑公猫

卷羽——淡棕色母猫

豆荚光——灰白相间的公猫

鹭翅——深灰色与黑色相间的公猫

微光皮——银色母猫

蜥尾——浅棕色公猫

　　（所指导的学徒是狐爪。狐爪是一只红褐色虎斑公猫）

湾皮——黑白相间的母猫

鲈翅——灰白相间的母猫

喷嚏云——灰白相间的公猫

蕨皮——玳瑁色母猫

松鸦掌——灰色公猫

枭鼻——棕色虎斑公猫

猫后

湖心——灰色虎斑母猫

冰翅——白色母猫，蓝色眼睛

　　（小夜和小微风的母亲）

猫武士

长老

薛毛——玳瑁色和白色相间的母猫

族群之外的猫

雨——灰色公猫，绿色眼睛

暗尾——白色公猫，蓝色眼睛

火焰——橙色母猫，绿色眼睛

渡鸦——黑色母猫

雾羽——灰色公猫，琥珀色眼睛

小紫罗兰——黑白相间的母猫

小枝——灰色母猫

学徒探索

引 子

　　松鸦羽吃力地攀爬着通往月亮池的斜坡，他的脚掌在潮湿的石头上直打滑。冷风吹乱他的毛，他冷得直打战。他的母亲叶池费力地爬上岩石站在他的身边。

　　"绿叶季差不多就要过去了，"她说，"我们需要抓紧时间储存草药，尤其是猫薄荷。"

　　"猫薄荷！"松鸦羽不耐烦地抽抽尾巴尖，"你总是在唠叨猫薄荷。如果照你说的做，我们巢穴里会装满猫薄荷，没有空间装其他任何东西。"

　　叶池轻轻推推他说："我们不能大意。你知道的，如果得不到恰当的治疗，白咳症很快就会恶化，成为绿咳症。长老——"

　　"沙风、灰条、米莉和波弟都非常健康。"松鸦羽打断她，"说实话，叶池，你已经把他们照顾得够好了。再说了，那座旧的两脚兽巢穴旁边长着很多猫薄荷，足够你用了！因此，别再指望我出去采更多猫薄荷回来。"

　　他刚说完，就听到斜坡下方不远处，有拖着脚走路的脚步声。河族猫身上浓烈的水味扑鼻而来。河族巫医蛾翅和柳光爬上斜坡，

走到他们身边。

"我们有许多猫薄荷,"蛾翅语气温和地说,"如果雷族遇到困难,一定要告诉我们。"

"谢谢你,蛾翅。"叶池说。

好像雷族需要依赖河族提供草药似的!松鸦羽本想顶嘴,但忍住了。

"我们走吧。"松鸦羽催促其他巫医,"小云和隼飞在我们前头,我能闻出他们的踪迹。"

松鸦羽率先爬上剩下的斜坡。尽管他的眼睛看不见,但他步伐稳健,在环绕月亮池山谷的浓密灌木中穿行。从灌木中钻出之后,他抖抖皮毛,听着溪水从岩石上流淌下去的哗啦声,想象着水面上闪烁的星光。

"欢迎你们!"从下面的水边传来影族巫医小云的喊声,"隼飞和我还以为你们永远不来了呢。"

"我们马上就下去。"松鸦羽回应道。

通往池边的是一条弯弯曲曲的小路,那是无数个季节之前生活在湖边的猫踩出来的。松鸦羽开始踩着这些脚印往下走。

很久以前……他在心里嘀咕着,回忆起与远古猫一起走过这条路时的酸甜苦辣,他曾和他们一起踏上迁徙到山地的旅程。还有我和半月互相梳理皮毛的时光……

他迫使自己回到现实中,走到早已在池边的小云和隼飞旁边,等着叶池、蛾翅和柳光陆续走下小路。然后,他在水边蹲坐下来。

学徒探索

他听到其他巫医和他一样，在水池边依次排开。

就连蛾翅也是如此。他心里想着，再次感到好奇——蛾翅不相信星族，不知道她是怎样当巫医的。她需要一场酣畅宁静的小睡来摆脱这一切！

渐渐地，四周猫的声响消失了，只剩下那永不停息的流水声。松鸦羽听力敏锐，从激流的声音中，他听出了小云的呼吸声，有些粗重，时而不畅。一想到影族巫医已经这么老了，松鸦羽不由得有些难过。

焰尾死后，小云没再收学徒。松鸦羽皱起了眉，心想，影族有那么多年轻猫，肯定有一只适合做巫医吧？

松鸦羽毅然决然地抛开自己的担忧。无论将来可能发生什么，至少各族群现在的生活都很幸福。整个绿叶季，猎物丰沛，每只猫都身体健康。满足感像多汁猎物的美味一般沁入他的心田。他闭上眼睛，抻着脖子，用鼻子触碰了一下池水。

松鸦羽感觉到，阳光正洒落在他的皮毛上，和煦的暖风轻轻吹着。他抽抽鼻子，闻到了郁郁葱葱的绿色植物的气味。他惬意地伸了个懒腰，睁开眼睛。

看在星族的分上，这究竟……

松鸦羽一跃而起，凝神环顾四周。他正站在一片翠绿的草地中间，周围是枝叶繁茂的树木。他听到远处什么地方有潺潺的溪流声。他的巫医同行们都在他身边，疑惑不解地互相眨巴着眼睛。

肯定哪儿不对劲。松鸦羽在心里对自己说。由于紧张，他身上

猫武士

的每一根毛都竖起来了。他以前可以步入其他猫的梦境。但大约十八个月以前,在与黑森林的猫大决战后,他失去了那种能力。现在,我们正在彼此的梦境之中。四个族群的巫医一起站在星族狩猎场阳光灿烂的草地上。这意味着星族有重要信息要传递给我们大家吗?

"这是怎么回事?"隼飞问。他的眼睛瞪得很大,满脸恐惧。

小云疑惑地摇摇头说:"好奇怪……"

叶池和柳光的头紧挨在一起,两只母猫正在焦急地说着什么,语速很快。松鸦羽正要向她们走过去,突然看到树林那边有一群猫正向他们走过来,于是停下了脚步。那些猫在星光中移动,脚掌和耳朵四周闪烁着寒霜一般的亮光。一只皮毛火红、气质高贵的公猫走在最前头。松鸦羽浑身一颤,认出那是雷族的前族长。

叶池欣喜地高喊道:"火星!"

松鸦羽看到自己的母亲从草地上冲过去,与火星碰了碰鼻子,一股强烈的感情席卷全身。

隼飞紧跟叶池冲过去,迎接他的风族老师青面,两名巫医立即热烈地交谈起来。柳光走到豹星面前,恭敬地向她点点头,迎接前河族族长。小云和焰尾在草地上坐下,欢欣地咕噜着互相梳理皮毛。影族前族长黑星在一旁赞许地看着他们。

松鸦羽缓步上前迎接星族猫们。尽管他很高兴看到他们,却仍然有些不安:这究竟是怎么回事?

他注意到,有更多的猫正站在树荫中,但他几乎看不见他们,

学徒探索

只能看到微弱的星光在闪动。他更加仔细地打量他们,却意识到他不认识其中的任何一只。他张开嘴,深深地将他们的气味吸进自己嘴里,慢慢从中嗅出了他从来不曾接触过的东西。

松鸦羽眯起眼睛,大步走到火星面前。

"这是怎么回事?"他问道,"这些陌生猫是谁?"

"你好,松鸦羽。"火星回应道。

松鸦羽焦躁地抽抽尾巴:"您好!这是怎么了?"

火星清清嗓子,看了一眼其他星族猫。大家停止交谈,聚集到他身边。

"每次你都会走到前面去,代表我们大家说话吧。"豹星语带讽刺地对火焰皮毛的公猫说,"你显然早就准备这样做了。"

其他巫医已经站到离松鸦羽更近的地方。隼飞在不安地移动着脚掌,他仿佛想说什么,但又对眼前的幻象不知所措。

松鸦羽戳隼飞一下。"有话快说。"他低吼道。

"也许每个巫医应该单独与自己的族群猫交谈。"隼飞羞怯地建议说,"也许每个族群都有些私密的事情需要讨论。"

青面用鼻子碰碰隼飞的肩膀,轻声说:"不。我们有预言需要告诉你们大家,这个预言与每个族群都有关。"

松鸦羽觉得心跳骤然加快。别再来预言了!他在心里呻吟道,这意味着我们的和平岁月就要结束了吗?

"一个预言,也是一个承诺。"火星说,他直视着松鸦羽的眼睛,仿佛知道松鸦羽没有说出来的话是什么,"所有族群的大变革

猫武士

时代就要到来。拥抱你们在暗影中的所得,只有它们能驱散天空的阴霾。"

他说完之后,星族祖先们都意味深长地凝视着巫医们。

一阵沉默之后,松鸦羽沮丧地狂甩了一下尾巴。"那究竟是什么意思?"他怒视着火星,追问道。他的声音里满是讽刺,像一只撕挠的爪子,然后他说:"如果你真的努力了,你觉得你还能说得更含糊些吗?"

火星又爱又恨地看着松鸦羽,但幻象已经开始淡去。星族猫们的身影渐渐变成一团炫目的星光,令松鸦羽和其他巫医睁不开眼。天空阴暗下来,仿佛乌云正在急速飘飞过来,准备遮蔽太阳。

但是,在幻象完全消失前,松鸦羽从眼角的余光中看到了另一只猫,他没能马上认出那只猫。其实那是一只非常年轻的公猫,正站在巫医圈外一两步远的地方。松鸦羽转身去看,那只猫立即跑开了,所以松鸦羽看清楚的只不过是从他面前一晃而过的白色尾巴尖。

松鸦羽急忙深吸一口气,捕捉他的气味。那是一只真猫!他意识到,而且他身上有很浓的雷族气味。

学徒探索
XUETUTANSUO

第一章

　　小赤杨站在育婴室前面，紧张地扭动着身子。他伸出爪子，将它们插入石洞里被踩平的土壤。然后，他又缩回爪子，抖落脚掌上的泥土。

　　现在怎么办？他在心里问自己。想到不久之后即将举行的学徒命名仪式，他心里七上八下。万一在我成为学徒之前会有某种测评怎么办？

　　小赤杨依稀记得之前听到过有关测评的事情，也许是几个月前听到的。当时冬青簇、香薇歌和栗条已经被命名为武士。但我真的记不清了……我那时太小。

　　他的心怦怦跳着，越跳越快。他竭力安慰自己，如果他需要做点什么来证明自己已经做好准备的话，应该会有谁提前告诉他的。因为我不确定自己是否已经做好成为学徒的准备，一点把握都没有。万一我无法通过测评怎么办？

　　小赤杨还在沉思之中，有谁从后面轻轻推了他一下，他惊得跳了起来，急忙转了个身，原来是妹妹小烁。她的橙色虎斑皮毛向四面八方奓开。

猫武士

"你不兴奋吗？"她激动不已，蹦跳着问，"你不想知道你的老师会是谁吗？我希望是一只有趣的猫！而不是莓鼻那种专横的猫。像白翅那样的也不行，她执行规则太严格，我猜她睡觉时肯定都在背诵武士守则！"

"住嘴。"小猫们的母亲松鼠飞从育婴室里出来，正好听到小烁说的最后一句话。"你们不是跟着老师去玩的。"她又补充说，舔了舔一只脚掌然后用它抚平小烁的皮毛，"你们要向他们学习。莓鼻和白翅都是优秀的武士。如果他们能成为你们的老师，你们就很幸运了。"

尽管松鼠飞的声音很严厉，但她那双绿眼睛里却闪烁着对孩子们的爱。小赤杨知道母亲有多爱他和妹妹。他虽然还小，但他知道松鼠飞生第一窝猫崽时年纪已经不轻，他也记得他失去同窝手足时大家有多悲痛。小杜松几乎没呼吸一口就夭折了；小蒲公英出生时就很孱弱，身体越来越差，两个月后也死了。

为了松鼠飞和黑莓星，我和小烁必须努力，成为最优秀的猫。

小烁一点都不怕被母亲责骂，她开心地扭扭尾巴，抖抖皮毛，让自己的绒毛蓬松开来。

小赤杨真希望自己能像妹妹那样自信。直到现在，他一直都没想过自己的老师可能是谁。他用新奇的目光扫过空地，环顾其他的猫。藤池应该是不错的老师。看到那只银白相间的虎斑母猫和狮焰、梅花落狩猎归来，他想，她亲切友好，狩猎本领高强。相比之下，狮焰则显得有点可怕。看到他这个金色武士皮毛下如涟漪般起伏着

学徒探索

的肌肉，小赤杨差点颤抖起来。不会是梅花落，因为她刚刚担任过冬青簇的老师。也不会是蕨毛或者玫瑰瓣，因为他们是栗条和香薇歌的老师。

小赤杨若有所思地看着刺掌。那只公猫已经停在空地中间，正惬意地抓挠着一只耳朵后面的皮毛。他也许不错，不过他的脾气有点坏……

"嘿，醒醒！"小烁用力踩了一下小赤杨的脚掌，"开始了！"

小赤杨这才意识到，黑莓星已经出现在他巢穴外面的高石台上。黑莓星的巢穴就在他们头顶上方的石谷的岩壁上。

"所有能独自狩猎的猫，都到高石台下集合，参加族会！"黑莓星高声喊道。

空地上的猫把注意力转到黑莓星身上，开始聚集到一起。小赤杨觉得，父亲好像比他们都更高大强壮——甚至超过狮焰和鸽翅这样勇敢的武士。

他多么自信和强壮呀！作为他的儿子，真是莫大的幸运。

猫儿们已经在岩石围墙底部围坐成一个不规则的圆圈。黑莓星步伐轻盈地从落石堆上跑下来，在圆圈中间就位。当孩子们从雷族前副族长灰条身旁经过时，灰条禁不住咕噜起来。

作为最年轻武士之一的栗条高昂着头，仿佛很自豪自己已经结束学徒生涯。松鼠飞轻轻把两只小猫往前推，直到他们也站到圆圈里面。

小赤杨更加热血沸腾了，他绷紧所有的肌肉，以免自己颤抖起

来。我做不到！他心里想着，竭力保持镇定，让自己别惊慌。

这时，小赤杨看到父亲正看着自己，目光是那么温暖，那么自豪。他立即感到了安慰。他做了几个深呼吸，迫使自己放松下来。

"雷族同胞们，"黑莓星开口说道，"今天是一个值得庆祝的日子，因为我们要为两名新学徒举行命名仪式。小烁，请到这里来。"

小烁立即蹦蹦跳跳地来到圆圈中间。她兴奋得连毛都立了起来，尾巴竖得高高的。她自信满满地看着族长。

"从今天起，"黑莓星说着把尾巴尖放到小烁的肩膀上，"这名学徒将被称为'烁爪'。樱桃落，你将成为她的老师。我相信，你会把你对族群的奉献精神、你的聪明才智和出色的狩猎技能传授给她。"

烁爪开心地蹦跳着从圆圈中向樱桃落冲过去。那只姜黄色母猫低下头来，用鼻子碰碰她徒弟的鼻子。

"烁爪！烁爪！"全族群的猫都欢呼起来。

听到族猫们呼喊她的新名字，烁爪高兴地来了个单脚跳。她自豪地站在老师身旁，两眼放着光。

小赤杨看到妹妹如此高兴，也跟着大家一起欢呼起来。感谢星族！她不需要通过测试来证明她已经做好了准备。

欢呼声渐渐平息下去。黑莓星用尾巴示意小赤杨。"该你了。"他用鼓励的目光示意小赤杨上前去。

小赤杨突然感觉腿发颤。他步履蹒跚地走到圆圈中间。他的胸口绷得很紧，仿佛无法正常呼吸。但是，当他在黑莓星面前停下脚

学徒探索

步时,父亲轻轻向他点点头,示意他镇定下来。小赤杨昂起头,站稳脚跟。黑莓星又把尾巴放在他肩膀上。

"从今天起,这名学徒将被称为'赤杨爪'。鼹鼠须,你将成为他的老师。你拥有忠诚、坚定、勇敢的品质。我相信,你会尽最大努力将这些优良品质传给你的学徒。"

当赤杨爪穿过空地向老师走去时,心里说不出是什么滋味。他知道鼹鼠须是樱桃落的同窝手足,但这只硕大的公猫比他妹妹沉静得多,而且从来没对小猫表现出过多的兴趣。当他低头触碰赤杨爪的鼻子时,目光非常严肃。

希望我能让你为我自豪!我会竭尽全力的!赤杨爪心里想。

"赤杨爪!赤杨爪!"

当听到族猫们欢呼自己的名字时,赤杨爪低下头,不好意思地舔了几下胸毛,其实心里早乐开了花。

最后,欢呼声逐渐消失,猫群四散开来,有的向自己的巢穴走去,有的向新鲜猎物堆走去。松鼠飞和黑莓星迈步走到孩子们身边。

"你们都表现得很好。"黑莓星说,"并不可怕,对吗?"

"太棒了!"烁爪回应道,她的尾巴在空中舞动着,"我已经等不及了,我想去狩猎。"

"我们为你们两个感到无比自豪。"松鼠飞咕噜着,依次在烁爪和赤杨爪耳朵上舔了舔,"我相信,有一天,你们两个都会成为出色的武士。"

黑莓星点头附和伴侣:"我知道,你们俩都可以为族群做出极

从今天起,这名学徒将被称为"赤杨爪"。鼹鼠须,你将成为他的老师!

鼹鼠须是一只体形硕大的公猫,他比同窝手足樱桃落要沉静、严肃得多。

当鼹鼠须低头触碰赤杨爪的鼻子时,赤杨爪感到一种不可撼动的威严。

赤杨爪!

赤杨爪!

赤杨爪!

当族猫们欢呼赤杨爪的名字时,他低下头不好意思地舔了几下胸毛。

其实心里早就乐开了花。

你们都表现得很好,并不可怕,对吗?

太棒了!我已经等不及了,我想去狩猎。

猫武士

大的贡献。"说罢,他退开一些,甩甩尾巴,招呼鼹鼠须和樱桃落。

"按照你们老师的吩咐去做吧。"他告诉两名新学徒,"我期待着听到你们进步的好消息。"

然后,他又慈爱地和两只小猫碰碰鼻子,转身向他的巢穴走去。松鼠飞也匆匆抱了抱孩子们,跟着离去。场地上只留下赤杨爪、烁爪和他们的老师鼹鼠须、樱桃落。

鼹鼠须看着赤杨爪,严肃地眨眨眼睛。"学徒的责任重大。"他说,"你必须认真学习我教你的每一件事,因为有一天,你的族群可能会需要你的战斗技能和狩猎本领。"

赤杨爪郑重地点点头。

"你要努力训练,以证明你拥有了一名真正武士所具备的品质。"鼹鼠须继续说道。

赤杨爪高高昂起头,试图让自己看上去当之无愧,但又害怕自己做得不够好。听到樱桃落与烁爪在他身后说话,也无济于事,无法让他更加自信。

"……我们还要探索领地,好玩儿极了!"姜黄色母猫兴高采烈地说,"现在,你可以参加森林大会了。"

赤杨爪不禁期望自己的老师能像妹妹的老师那样,可以更加热情一点。

"我们现在可以开始学习狩猎了吗?"烁爪急切地问。

回答她的是鼹鼠须:"现在还不行。除了接受武士训练,学徒对整个族群的幸福有着特别的职责。"

学徒探索
XUETUTANSUO

"我们必须做些什么？"赤杨爪问。他希望给老师留下已做好一切准备的印象。

樱桃落有点愧疚地说："今天，你们的任务是给长老们捉跳蚤，让他们过得更舒服。"

鼹鼠须用尾巴指指巫医巢穴的方向："去向叶池或者松鸦羽要一些老鼠胆汁。他们会告诉你们怎样使用。"

"老鼠胆汁！"烁爪厌恶地皱皱鼻子，"恶心！"

赤杨爪的心不禁一沉：如果这就是学徒要做的，我不知道自己会不会喜欢。

阳光照进榛树灌木下方长老们居住的巢穴里。赤杨爪真希望能蜷缩在温暖的阳光里睡个午觉。但是，他却不得不吃力地用爪子梳理灰条的长毛，寻找跳蚤。烁爪正在为波弟做着同样的事情。沙风和米莉在一旁看着，耐心地等着轮到她们。

"哇，这里有个巨型跳蚤！"烁爪惊呼道，"别动，波弟，我把它弄掉。"

烁爪咬紧牙，叼起松鸦羽给她的那根小树枝，树枝一头有一小团在老鼠胆汁中浸泡过的苔藓。她笨拙地移动着小树枝，直到可以用苔藓按住波弟身上的跳蚤。

跳蚤落下时，老虎斑猫欣慰地抖抖皮毛，舒了一口气。"这下舒服多了，小家伙。"他咕噜道。

"但这东西的味道难闻死了！"烁爪咬着小树枝嘟哝道，"真

猫武士

不知道你们这些长老怎么能忍受它。"她忍住了一声叹息,开始翻开波弟那身乱糟糟的毛,寻找更多的跳蚤。

"现在,你给我听着,小家伙,"波弟说,"雷族没有一只猫没有当过学徒,没捉过跳蚤。大家都和你一样。"

"黑莓星也一样?"赤杨爪问道,他暂停了一下,一只爪子深入到灰条的皮毛里去了。

"就算火星也一样。"灰条回答说,"他和我一起当学徒,我都不记得我们捉了多少跳蚤了。"他戳了赤杨爪一下,又补充道:"嘿!注意你的动作。你的爪子挖到我的肩膀里去了!"

"对不起!"赤杨爪连忙说。

尽管挨了骂,他仍然觉得很满足。清理跳蚤是件麻烦事,但相比坐在太阳下这样听从长老使唤,还有更麻烦的事情。他不经意地抬起头,看见沙风正让自己更舒服地趴在窝里的蕨叶中,那双绿眼睛慈爱地看着他和妹妹。

"我还记得你妈妈刚刚成为学徒时的样子,"她说,"尘毛是她的老师。你对尘毛没印象——他死在大风暴时期——他是最优秀的武士之一,特别不能忍受小学徒胡闹。尽管如此,松鼠飞仍喜欢挑战他的权威!"

"她做了什么?"赤杨爪问道,一想到他那一本正经的母亲也曾是难缠的小学徒,他顿时来了兴趣,"快告诉我们!"

沙风长叹口气说,"你应该问'她没做什么?'她独自偷偷溜出营地狩猎……被困在灌木中,掉进小溪里……我记得尘毛有次对

学徒探索
XUETUTANSUO

我说,'如果你的那个孩子再不放规矩点儿,我就把她的皮剥了,挂在灌木上,吓唬狐狸!'"

烁爪目瞪口呆地盯着沙风说:"他不会的!"

"当然不会。"沙风回应道,她那双绿眼睛打趣地闪动着,"但尘毛必须对她严厉。他知道她可以为族群做出巨大的贡献,但他也知道,如果她不能学会守规矩,她就无法发挥自己的潜力。"

"她当然学会了。"赤杨爪说。

"嘿!"灰条又戳了赤杨爪一下,"我的跳蚤怎么样了,嗯?"

"还有我们的,"米莉瞥了沙风一眼,插话说,"我们都等了几个月了!"

"对不起……"

赤杨爪开始快速梳理灰条的长毛,立即就发现一只肥硕的跳蚤。这家伙一定让灰条非常不舒服。

他叼起那根有浸泡过老鼠胆汁的苔藓的小树枝,用它按住跳蚤。就在这时,他不经意间抬起头来,看到叶池和松鸦羽正在巫医巢穴外面表情严肃地说着什么。

正当赤杨爪暗自猜测是什么事情如此重要时,两名巫医都向他转过头来。突然,他觉得自己被松鸦羽那双盲眼和叶池探寻的目光紧紧锁定了。

一种不安感开始啃噬赤杨爪的心:伟大的星族啊!他们是在谈论我吗?难道我把什么事情搞砸了吗?

第二章

赤杨爪搬进学徒巢穴的第一天晚上几乎没睡着。他想念育婴室里的温暖气息,想念睡在旁边的母亲和黛西。香薇下方的学徒巢穴里只有他和妹妹住,显得空荡荡的。

烁爪一钻进巢穴就立刻蜷缩起来,用尾巴包裹住鼻子,但赤杨爪却心神不宁,只断断续续地打了几个盹儿。他一会儿兴奋异常,一会儿忧心忡忡,不知道新的一天会发生什么。当第一缕乳白色的曙光从香薇墙缝中照进巢穴时,他就完全醒了。

拱形香薇墙被分开,一个脑袋伸进巢穴,赤杨爪一跃而起。但他认出是樱桃落,立刻就放松了下来。

"嗨!"姜黄色母猫说,"戳一下烁爪。我们探索领地的时间到了!"

"我也要去吗?"赤杨爪问。

"当然,鼹鼠须等着呢。快点!"

赤杨爪用一只脚掌戳戳妹妹的侧腹。烁爪惊得尖叫一声,轻柔均匀的鼾声突然停止。"狐狸来了?"她马上坐起来,抖落皮毛上的苔藓,"还是獾?"

学徒探索

"不,是我们的老师。"赤杨爪告诉她,"他们要带我们去探索领地。"

"太好了!"烁爪呼地站起身,用力蹬动后掌,从香薇墙中钻了出去,"我们走!"

赤杨爪慢吞吞地跟着钻出巢穴,在黎明寒冷的空气中直打哆嗦。鼹鼠须和樱桃落正并肩站在巢穴外面等着他们。他探头从老师身边看过去,看到黄蜂条、玫瑰瓣和云尾正从武士巢穴里钻出来。他们快速梳理皮毛之后,在云尾的率领下出发,消失在荆棘通道之中。

"他们去进行黎明巡逻。"鼹鼠须说,"我们等一下,让他们先出发。如果你们想吃东西,可以从新鲜猎物堆上拿一些。"

赤杨爪突然觉得自己很饿,与烁爪并肩冲过营地。

"猎物不多了。"烁爪用脚掌戳戳一只瘦骨嶙峋的老鼠,抱怨说。

"狩猎队还没出发呢。"赤杨爪说。他从所剩无几的猎物中叼起一只黑鸟,狼吞虎咽地吃起来。

"等我们能狩猎时就好了!"烁爪嘴里含着一口老鼠肉嘟哝道,"那时,新鲜猎物堆将随时满满的!"

赤杨爪期望她说得没错。

鼹鼠须在营地另一边冲着他们摇摇尾巴,两名学徒急忙吞下最后一口猎物,跑回鼹鼠须和樱桃落身边。在两名老师的率领下,他们钻进遮掩营地入口的荆棘屏障中的通道。

当赤杨爪从通道狭窄的空间中钻出,第一次踏上森林地面时,

心中充满期待。

这时，天色更亮了，一抹淡红色的日光从树林里照射过来，展露了太阳即将升起的地方。树林里仍然薄雾缭绕，草叶被露珠压弯了腰。

烁爪瞪大眼睛，好奇地环顾四周。"好大呀！"她惊叹道。

赤杨爪没说话，他无法用语言形容看到的一切。除了身后的荆棘屏障和屏障那边的石头山谷围墙，四面八方都是树木，一直绵延到看不到的地方。树干高出他的头顶许多，直插云霄，树枝互相缠绕。空气中弥漫着诱惑的猎物气息，他还能听到大树下浓密的灌木中小动物弄出的窸窸窣窣的声音。

"我们可以狩猎吗？"烁爪急切地问。

"或许晚些时候可以。"樱桃落告诉她，"首先，我们要去探索领地。在成为武士之前，你们需要熟悉领地的每一个角落。"

鼹鼠须严肃地点点头："要熟悉每一棵树、每一块岩石、每一条小溪……"

赤杨爪眨眨眼睛：全部？肯定没有一只猫能熟悉所有这些吧？

"走这边，"樱桃落语气轻快地说，"我们先往影族边界走。"

"我们会遇到影族猫吗？"烁爪问，"如果遇到了，会发生什么事？"

"什么事也不会发生。"鼹鼠须语气严厉地回答说，"他们待在他们那一边，我们待在我们这一边。"

樱桃落疾步向前走着，烁爪蹦蹦跳跳地跟在她身边。赤杨爪跟

学徒探索

在她们后面，鼹鼠须走在最后。

走出没多远，就来到一个地方，一条宽阔的大路从这里延伸到森林里，路上只有低矮的草丛和稀稀拉拉的小植物，路两边是很深的草丛和蔷薇。

"这条路通向哪里？"赤杨爪把耳朵转向那条路问，"这里为什么没有生长着更多的植物？"

"问得好。"鼹鼠须回应道。老师赞许的语气让赤杨爪非常开心。"那条路是很久以前两脚兽修的。它们开凿出石头，留下个石窟，我们正好当作营地。这条路通往那座废弃的两脚兽巢穴，那里是叶池和松鸦羽种植草药的地方。"

"但我们今天不走那条路。"樱桃落补充说。

离开营地更远些后，赤杨爪注意到，前头的树木好像稀疏起来，有一道耀眼的银光在树木间闪耀。

"那是什么？"烁爪问。

两位老师都没回答，只是继续往前走，一直走到树林的边上。然后，他们钻进一道密集的冬青灌木屏障中。出来之后，赤杨爪来到一片绵延开去的狭长草地上，脚掌下的草很短很柔软。草地那边，是一长条鹅卵石沙地，再那边……

"哇哦！"烁爪惊声说，"那就是湖吗？"

赤杨爪眨眼看着眼前波光粼粼的宽阔水面。他在营地里听到族猫们说起过这个湖，还以为就是一个只比下雨时石头山谷中积起的水坑大一点的东西。他压根就不相信世界上还有这么多的水。

猫武士

"它简直无边无际!"赤杨爪感叹道。

"不,它有边。"鼹鼠须笃定地说,"有猫曾环湖游历过。——看那里!"他用尾巴指着,继续说,"你们能看到那些树和灌木吗?那是河族领地。"

赤杨爪眯起眼睛,隐约看到了老师所说的树林,在很远的地方,朦朦胧胧。

"河族猫热爱这个湖,"樱桃落说,"他们在湖里游水和抓鱼。"

"真奇怪!"烁爪回应道。她轻轻一跳,又补充说:"我能抓一条鱼吗?"没等老师回答,她已经冲过鹅卵石沙地,前爪在水边溅起了水花,就来了个急刹车。"好冷!"她大叫一声,往后一跳,脖子上的毛都竖起来了。然后,她扑哧一笑,又跳回湖边,兴奋地摆动着尾巴。"我没看到鱼。"她说。

鼹鼠须长叹一声:"如果你这样,不仅一条鱼都看不到,也看不到其他任何东西。你这样大喊大叫,会把森林里的猎物全都吓跑的。"

烁爪从水边退开,回到灌木旁的族猫们身边,耷拉下尾巴。"对不起。"她嘟哝道。

"没关系。"樱桃落用尾巴轻轻拍拍学徒的肩膀,"我们现在不是在狩猎,我知道第一次看到湖会有多激动。"

鼹鼠须抽抽耳朵说:"我们继续走吧。"

他领头沿着湖边继续往前走。很快,他们就来到一条小溪边。溪水从森林里流出,注入湖里。

学徒探索

"这就是影族边界。"樱桃落大声说。

一股不熟悉的刺鼻臭气从小溪对面飘过来,赤杨爪皱皱鼻头。

"好臭!那是什么呀?"烁爪后退一步,用舌头舔舔下巴,仿佛吃到了什么恶心的东西。

"是影族的气味。"鼹鼠须回答说。

"那是猫的气味吗?"烁爪听上去似乎很气愤,"我还以为只有狐狸才这么臭。"

"因为我们还没闻惯这种气味,所以觉得它很臭。"鼹鼠须边解释,边往小溪上游走去,重新回到林间的隐蔽处,"他们可能觉得我们的气味同样臭。"

"不可能!"烁爪压低声音嘟哝道。

他们继续沿着小溪逆流而上,樱桃落边走边解释说:"你们应该知道,每个族群的边界上都有自己的气味标志。当然,我们都知道边界在哪里,但把它们标记出来的目的,是为了提醒每一只猫,他们不应该未经许可进入别的族群的领地。"

"你们应该也能闻出雷族的气味标志。"鼹鼠须说,"我们会教你们怎样设立气味标志。不久之后,你们就会进行边界巡逻。设立气味标志是边界巡逻的内容之一。"

"太酷了!"赤杨爪欢呼道。他第一次把自己想象成武士,甚至还可能是队长,正在设立气味标志,保护雷族领地。我今天学到了很多知识!我觉得自己真正成为雷族的一员了。

在他们向丛林行进了一段距离后,小溪猛地转变了方向,但影

族和雷族的气味标志线却继续在地上向同一方向延伸。在影族那边，枝叶茂盛的树木和浓密的灌木很快被黑压压的松树林取代，地上覆盖着厚厚一层松针。

"现在，我们要让你们见识一些真正不同的东西。"樱桃落说道。她招呼两名学徒钻进一丛榛树灌木中，用尾巴示意他们保持安静。"你们觉得那是什么？"她问道。

赤杨爪凝视着灌木外面的空地。四周有几座奇形怪状的建筑，像用绿色皮毛搭建而成的小巢穴。他嗅了嗅空气，意识到他们正在两个族群的边界之间。除了气味标志外，他还闻出了另一种气味，是他以前从未闻到过的。

"这是某种两脚兽的东西吗？"赤杨爪问道，"我从来没见过两脚兽，但松鼠飞说它们有时候到森林里来。"

"你说得很对。"鼹鼠须咕噜道，并用尾巴轻轻拍拍赤杨爪的耳朵。赤杨爪感觉心里充满自豪。"在绿叶季，两脚兽会到这里来，住在这些小巢穴里。"

"它们为什么要那样做？"烁爪问，听上去好像有些不相信。

鼹鼠须耸耸肩："只有星族知道。"

"它们现在在这里吗？"赤杨爪紧张地环顾四周，生怕身后会钻出一只两脚兽。

"它们可能还在那里面睡觉。"樱桃落说，"懒东西！幸好这块空地在影族领地上，所以这是影族的问题。我们继续探索我们的领地。"

学徒探索

当老师们离开边界，钻进林地深处时，赤杨爪感到有些累。他们似乎走了很长时间，穿过长满草的林间空地，绕过黑莓丛，跳过小溪。他感觉肚子里空空的，似乎在营地里吃黑鸟已经是很久以前的事情了。

终于，他听到前头有流水声，好像他们来到了一条更宽阔的小溪边。但他们还没看到那条小溪，樱桃落就示意他们停下脚步。"你们能闻出什么？"她问。

赤杨爪和烁爪并肩站着，随着气味腺吸入空气，他们张大了嘴巴。赤杨爪非常专注，竭力分辨着似乎正向他袭来的各种不同的气味。

他还在努力辨认时，烁爪突然欢呼道："老鼠！请问我们现在可以狩猎了吗？我好饿呀！"

"是的，有老鼠的气味。"樱桃落没理会学徒的哀求，回应说，"还有别的什么吗？"

赤杨爪强压下饥饿感，把注意力全部集中在闻到的气味上。"有两种很相近的气味。"他迟疑地说，生怕会说错，"而且它们都很浓烈。雷族和……"另一种气味闻起来有点臭，他想起他们在影族边界学到的知识。"这是另一个族群的气味吗？"

鼹鼠须和樱桃落交换了一下眼神。"正确！"鼹鼠须说，"你知道是哪个族群的吗？"

我怎么会知道？赤杨爪在心里说，我以前从没闻到过！这时，他突然想起别的什么。

"你们告诉过我们,说河族在湖的另一边。那这一定是风族的气味。"

"太棒了!"樱桃落赞叹道,"我们走,去看一下边界。"

她领头走到另一条小溪的岸边。这条小溪从深深的沟壑底部流过,沟壑两边长满郁郁葱葱的植物。"那边就是风族领地。"她摆动着尾巴说道。

小溪那边,树木很快被陡峭的小山取代,山上长着粗短的草茎,耸立的山坡像拱起的猫背。

"风族猫生活在那里?"烁爪问。

鼹鼠须点点头说:"是的,他们生活在荒原上。"

"那儿看上去好贫瘠。"赤杨爪颤抖着说,"他们的营地一定在那些树林里的什么地方,对吗?"

"错,"鼹鼠须回道,"他们的营地在荒原上的一片洼地里,四周有金雀花和灌木环绕。我们雷族肯定不会在那样的地方扎营,但他们好像喜欢那样。"

"我讨厌出来看不到树的感觉。"烁爪说,"我觉得——"

她突然打住话头,因为一只兔子出现了,正在山坡上狂奔。片刻之后,一只瘦削的长腿虎斑猫蹿了出来,穷追不舍。她腹部的毛从荒原的草上迅速掠过,尾巴在身后飘动着。两个家伙消失在一片洼地中,突然传来一声微弱的尖叫,雷族猫知道那只虎斑猫已经捕获了她的猎物。

"他们跑得真快!"鼹鼠须评价道。

学徒探索

"我能吃下一只兔子。"烁爪感叹道。她舔舔嘴唇,仿佛面前正放着一只美味多汁的猎物。

"现在我们回营地吧。"樱桃落说,"离这里不远。"

"我还以为我们会练习狩猎呢!"烁爪抗议说。

赤杨爪抽抽尾巴,希望老师们会表示反对。就算不再上一堂狩猎课,他也很担心自己记不住学到的所有新知识。可是,樱桃落和鼹鼠须互相看了一眼。过了一会儿,鼹鼠须说:"好吧。但是,就算你们抓到什么猎物,你们也不能吃。每样东西都要带回去,放到新鲜猎物堆上。族群利益第一。"

赤杨爪的心往下一沉。他的肚子已经在咕咕叫了。但是,他竭力掩饰住自己的失望。

烁爪耸耸肩:"好。但我们还可以试一试,对吗?"

他们从小溪边走开,来到一片林间空地的边上。那里有一棵巨大的橡树,树根在地面上盘结,橡树四周长着浓密的香薇。

"这是狩猎的好地方。"鼹鼠须停下脚步说,"看看你们能闻出些什么。"

赤杨爪闭上眼睛。各种气味扑面而来,各种声音传入耳中,有的来自林下灌木,有的发自头顶树枝,他脑袋都发涨了。这比闻出风族气味难多了。风族的气味那么强烈,不可能闻不出来。

终于,赤杨爪设法捕捉到一种似曾相识的气味——地鼠。他还听到,林下灌木中有细小的刮擦声,是从右边传来的。他睁开眼睛,看到草丛中有动静。

但是，我能确定吗？他问自己，犹豫着是否要说出来。

他还没决定是否要说出来，烁爪已经用尾巴示意道："那里有一只地鼠。"

"我也闻到了。"赤杨爪表示同意，心里希望老师相信是他自己发现了地鼠。

"好吧，你们可以尝试去抓它。"樱桃落看看赤杨爪，又看看烁爪，"你们见过狩猎者的蹲伏姿势，对吗——就像这样？"说着她就向两名学徒做起了示范。她压低身子，贴近地面，绷紧肌肉，做出向前的姿势。

赤杨爪和烁爪竭尽全力模仿她。

"好。"樱桃落继续说，"记住，一定要压低身子，尽可能放轻脚步。当心，别踩着小树枝。"

"还要注意尾巴。"鼹鼠须补充道，"如果你让它摆动，你的猎物就知道你在哪里。"

"烁爪，你先来。"樱桃落说。

烁爪兴奋得两眼放光，毫不迟疑地开始匍匐前进。她一直将脚掌紧紧收在身子下面，让尾巴拖在一侧。突然，她纵身一跃，消失在最茂密的林下灌木中。

片刻之后，烁爪重新出现，地鼠瘫软的身躯在她嘴里来回晃荡。她走了回来，自豪地昂着头，尾巴笔直地竖在空中。

烁爪把地鼠放在樱桃落脚掌边时，樱桃落欢呼道："哇！我还从没听说过学徒第一次尝试就抓到猎物的。"

学徒探索

"我也没听说过。"鼹鼠须也赞叹道,"烁爪,干得漂亮。"

"这一扑帅呆了!"赤杨爪说。

"轻而易举。"烁爪吹嘘道,"我只是按照你们说的去做。"

鼹鼠须转向自己的学徒:"我们来看看赤杨爪是否也能抓到猎物。"

赤杨爪感到自己充满了焦虑:我真有点希望她没抓到那只猎物。那样我就不用担心自己抓不到了。但是,他迫使自己将嫉妒心抛诸脑后。

"我们往前走吧。"樱桃落做出决定,"我们可能已经把这附近的猎物都吓跑了。"

赤杨爪跟在老师们后面,每走一步,他都感觉脚掌沉重一分:我知道我会把事情搞砸的。他们在一个四周长满灌木和深草的小水潭旁边停下脚步时,赤杨爪的肚子已经快饿得不行了。

"我们应该可以在这里找到猎物。"鼹鼠须说,"好了,你们两个,向我展示一下狩猎的蹲伏姿势。"

赤杨爪蹲伏在妹妹身旁。两位老师在他们身旁踱步,仔细地观察他们,这使赤杨爪的皮毛因为焦虑而刺痛。

"很好,烁爪。"樱桃落说,"但是,你的尾巴还可以再收拢一点。"

"赤杨爪,把你的脚掌再缩紧一些。"鼹鼠须补充道。

"是的,如果你想跳得更远,你就不能把后掌伸出来。"烁爪插话说。

猫武士
MAOWUSHI

我知道。赤杨爪心里想,瞪了妹妹一眼。

"而且,你必须非常非常快。"烁爪继续说,"你的猎物可不会等着你。还有,你的爪子——"

"烁爪,闭嘴。"鼹鼠须生气地说道,"这里的老师不是你。你也刚刚成为学徒,和赤杨爪一样。"

烁爪伏下耳朵,有点不情愿地点点头。赤杨爪感激地看了看他的老师,鼹鼠须用尾巴轻轻碰了一下赤杨爪的肩膀,以示回应。

"记住我们告诉过你的,压低身子。"樱桃落接着说,"注意落脚的地方,小树枝的断裂声,草叶的颤动,都会把你的猎物吓跑。"

赤杨爪点点头,试图消化掉所有的信息。终于,令他恐惧的时刻来临了。

"赤杨爪,开始。"鼹鼠须说,"看看你能否找到什么猎物。"

赤杨爪眯起眼睛,全神贯注地品味空气。这里的气味没那么复杂,他很快锁定了一只在水边灌木丛里的田鼠。

"那下面有只田鼠。"他将耳朵转向那丛灌木,悄声对鼹鼠须说。

鼹鼠须赞许地向他点点头:"好。那就去抓吧。"

赤杨爪调整姿势,悄悄向前移动。接着,他又迟疑地停了下来:田鼠真的在那丛灌木下吗?会在旁边的深草丛中吗?我应该直接去抓它,还是从深草边绕过去,免得被它发现了?

"怎么啦?"鼹鼠须不耐烦地嘶吼道,"去呀!"

赤杨爪犹豫不决地愣在那里:我必须把这件事情做好,可我不

学徒探索

知道该怎么做!

就在他犹豫不决的时候,田鼠突然从灌木深处仓皇跑出,跳进水里,消失不见了。

"鼠脑子!"烁爪惋惜地说。

我可能真是鼠脑子。赤杨爪惭愧地垂下头,自责不已。鼹鼠须向他走过来。"优秀的狩猎猫从不迟疑,"他的老师说,"你得相信自己的直觉。"然后,鼹鼠须稍稍放松一下,用尾巴拍拍赤杨爪的肩膀,温和地说,"没关系。还会有猎物的。"

老师的宽容让赤杨爪愈发惭愧:我让鼹鼠须失望了。

突然,烁爪拔腿就跑,一头钻进灌木中。赤杨爪惊讶地抬眼看去。片刻之后,她重新出现了,正叼着一只肥老鼠的尾巴摇晃着走过来。

"烁爪,这太不可思议了!"樱桃落眼中闪现出喜悦的光芒,"你一定会成为一只了不起的狩猎猫。"

"是呀,你太厉害了!"鼹鼠须小声说道,尾巴不住地抽打着。

我又让他失望了,赤杨爪可怜兮兮地想,我是多么想让他为我自豪啊!

樱桃落叼起烁爪先前抓到的地鼠,率领大家向营地走去。赤杨爪垂头丧气,步伐沉重,每走一步,他的痛苦和耻辱就增加一分:我真不敢相信刚刚发生的一切!

鼹鼠须和他并肩走着。鼹鼠须语气轻快地说:"别担心,你能学会的,但你必须大胆去做,不能像刚才那样犹豫不决。"

"我知道了。"赤杨爪嘟哝道,心想:说得容易。

猫武士

樱桃落和烁爪蹦蹦跳跳地在他们前面走着,两只猫都叼着烁爪抓到的猎物。他一点也不想看到这一幕。正当他沮丧透顶时,藤池、桦落和栗条从林下灌木中钻了出来。他们叼着猎物,也要回营地。

"你们收获颇丰呀。"樱桃落冲着狩猎队叼着的两只松鼠和一只兔子点点头说。

"看上去,你们收获也不小。"藤池回应道。

"是的,这些都是烁爪抓到的。"樱桃落说,"这才是她第一次出营地。不错吧?"

"哇哦,太神奇了!"栗条大呼小叫地说,"烁爪,好样的!"

"你的学徒可真棒!"桦落补充说。

"那是因为樱桃落是一位很好的老师。"烁爪说道。

没有猫注意到赤杨爪,他正求之不得,他的尾巴垂得更低了,心情也越来越低落。他真希望森林地面裂开一道缝,让他钻进去消失不见。

他们进入营地时,赤杨爪看到,黑莓星正站在高石台上他的巢穴外面和灰条说话。他一看到回来的猫,就打住话头,轻快地从落石堆上跑下来,大步跑过营地迎接他们。

"第一次出营地,你们的感觉如何?"他问。

樱桃落和鼹鼠须相互看了一眼。赤杨爪看得出,黑莓星如此急切地想知道他的孩子们的表现,让两位老师忍俊不禁。

"我抓到了一只地鼠和一只老鼠!"烁爪自豪地挺起胸说。

"太好了!"黑莓星欣喜地舔舔女儿的耳朵,"你呢,赤杨爪?"

学徒探索

赤杨爪低头看着脚掌,没吭声。

令人难堪的沉默持续片刻之后,烁爪先开口说话:"嗯,他非常听老师的话,对雷族领地已经非常熟悉了。"

但那根本就没什么特别之处。赤杨爪难过地想。

"我相信,赤杨爪能很快掌握狩猎技巧的。"鼹鼠须说,"他正在努力学习。"

想到这就是同胞妹妹和老师对自己的最好评价,赤杨爪心里更加难过。我真想让黑莓星为我自豪!他强打精神,抬起头,准备迎视父亲失望的目光。

但是,黑莓星眼睛里什么也没表现出来。他只是迟疑了一会儿,然后微微点点头。"樱桃落、鼹鼠须,你们和烁爪把猎物送到新鲜猎物堆上去。你们肯定饿了。"他又吩咐道,"赤杨爪,我想单独和你谈谈。"

烁爪同情地瞥了赤杨爪一眼,和其他猫一起离开了。赤杨爪再次低下头,站在那里。"您生我的气了吗?"他低声问黑莓星,"我努力过,而且我真的尽力了。"他的眼睛死死盯着地面,不敢再次抬头去看父亲。

黑莓星低下头,轻轻用鼻子碰碰他的头。"我相信你一定很努力。"他对赤杨爪说,"这才是你出营地的第一天。听到你专心聆听老师的教诲,认真学习,我真为你感到骄傲。"

赤杨爪仍然不敢去迎视父亲的目光:他只是在安慰我。我不想抬起头,不想看到他眼里的怜悯。

猫武士
MAOWUSHI

黑莓星沉默了一会儿，最后，他说道："我给你讲过我的学徒生活吗？"

"我只知道火星是你的老师。"赤杨爪轻声说道，他的眼睛仍然看着脚掌，"他一定认为你很了不起，才会在担任族长的时候做你的老师。"

黑莓星叹息了一声。"我觉得火星只是为了密切监视我。他很长时间都不信任我，因为我是虎星的儿子。"他的语气变得生硬起来，仿佛不愿意去想他那邪恶的父亲，那只试图谋杀自己的族长，称霸森林的猫。过了一会儿，他才继续说下去，语气听上去显得随和多了："不管怎么说，我第一次跟火星一起出去狩猎时，真的很想给他留下深刻印象。我拼命去追一只松鼠，却滑倒在湿树叶上，连翻几个跟头，撞到树上。星族啊，那可真疼呀！更令我伤心的是，我敢确信，火星肯定是好不容易才忍住没笑。"

"真的？"赤杨爪终于抬起头来，不再感到羞愧和难为情，"真的发生过这样的事？"

"千真万确。"黑莓星说，"那是我第一次尝试狩猎，糟糕透了，但我进步很快。我相信，你也会的。"

赤杨爪仰望着父亲和蔼的眼睛，如释重负，他开始期待再次与老师出去训练。我一定会做得更好，他暗暗发誓，总有一天，我会成为武士，让我的族群为我自豪！

第三章

太阳已经落下,石头山谷上方的树木剪影渐渐融入暮色之中。赤杨爪坐在学徒巢穴外,给自己来了一个彻底的梳理。

这一夜很特殊,我必须做到最好!

他和烁爪成为学徒差不多已经半个月。回想起来,赤杨爪觉得自己的表现不算太差。鼹鼠须曾表扬他帮助长老时很负责,认真履行应尽的日常职责,比如收集苔藓,让每一只猫的窝都很舒适。其他学徒必须完成的任务,他也完成得很好。他曾参加过一次边界巡逻,他听从族长的安排,他做了应该做的每一件事。

尽管我还没有抓到过一只猎物,但昨天我差点抓到一只鸟,鼹鼠须说过,鸟最难抓!

但是,赤杨爪不得不承认,尽管他表现不错,但烁爪却做得比他更好。她出去狩猎每次都不会扑空,而且她学战斗动作好像也很轻松。

可是,不能因为她事事出色,就意味着我一无是处。赤杨爪对自己说,并且竭力让自己相信这一点。如果我不和烁爪同时接受学徒训练,不知道我会怎样。那样的话,我就不需要随时拿自己和她

进行比较。但这样想好像对不起同窝手足。他内疚得浑身燥热，急忙抛开这个念头。她是我的手足！我当然想和她在一起！

正在那时，烁爪不知从哪里冒了出来。"你准备好了吗？"她兴奋地蹦跳着问，"黑莓星正让大家到荆棘通道边集合！"

赤杨爪从地上跳起来，将自己的烦恼抛在脑后。期待之情由耳至尾贯穿全身。"这一定会很棒！"他说，"我们第一次参加月圆之夜的森林大会！"

"我们将被介绍给其他族群，"烁爪补充道，和哥哥一起跑过空地，"我等不及啦！"

赤杨爪钻进聚集在通道出口处的猫群中，心里想象着其他族群猫的样子。除了外出狩猎和巡逻时从边界这边瞥到的外族猫，他只有一次看到过另一个族群的猫。那时他还小，两名河族巫医来与松鸦羽和叶池谈事情。他们看上去和普通猫一样，但他们的皮毛特别光滑、厚实，他们走过之后，会留下一股很奇怪的鱼腥味。他们在营地里的时候，所有雷族猫都很紧张，不停地侧眼看他们，脖子上的毛立着。

不管怎么说，巫医与真正的武士不同！赤杨爪在心里对自己说。他很难想象其他族群猫的样子。

最后，黑莓星终于竖起尾巴，率领被选中参加森林大会的猫出发了。赤杨爪走在队伍后部。当他跟着其他猫穿过通道时，他激动的心情渐渐平复下来：但愿我不会当着那么多陌生猫的面做出什么傻事。

学徒探索
XUETUTANSUO

现在，赤杨爪已经熟悉日光下的森林；但是，当他从通道里钻出时，却意识到夜色中的森林与白昼时的样子完全不一样：树好像更粗、更神秘；空气更凉爽，弥漫着不同的气味；黑暗中充满各种新声音，很难分辨出它们是从哪里发出的。

赤杨爪和族猫们一起走到湖岸上时，他的心怦怦直跳。他几乎还没完全脱离树木的遮蔽，就听到头顶有猫头鹰的叫声。他猛地转过身，缩着脖子，抬眼向黑暗中看去。一双苍白色的翅膀从他视野中掠过。然后，猫头鹰消失了。

赤杨爪竭力控制住自己，才没有颤抖。他转向与他并肩前行的松鼠飞。"我听到过关于巨型猫头鹰的故事，"他紧张地说，"大得足以将猫叼起。是真的吗？"

松鼠飞的绿眼睛在夜色中闪着微光，眼神中既有善意也有戏谑。"这些树林里的猫头鹰还没那么大，不会袭击猫的。"她回答说。

赤杨爪回味着她的答复。他的心稍稍放松了一点。妈妈的意思是说，其他地方的确有大得可以将猫当猎物带走的猫头鹰吗？如果真的有，它们难道不会有一天飞到这片森林里来吗？

鼹鼠须走在赤杨爪的另一边。他用尾巴拍拍学徒的耳朵。"改天，我和樱桃落带你和烁爪晚上出来狩猎。"他说，"有很多猎物是晚上出来，白天待在巢穴里。"

"那……呃……太棒了。"赤杨爪小声回应道。

正在这时，他听到了烁爪惊讶兴奋的声音。烁爪和樱桃落就在他后面。他回头看了一眼，只见黑暗中有许多时隐时现的微小亮光，

仿佛阳光在空气中跳舞。

"那些是什么？"烁爪问。她目不转睛地看着那些亮光，仿佛无法相信自己看到的情景。

"它们叫萤火虫，"樱桃落解释说，"是一种可以像星星一样发光的昆虫。是不是很酷呀？"

"太神奇了！"赤杨爪说。

烁爪拔腿就向那些亮光跑去。赤杨爪迟疑片刻之后，也跟着跑了过去。他兴奋地跳起来，用脚掌击打萤火虫，仿佛可以抓到闪烁的小光点。他妹妹也在身旁雀跃，在空中扭动着身子，但却总是够不着那些小亮光。

过了一会儿，松鼠飞严厉的声音响起："烁爪！赤杨爪！马上回到这里来！"

赤杨爪和烁爪放下爪子，蹑手蹑脚地走回猫群中，气喘吁吁，皮毛凌乱。

"你们知道自己在做什么吗？"松鼠飞问，"你们是在去参加月圆之夜森林大会的路上，你们代表着雷族。遇到其他族群的猫时，你们最好表现得无可挑剔。"

赤杨爪垂下头："我们会的，对不起。"

"对不起。"烁爪也跟着说。

"但愿如此！"松鼠飞怒气冲冲地向前面走去。

两名学徒跟着往前走。但是，等松鼠飞一走到听不见他们说话的地方，烁爪就凑到赤杨爪耳边，小声说："是不是很奇妙呀？我

学徒探索

们一天到晚都被闷在营地里,从没见到过这样的东西!"

雷族猫沿着湖边前进。经过风族领地时,他们始终靠近水边。在路上,他们看着月亮从厚厚的云层后面出来,在水面上洒下清冷的银光。

"太好了。"鼹鼠须说,"如果星族发怒了,他们就会遮蔽月亮。月亮出来意味着森林大会可以正常召开。"

到达风族领地的另一侧后,赤杨爪看到,在霜白色的月光下,有一片两脚兽巢穴。"那一定是马场。"他悄悄对烁爪说,"黛西在育婴室里给我们讲过,还记得吗?"

烁爪停下脚步,扫视着两脚兽栅栏那边的地面。"我没看到马呀。"她听上去很失望,"也许,它们在自己的巢穴里面,等到——"

松鼠飞戳她一下,她才打住话头。"快走,我们马上就要到了。"

他们穿过一片狭长的沼泽地,通往森林大会小岛的树桥出现在视野中。赤杨爪的心情愈发激动起来。另一群猫正在树桥那一端的湖岸上闲逛。

"那是风族。"樱桃落告诉两名学徒,"好好闻闻,记住他们的气味。"

赤杨爪曾在风族和雷族交界处的边界上闻到过风族的气味,但这里的气味浓烈许多。这气味让他联想到凉爽的空气和坚韧、生长稀疏的植物,他觉得还有一丝兔子的气息。风族猫看上去相当普通,腿脚很长,肌肉发达,不过他们比他的大多数雷族同胞都瘦。

黑莓星从猫群中走上前去,礼貌地向一只棕色虎斑公猫点点头。

那只公猫的口鼻已经发灰，看上去年事已高。

"你好，一星！"黑莓星说，"风族狩猎情况如何？"

"我觉得足够吃了。"风族族长生硬地回答说，"但愿你的武士们经过我们领地时，都紧靠着湖边走。"

"你放心吧，"黑莓星仍然语气平静，"雷族从来不会越界。"

一星唯一的回应就是一声嘟哝。

黑莓星示意雷族猫靠后，让风族猫先过树桥前往小岛。看到风族猫在树干上竭力保持着平衡，到达另一端后，跳落到地上时，赤杨爪紧张得脚掌生疼。

不知道是否有猫曾掉进湖里，那一定太难为情了！赤杨爪心想。

当黑莓星开始领着雷族猫过桥时，赤杨爪一直高昂着头。轮到烁爪时，她一溜烟冲过树桥，得意地尖叫一声，跳落在小岛的湖滩上。

接下来过桥的是樱桃落。她眼珠转动着。"我必须和她谈谈，她太冒失了。"她嘟哝道。

赤杨爪爬到树干上，欣慰地发现，树干比他想象的更宽更稳固。他不喜欢桥下黑乎乎的水面，也不喜欢湖水拍打树桥的声音。他的目光死死盯着前方的小岛。当他终于走到树根处时，顿时如释重负。他跳落在正等着他的烁爪身旁。

"走呀，慢鼹鼠！"她催促道，"我们错过很多好玩儿的啦！"

赤杨爪看到，从湖边往上有一个斜坡，雷族武士正从坡顶一道浓密的灌木中钻过。他和烁爪并肩冲上斜坡，跟着族猫们钻进灌木

学徒探索

中。当荆棘从他皮毛上划过时,他突然意识到,其实自己根本不需要花那么多时间梳理毛发。

到达灌木的另一边之后,赤杨爪发现,自己正站在一片宽阔的草地边上。草地中间有一棵巨大的橡树,橡树上长满了树瘤,树根与猫的身子一般粗。橡树周围,成群的猫漫无目的地乱转着,有的凑在一起聊天,有些已经找到舒适的地方,面朝橡树坐了下来。各种猫味混杂在一起,直冲赤杨爪的喉咙,让他几乎窒息。

"好像其他族群的猫已经到了,"烁爪在他耳边小声说,"我从没看到过如此多的猫!"

赤杨爪点点头。最令他惊讶的是,他看到一群小猫在灌木下打闹。也许是和我们一样的学徒。他心里想。"我想你们在森林大会上肯定会表现得无可挑剔。"他想起松鼠飞向他说过的话。但也许其他族群的规矩不同吧。

"嗯,你有何感想?"鼹鼠须问。正当赤杨爪看着那些吵闹的小猫时,他的老师悄无声息地走了过来。

"太不可思议了!"赤杨爪感叹道。

"当然啦!"樱桃落从灌木中钻出,抖着皮毛说,"第一次参加尤其会有这样的感觉。"

"看!"鼹鼠须用尾巴指着说,"那边正在往橡树上爬的是影族族长花楸星。"

赤杨爪眨了眨眼,抬头看见那只强壮的暗姜黄色公猫在树杈上坐下,威严地扫视着四周。他看起来好凶啊,我可不想招惹他。

猫武士

"你已经看见过一星了,就在花楸星上面的树枝上。"鼹鼠须指指那只浅棕色虎斑公猫,继续说道。接着,他又指向另一只猫,说:"那是雾星,河族族长。"

赤杨爪看到,一只蓝灰色母猫动作优美地跳到树上。当她在一根较低的树枝上找到地方坐下时,几片树叶飘落下来。他注意到,黑莓星也朝着橡树走过去。看到父亲准备和其他族长坐在一起,他心底升起一股自豪感。我的父亲多么重要呀!

"副族长坐在树根上。"樱桃落告诉学徒们,"棕白色相间的公猫是风族副族长兔泉,他旁边的黑色公猫是河族的芦苇须,刚刚坐到他们中间的是影族的乌霜。"

"我最好也到那边去。"松鼠飞说着从他们身旁走过。她停下脚步,对两名学徒补充说:"这是你们认识其他族群猫的机会,去做自我介绍吧。"

赤杨爪看到,年纪较大的雷族猫已经加入到其他族群的猫中间,正与朋友们坐在一起闲聊着。松鼠飞走到其他副族长中间,黑莓星爬上树,在雾星旁边的树枝上坐下。

赤杨爪紧张地向四周看着,不知道该向哪一群猫走过去。我更愿意和烁爪在一起!他在心里对自己说。

"如果你们愿意,我可以把你们介绍给其他猫。"樱桃落热情地说。

赤杨爪正要接受她的好意,烁爪却抽抽耳朵。"我们不需要帮助,谢谢。"她说,"我们自己能应付。"

学徒探索

"好吧，回头见。"樱桃落点点头，迈步走开，扑通一声在一只瘦长的虎斑母猫身旁坐下。看上去，那只母猫属于风族。

赤杨爪转过头，对妹妹怒目而视。"你为什么那样说？"他质问道，"我更愿意被樱桃落介绍给别的猫，而不是自己去向一只陌生猫做自我介绍。"

烁爪毫不示弱地瞪着他。"我可不会一直躲在比我年长的猫身后，就好像我还是只幼崽似的。"她嘶吼道，"如果那样，其他族群的猫会怎样看我？"

"好吧，"赤杨爪没好气地说，"但你想和谁说话呀？"

烁爪低下头，垂下尾巴，仿佛刚刚才想到这个问题。然后，她重新高高地扬起下巴，环顾四周。

赤杨爪几乎马上就发现，有一只母猫正用尾巴向他们打招呼。看她的个头，好像也是学徒。她的银灰色皮毛光滑油亮，胸脯上的毛是白色的，她扑闪着她那双备受瞩目的绿眼睛，大声喊道："嘿！到这边来！"

有别的猫主动招呼自己，赤杨爪感到很欣慰。他和烁爪小跑过去。他闻到了影族边界上那种熟悉的臭味，但他礼貌地控制住自己，没皱鼻子。

"我是松针爪，"银灰色母猫介绍道，"这是滑爪，那是蜂爪。"

和她一起的两名学徒礼貌地点头问好。滑爪是只黄色母猫，蜂爪是只胖乎乎的白色母猫，长着一双黑色的耳朵。

"嗨！"蜂爪说着挪动脚步，为蜷缩在灌木丛里的两名雷族学

徒腾出了地方,"我们是影族的。"

"这是你们第一次参加森林大会吗?"松针爪问,"我是第二次——我已经成为学徒三个月了。"

"是的,我们是第一次来。"赤杨爪回答道,"我是赤杨爪,这是烁爪。"

"我们来自雷族。"烁爪补充说。

"真的吗?"松针爪漂亮的绿眼睛瞪得老大,"那是不是意味着你们想对森林里的所有其他猫发号施令?"

"不,不是这样的!"烁爪用力一甩尾巴,大声反驳道。赤杨爪脖子上的毛也竖起来。"你怎么这样说?"烁爪追问道,"你为什么这样侮辱我们?"

"好啦,别生气。"松针爪说着戏谑地瞥了她的族猫们一眼,"我开个玩笑而已。每个族群都会对别的族群有自己的看法。雷族猫霸道专横;风族猫容易受惊逃窜;河族猫又懒又胖,不懂狩猎。"

赤杨爪惊得目瞪口呆,他与烁爪交换了一个震惊的眼神:她以为她是谁呀,可以这样非议其他族群?

"嗯,但我觉得这很愚蠢。"滑爪补充道。她舔舔一只脚掌,用它摸摸耳朵:"你属于哪个族群,并不能决定你是什么样的猫。那只能说明你的出生地。有些影族猫和雷族猫一样颐指气使。"

听到滑爪的话,烁爪惊愕地将耳朵俯向前方,赤杨爪倒是觉得她可能说得有道理。

但烁爪还没来得及争论,一只猫的声音就在空地上回响起来。

学徒探索

"各族的猫们！"是花楸星在说话，他正自豪地高高站在他的树枝上，"欢迎参加森林大会。雾星，你要第一个发言吗？"

蓝灰色母猫点点头，站起身。"河族一切顺利。"她开口说道，"湖里到处都是鱼……"

"河族猫吃鱼！"蜂爪惊呼道，"你们能想象吗？难怪他们那么臭。"

赤杨爪向四周瞥了一眼，想看看是否有影族武士会纠正蜂爪的行为。但在能听到他们说话的范围内，没有影族武士。他非常希望雾星没有听到蜂爪的话。即便她听到了，也不要在意理会。

"湖心刚产下四只幼崽。"雾星高声说道。然后，她再次向花楸星点点头，重新坐下。

"一星？"花楸星示意风族族长。

"荒原上的狩猎状况良好。"一星朗声说。

"我敢打赌，他没抓到多少猎物。"松针爪嘟哝道，"老朽疥癣猫！"

"就是，我的老师说，他连一只瞎刺猬都抓不到，更别说兔子了。"滑爪附和道。

她们竟然这样议论一个族长！赤杨爪忍俊不禁地想。他听到烁爪没忍住也笑出了声。她们的话让他感到震惊，但让他更加震惊的是，影族武士会当着学徒的面那样说话。

"有些泼皮猫从我们领地边上经过。"一星继续说，"鸦羽率领一支巡逻队密切监视着他们。结果泼皮猫没惹任何麻烦就离开了。

猫武士

现在他们肯定已经离这里很远了。"

"如果他们到影族来,我会把他们的耳朵撕掉。"蜂爪伸出爪子,嘟哝道,"让他们吸取教训,不敢擅闯我们的领地。"

"风族一直都很软弱。"松针爪补充说,"反正我听到褐皮是这样对乌霜说的。"

滑爪探过头,附在松针爪耳边说了些什么。但赤杨爪没再继续听她们说话,因为黑莓星刚刚站起来,准备讲话。

"雷族猎物充足。"虎斑公猫说,"有两名新学徒,赤杨爪和烁爪,已经开始接受老师鼹鼠须和樱桃落的训练。"

赤杨爪知道,此时每一只猫都正转过头来,看着他和妹妹。有些猫高声喊出他们的名字。"赤杨爪!烁爪!"他感觉非常难为情,低头舔着胸毛。成为自己族群的焦点,就已经够糟糕的了,更何况现在!

可是,烁爪却在精心地梳理着皮毛,完全沉浸在其他猫的欢呼声中。

黑莓星已经重新坐回树枝上。花楸星走上前来。

"影族的猎物也很多。"他高声说。

"唉,难道没有猫期待他说点别的什么吗?"松针爪耳语道,"即使我们都在挨饿,他也会这样说。他一定认为我们都是鼠脑子。"

松针爪失敬的话语让赤杨爪再次感到震惊。这些猫甚至都不尊重自己的族长吗?我永远不会这样议论黑莓星!他相信花楸星没说谎,这些毛光水滑的母猫显然不缺吃的。

学徒探索

"两脚兽还在使用建在我们领地上的绿叶季两脚兽地盘,"花楸星继续说,"但它们没有制造任何麻烦。再过两个月,天气就会变冷,但愿那时候它们会离开。"

"对我来说,它们越早离开越好。"松针爪嘟哝道。

"我们的两名学徒已经成为武士。"花楸星自豪地低头俯瞰下方,尾巴一扫,指着一只白色公猫和一只黄色母猫。他们正站在大橡树附近。"石翅和黄蜂尾。"

影族猫热情地大声欢呼两名新晋武士的名字。他们两眼放光,站得笔直。其他族群的大多数猫也跟着欢呼起来。

欢呼声渐渐消失,花楸星继续说:"四只小猫已被命名为学徒。蜂爪的老师是曙皮,滑爪的老师是虎心,杜松爪的老师是石翅,击爪的老师是黄蜂尾。"

这次,所有的猫都没欢呼新学徒的名字,反而惊讶地低声议论起来。一星目光犀利地盯着暗姜黄色公猫。"影族现在真的让新晋武士训练学徒?"一星有些不赞同。

"影族猫成为武士之后,可以胜任任何事情。其他族群不应该干涉影族事务。"花楸星回击道,他听上去有一点点像是在怒吼。

赤杨爪注意到,坐在他身旁的影族学徒看上去有点自鸣得意。

"影族有太多学徒。"松针爪傲慢地对他说,"花楸星都不知道该拿我们怎么办。"

"你们可真有能耐。"烁爪也失礼地说。

赤杨爪的诧异感愈发强烈起来。这太离奇了。影族学徒竟然这

样评价他们的族长,如此轻率地和其他猫谈论自己族群的弱点。

不久,他的思绪被打断,因为他注意到,四个族群的族长已经在橡树上凑到一起,正在压低声音互相说着什么。

过了一会儿,花楸星重新走上前来。"巫医要向所有族群说一些事情。"他宣布道,"这是非常重要的事情。至今为止,他们只与各自的族长讨论过。"

当巫医们聚集到大橡树前面时,猫儿们都保持着沉默,猫群中弥漫着紧张气氛。除了叶池和松鸦羽,赤杨爪认出了蛾翅和她的学徒柳光,因为她们曾到访过雷族营地。

"那只老公猫一定是影族的小云。"赤杨爪悄悄对烁爪说。

"这么说,那只灰色皮毛上有斑点的就是风族的隼飞了。"烁爪回应道。

巫医们迅速协商之后,隼飞跳到副族长们旁边的一条树根上。

"我们都同时看到了幻象。"他开口说道,"我们收到了一个对各族群都很重要的预言。"

他的话音刚落,猫群中就响起一阵大惑不解的惊叫声。

"星族为什么要让你们同时看到幻象?"有些猫高声问。

"哪只猫向你们大家说的?"

"我们已经很久没听到过预言了!"

吵嚷声越来越大。松鸦羽站起来,用力甩了一下尾巴,怒喝道:"看在星族的分上,你们都把嘴闭上吧。认真听!"

吵嚷声渐渐减弱,直到隼飞的声音可以再次被大家听到。"火

学徒探索

星先对我们说话。"他报告说。

"噢,是呀,肯定会是火星!"松针爪嘟哝道,"尽管他都死了,还是要干预每只猫的事情。"

"他说,'拥抱你们在暗影中的所得,只有它们能驱散天空的阴霾。'"

"他说这话是什么意思呀?"风族副族长兔泉问。

"不知道。"隼飞回答说。

兔泉哼了一声:"这下好了。"

聆听隼飞说话时,赤杨爪无法摆脱一种感觉,不知何故,这一切好像都很熟悉。他几乎可以看到那只火红色皮毛的大猫——一只他从没见过的猫——正在说那些话。那就是火星吗?但一切都很模糊,仿佛已被忘掉一半的梦境。他竭力不去想这些模糊的记忆,想把注意力集中到隼飞所说的话上。

隼飞没有继续说下去。他周围响起各种不安的声音。

"这是什么意思呀?"

"我们会在'暗影中'发现什么?"

"如果我们都不知道那是什么,我们怎样去发现它呀?"

"也许指的是影族?"

"如果你们问我,"一只伤痕累累的影族长老嘶声说,"这里面肯定包含着大家应该对资深武士多一些尊重。"

蜂爪和松针爪同时小声嘲笑起来。"鼠痕总是这么说!"蜂爪嘀咕道。

猫武士

一只漂亮的河族学徒竖起尾巴。"我在一个幽暗的峡谷中发现了一些真正漂亮的蓝色羽毛，我用它们装饰我的窝。"她说，"你们觉得它们可能会很重要吗？"

一只年纪较大的河族虎斑猫——赤杨爪猜是那只河族学徒的老师——用力打了一下她的耳朵："愚蠢的毛球！"

"我们以前的旧森林的领地上，到处都是影子。"一星老态龙钟，满眼都是回忆，"我们离开的时候，失去了太多。"

"但是，我们怎么可能找回我们的旧领地呀？"雾星说道。她的语气温和，充满感慨。她又伸出尾巴，用尾巴尖抚摩风族族长的侧腹。"它已经没有了。"

"我有个问题。"云尾从他坐着的地方站起来。亮心和白翅都坐在他旁边。他们都正对着巫医。"我们是否可以认为，这个预言适用于所有的族群？或者说，他是特别针对松鸦羽的？"

"问得好。"小云回应道。

"火星说的预言引语是'所有族群的大变革时代就要到来'。"松鸦羽回答说，"这可能意味着这个预言是针对我们大家的。"

四个族群的猫又爆发出一阵大惑不解的怒吼声。

"星族是不是在说，我们都必须拥抱我们在暗影中发现的东西——无论那是什么？"乌霜追问道。

赤杨爪能感觉到空地上的紧张气氛，仿佛冰冷阴暗的雾霾突然降临。族群猫都在心神不定地面面相觑，窃窃私语。

"这太刺激了！"烁爪耳语道，"也许我们能找到那个暗影中

学徒探索

的东西，拯救雷族。"

"我看够呛。"赤杨爪回应道。我还没准备好当英雄。

"什么？"松针爪显然偷听了他们的对话，"如果说找东西，没有哪只雷族猫比得上我们影族猫！"

"随你怎么说！"烁爪白了她一眼，"你就等着瞧吧！"

"我觉得这一切都太离谱。"滑爪不屑地说。不过，赤杨爪注意到，她说话的时候一直把声音压得很低。"预言、星族，诸如此类，纯属无稽之谈！"

赤杨爪和烁爪惊愕地对看了一眼。滑爪不信仰星族吗？赤杨爪纳闷地想，那太可怕了！他觉得松针爪和蜂爪也会感到震惊。她们沉默了一会儿，但最后都从喉咙里挤出几声带有笑意的短促咕噜声。

脖子后面一阵突如其来的灼痛感，让赤杨爪觉得有猫正在看着他。他回头看向老橡树，慌张得连毛都竖了起来。叶池正坐在大橡树下，与其他巫医坐在一起。这名雷族巫医正直愣愣地看着他。

为什么？

第四章

"赤杨爪,专心点!"鼹鼠须急躁地一甩尾巴,"任何一只小猫都能学会这个动作。"

两名学徒正在营地附近的空地上和老师一起练习战斗动作。鼹鼠须正在教他们用后腿直立,以便从上方向敌猫发起进攻。烁爪很快就掌握了要领,赤杨爪的耳朵却频频被同巢猫落下的脚掌打中,隐隐作痛。但不知怎么回事,每次轮到他进攻时,他要么失去平衡,要么脚掌还没落下,烁爪已经躲闪过去。

赤杨爪很清楚他为什么不能全神贯注地训练。他无法摆脱头晚森林大会上叶池的目光带给他的不安感。她为什么老是盯着他看?在此之前,两名巫医都不曾注意他,他小时候脚掌踩到荆棘那次除外。现在,他却感觉他们时时刻刻都在留意他。我不喜欢这种感觉。他在心里对自己说。

"今天的战斗动作训练到此结束。"鼹鼠须叹息一声说,"樱桃落,你和烁爪去拿你们先前抓到的猎物吧。赤杨爪,你和我到森林里别的地方去试试狩猎。"

"好的。"樱桃落表示同意,"我们看看回去的路上还能不能

学徒探索

抓到别的东西。祝你好运,赤杨爪。"

她和烁爪往营地走去。烁爪步伐轻快。在之前的狩猎训练课中,她抓到了一只肥画眉和一只松鼠。樱桃落对她赞不绝口。

"走吧,赤杨爪。"鼹鼠须转身向森林深处走去,"也许没有同巢猫在一旁,你能发挥得更好。"

希望渺茫,赤杨爪跟在老师后面,郁闷地想,我还没捕获过什么猎物。不仅仅是今天,而是从来没抓到过。烁爪却一直都能抓到猎物。

他的思绪又飘回到叶池凝视他时的目光上。巫医见多识广,他沉思道,也许她知道我有问题,我永远不能成为优秀的武士。

他满心焦虑,根本没注意到鼹鼠须已经停下脚步,正在和他说话。他只听到了最后几个字"……试着用那种方法。"

"对不起。"他说,"能请您再说一遍吗?"

鼹鼠须伸直爪子,厉声说道:"赤杨爪,你得集中注意力。不会狩猎的猫对自己的族群益处不大。"

老师刺耳的声音让赤杨爪心惊胆战。鼹鼠须凝视着他,叹了口气,无可奈何地摇摇头。他显然在竭尽全力地重拾耐心。

"我希望你每次寻找猎物的时候,能把注意力完全集中在一个小区域内。"鼹鼠须说,"不要用耳朵和鼻子去探查你周围的全部区域。"

"好的,我试试。"赤杨爪回应道。

他向四周看了看,选中一棵橡树下的区域,将所有注意力集中

赤杨爪,你得集中注意力!

不会狩猎的猫对自己的族群益处不大。

鼹鼠须凝视着他,叹口气,无可奈何地摇了摇头。

我希望你每次寻找猎物的时候,能把注意力完全集中在一个小区域内。

不要用耳朵和鼻子去探查你周围的全部区域。

好的,我试试!

> 赤杨爪在一棵橡树下闻出了老鼠的气息。他摆出蹲伏狩猎的姿势,匍匐向前。

这次我势在必得……毫无疑问!

吱嘎

到那里。最后，他终于听到树根中间有刮擦声。他嗅了嗅空气，闻出了老鼠的气息。

他摆出蹲伏狩猎的姿势，匍匐向前。他记住了鼹鼠须教过的每个要点：压低身子、腹毛擦地、把尾巴一直卷在体侧。

他尽可能轻地踩下脚掌，到达树边时，对胜利的渴望使他浑身激动。这次我势在必得……毫无疑问！

现在，他已经能看到老鼠那小小的灰色身躯了。那家伙正蹲伏在一丛长草堆后面。想到即将到嘴的美味，赤杨爪馋得连口水都流了出来。但是，正当他准备猛扑过去时，他前掌下的一根小树枝吱嘎一声断了，转眼老鼠就不见了。

赤杨爪停下脚步，沮丧地叫了一声。他根本不敢抬眼去看鼹鼠须，老师径直走到他面前。

鼹鼠须气得连尾巴尖都在抽动。"也许今天只能到此为止了。"他强忍住恼怒说。

老师一声不吭地率先踏上回营地的路。赤杨爪绝望地跟在后面。一切都不对！谁听说过既不会战斗又不会狩猎的武士？

他们刚刚钻出荆棘通道进入营地，黑莓星就大步向他们走过来。"鼹鼠须，我得和你谈谈，"他说，"到我的巢穴来。"

"好的，黑莓星。"鼹鼠须跟着族长向落石堆走去，又回头说，"赤杨爪，你去找点东西吃。"

赤杨爪慢吞吞地向新鲜猎物堆走去，烁爪已经在那里，正在吃她抓到的画眉。"怎么样？"她问。

学徒探索

"糟糕透了。"赤杨爪回答,"又碰到一只唾爪可得的猎物,我却没抓到。"

"噢,真遗憾!"烁爪同情地看看他,用口鼻碰碰他的肩膀,"没关系,你可以和我一起吃这只画眉,还有很多肉呢。"

"谢谢。"赤杨爪难过地说。我要永远依赖别的猫提供食物吗?

他嚼着第一口画眉肉时,烁爪好奇地仰视着高石台上黑莓星的巢穴。"你有麻烦了吗?"她问,"黑莓星为什么要和鼹鼠须谈话?"

赤杨爪心里很忐忑:我从没想过这个问题。我只是很欣慰训练终于结束了。"当然没有。"他紧张地注视着高石台回答道。但是,他无法抑制住声音的颤抖。他知道,烁爪清楚他也不相信自己说的话。

正当他看着时,黑莓星和鼹鼠须从巢穴里出来了,松鸦羽和叶池跟在他们身后。四只猫踩着落石堆下到地上。黑莓星摆摆尾巴,示意赤杨爪过去。哦,星族啊!真的与我有关!赤杨爪心想。他和妹妹交换了一下眼神,咽了口唾沫,向族长走过去。

他走到黑莓星面前后,族长开口说道:"我知道,你一直非常努力地接受学徒训练。"父亲的语气和眼神都很和蔼,"我真的为你的进步自豪。但有时候,猫走到半道时,才发现自己踏上了一条错误的道路。"

赤杨爪向父亲眨眨眼睛:"我听不懂您的话。"

黑莓星的目光柔和下来:"你现在好像有了新使命,你将成为

巫医学徒。"

赤杨爪目瞪口呆："什么？"他曾以为自己会因失败受到惩罚，但从未想过会被从鼹鼠须身边带走。"那我就不能成为武士了吗？"

黑莓星向两名巫医点点头说："叶池和松鸦羽在一个幻象里看到了你的新使命。"

"但我不能！"就算赤杨爪有过最疯狂的幻想，他也从没想过自己会成为巫医。我对那个职务肯定更加一窍不通！

再说，他也的确无法相信有这样一个幻象。这肯定是黑莓星找的借口，是为了照顾我的感受。叶池和松鸦羽不需要另一名巫医。他心里想。他满心恐惧，羞愧难当，只想逃出营地，跑得远远的，跑到没有任何一只猫知道他的失败的地方。

"求求你，"赤杨爪哀求道，"我保证会做得更好。我一定听鼹鼠须的话，一定非常努力！"

"我知道你已经很努力了。"鼹鼠须同情地告诉他，"我不生你的气。"

叶池上前一步。"这不是惩罚。"她解释说，"是松鸦羽和我向黑莓星提出这个请求的。"

"他们说，他们相信你能与星族沟通。"黑莓星插话说。

赤杨爪渐渐意识到，他的族长，他的父亲，不会对他说假话，但他仍然将信将疑。我想不通是什么让叶池和松鸦羽认为我能与星族沟通。"我有什么办法能让你回心转意吗？"他绝望地问。

黑莓星摇摇头。"这不是我所能决定的，"黑莓星回答道，"这

学徒探索 XUETUTANSUO

是星族的意愿。这是你命中注定要做的事。"

赤杨爪明白，继续争辩下去已经没有意义。他深深地吸了一口气。"好吧。"他叹了一口气。在黑莓星点头示意他可以离开之后，他跌跌撞撞地回到烁爪身旁。同巢猫还在那里吃东西，他呆呆地看着剩余的画眉肉。我一点也不饿了。

"黑莓星和鼹鼠须跟你说什么了？"烁爪好奇地问。

"他们说……"赤杨爪的声音在颤抖。他深吸一口气，再次开口："他们说我必须成为巫医。"

烁爪惊讶地瞪大眼睛。"太棒了！"她欢呼道，"巫医真的很重要。"然后，她好像意识到赤杨爪非常难过，又同情地补充说，"但当巫医好像没有当武士那么好玩儿。那些草药令人作呕！"她若有所思地眨了眨眼睛，"也许这就是你那么不擅长狩猎的原因——你注定要成为巫医。"

赤杨爪感觉自己想把吃过的每一口猎物都吐出来。肯定这才是他们想让我成为巫医的原因：不是因为我多么特别或者多么重要，而是因为我不能成为优秀的武士学徒。

他用力吞咽着，感觉好像胸口被什么东西堵住了似的。好吧，我要证明给他们看！我要竭尽全力，成为最好的巫医。他在心里打定主意，我真的要加把劲了，好让黑莓星和松鼠飞为我感到骄傲。

但是，在他内心深处，赤杨爪并不确定自己能否做到。我并不是巫医。我还不够……特别。

猫武士

清冷的晨雾在石头山谷中弥漫，赤杨爪从自己窝里跌跌撞撞地走出来。烁爪还在她铺满苔藓的窝里轻轻打鼾。赤杨爪弓起背，伸了个长长的懒腰，然后走出巢穴，走进营地。

大多数族群猫都还在睡觉，不过，松鼠飞已经站在了武士巢穴外面。她正在和蕨毛、莓鼻还有亮心一起安排黎明巡逻。

赤杨爪从她身边走过时，松鼠飞对赤杨爪说："你起得好早。"

"松鸦羽让我早点到巫医巢穴去。"赤杨爪回应道。

"那最好别迟到。"母亲说罢，飞快地在他耳朵上舔了一下，"不过先吃点新鲜猎物。你不能空着肚子学习。"

"谢谢！"赤杨爪冲向新鲜猎物堆，叼起一只地鼠，狼吞虎咽地吃了下去。

这是赤杨爪巫医学徒生涯的第二天。前一天，他一直坐在巫医巢穴的一角，观察两位巫医工作，尽量不妨碍他们。但叶池说过，今天他将开始帮忙。

赤杨爪既有些期盼，又有点担心。松鸦羽向来脾气暴躁，说话恶声恶气。他确信松鸦羽并不真的希望他学巫医。叶池倒是和蔼多了，他叹息着想，不过希望她别再用那种奇怪的眼神看我。

两名巫医都睡在巫医巢穴里。后腿有残疾的荆棘光也在那里睡，其他需要持续治疗的病猫也睡在那里。巫医巢穴非常拥挤，因此松鸦羽和叶池决定让赤杨爪暂时和烁爪一起住学徒巢穴。赤杨爪很高兴和妹妹一起住，但这让他更觉得自己不是真正的巫医。想起头天晚上，烁爪向他讲述与樱桃落还有其他猫一起进行边界巡逻的

学徒探索

全过程,他的身体就因妒忌而发热。为什么我不是只普通猫,不能像烁爪那样成为一名优秀的武士学徒?他叹了口气。然后,他又振作起精神。我不能再有那种想法了。我要竭尽全力。这次我不能再失败。

赤杨爪刚刚钻进巫医巢穴前面的黑莓屏风,正在后部石缝里翻拣草药的松鸦羽就转过身来。"你迟到了。"他厉声说。

"别这么说,松鸦羽。"叶池抬起头说,她正在按摩荆棘光的后肢,"太阳还没升起呢。"

松鸦羽龇牙咧嘴地反驳道:"我想说什么就说什么。我现在已经不是你的学徒了。""你睡得好吗?"松鸦羽问赤杨爪。

"很好,谢谢。"赤杨爪回答说。他很惊讶,松鸦羽的语气竟会一下子从愤怒转为关切。

松鸦羽转身面对着赤杨爪,问道:"你有时会做奇怪的梦吗?"
在松鸦羽那双盲眼的注视下,赤杨爪非常难为情。他知道松鸦羽看不见,凝视他似乎不礼貌。因此,他把目光转开,却发现叶池也正盯着他。

赤杨爪感觉身上发痒,仿佛皮毛中住着一整窝蚂蚁。"我……我猜是的,有时候。"他结结巴巴地说,"不是每只猫都这样吗?"

"我也做怪梦!"荆棘光用前掌拖着身子爬过来插话说,"有天晚上,我在梦中感到自己会飞,于是,我腾空而起,从领地上空掠过。那感觉太棒了!"

赤杨爪万分欣慰,两位巫医的注意力终于从他身上移开。

猫武士
MAOWUSHI

　　松鸦羽和叶池交换了一下眼神，然后，松鸦羽耸耸肩，继续整理库存草药。"到这里来。"他对赤杨爪说，"你该开始学习草药知识了。"

　　赤杨爪走到他旁边，看着那些堆成一小堆一小堆的草药。它们看上去就是许多枯叶子，但赤杨爪很知趣地没那样说。

　　"这是一枝黄，"松鸦羽嗅着一种开亮黄色花朵的植物说，"用于清洁伤口。这是艾菊，可以缓解咳嗽，但没有猫薄荷的效果好。这种植物就是猫薄荷。"

　　"不过都有用。"叶池插话说。她已经给荆棘光做完按摩，正在帮她做锻炼。她反复将一团苔藓抛出，让荆棘光接住。"一枝黄还能缓解背痛。"她说道。

　　"这是水薄荷。"松鸦羽继续说着，将耳朵转向一种茎秆有绒毛、开紫色穗状花朵的植物，"我们用它治疗腹痛。"

　　"让他闻一闻。"叶池提议说，"我们的很多治疗都需要依赖气味来判断。"她又对赤杨爪补充说。

　　松鸦羽向后退开，让赤杨爪凑到石缝前，嗅闻各种草药。我觉得它们闻上去都差不多，赤杨爪心里想，都是一股……草味。

　　"这一种是蓍草。"松鸦羽继续说道，"如果猫误食了有毒的东西，这可以让他们呕吐。我们还用它制作药糊，治疗脚垫皲裂。记住了吗？"他突然转头问赤杨爪。

　　"呃……记住了。"赤杨爪小声说道。事实上，他感觉头脑发晕，觉得自己永远记不住所有不同的草药，以及它们的作用。这些

学徒探索

才只是它们中的一小部分!

松鸦羽继续挑出不同的草药,让赤杨爪嗅闻,直到赤杨爪觉得自己好像已经全神贯注数月之久。赤杨爪腰酸背痛,空气中混杂的各种气味也刺激得他眼睛生疼。

当黑莓屏风被推开,烁爪走进巫医巢穴时,太阳已经升得很高了。

"你有什么事吗?"松鸦羽问,"我们很忙。所以,最好别来烦我们。"

"樱桃落让我来的。"烁爪回答说,听上去毫不介意松鸦羽不友好的语气,"波弟肚子痛,我来给他拿草药。"

"噢,可怜的波弟!"叶池叹息道,"我到长老巢穴去给他检查一下。"

松鸦羽猛地转向赤杨爪:"你说说,叶池应该带什么草药去?什么可以缓解腹痛?"

"呃……应该是……"赤杨爪知道松鸦羽已经告诉过他。他脑子里塞满了各种草药的名称,可就是找不出他想要的那个。他慌乱地四处张望,看到荆棘光正用嘴形对他说"水薄荷"。

"水薄荷。"赤杨爪感激地看着荆棘光说。

当他看到烁爪脸上钦佩的表情时,心里美滋滋的:我能在她面前露一手,感觉真不错,这次我们角色互换了。

"好。"松鸦羽语气轻快地说,"现在,从草药库中把它找出来。"

赤杨爪凝视着眼前的一堆堆草药，全然不知哪种是水薄荷。但他知道，松鸦羽正在他旁边不耐烦地抽着尾巴，于是抽出一根有亮黄色花朵的茎秆。

松鸦羽叹息一声。"不对，那是一枝黄。波弟可不能吃那个。我们用它敷伤口。这才是水薄荷。"

他用爪子钩出那种开紫色花朵的植物，将它递给叶池。叶池叼上它，走出巫医巢穴，烁爪也跟着走出去。

"你必须专心。"松鸦羽严厉地对赤杨爪说，"猫的性命取决于我们是否用对草药。"

"我知道……"赤杨爪叹息道。

我怎么才能学会这一切呀？

学徒探索

第五章

赤杨爪在草药库前面停了片刻,然后自信地抽出几片艾菊。"给你,鸽翅。"他说,"这些应该可以缓解你的喉咙痛。"

浅烟灰色母猫点点头。"谢谢,赤杨爪。"她一边用舌头将叶片送进嘴里咀嚼,一边往外走。"已经感觉好些了。"她嘴里含着草药嘟哝道。

"做得很好。"松鸦羽欣慰地对赤杨爪说。

赤杨爪感觉胸中涌起一股热流:这是松鸦羽第一次用赞许的口吻说我!他的巫医学徒生涯已经过去几天。他的这种新生活也不像刚开始那样难以忍受了。但尽管如此,他仍然很难想象自己成为全职巫医。

当他开始整理剩下的艾菊叶子时,松鼠飞推开黑莓屏风,走进巫医巢穴。"叶池还没回来吗?"她问松鸦羽。

"还没有。"松鸦羽嘟哝道,"我也不明白为什么小云一生病她就必须匆匆赶往影族。"

"她只是想帮他。"松鼠飞说。

松鸦羽嗤之以鼻:"是啊,因为现在这里还有一只猫,而且可

以使用学徒。可影族学徒众多,他们完全可以给小云找一位学徒。但他们偏不,所以不得不向我们借巫医。"

"你和我一样清楚,巫医学徒必须是那只正确的猫。"松鼠飞温和地回应道。

她又慈爱地瞥了赤杨爪一眼。她的话让赤杨爪心里暖洋洋的。

"黑莓星和我想在他的巢穴里跟你谈谈。"松鼠飞对松鸦羽说,"你现在有空吗?"

"没有什么不能等的事。"松鸦羽回答说,"赤杨爪,你帮着荆棘光锻炼,我很快就回来。"

松鸦羽走后,赤杨爪卷起一团苔藓,开始将它抛给荆棘光,帮着她伸展前腿,扩展胸部。荆棘光的敏捷令他惊讶,当他确信自己将苔藓球抛到她无法接住的范围时,她依然能接住苔藓球。

"你很擅长这个!"他惊呼道。

"我已经锻炼了很久。这的确有助于我的呼吸。"荆棘光说。过了一会儿,她问:"你的训练怎么样?"

赤杨爪摇摇头:"我觉得我现在做得好一些了,但我不确定是否能成为全职巫医。"

"你会成功的。"荆棘光安慰他说,"想想你已经学到了多少知识,你才学了不到半个月。"

赤杨爪希望她说得没错。他为自己的焦虑惭愧。荆棘光面临着诸多障碍,而且常常浑身疼痛,可她从不放弃,而且好像从不自怨自怜。

学徒探索
XUETUTANSUO

"松鸦羽！松鸦羽！"

听到妹妹疯狂的喊叫声从营地外面传来，赤杨爪顿时僵在那里。片刻之后，烁爪冲进巫医巢穴，眼神惊恐，气喘吁吁。"松鸦羽在哪里？"她问道，"我和樱桃落、栗条去树林里时，樱桃落受伤了——她的腿划破了。她需要救助！现在就需要！"

赤杨爪愣了片刻，心里有些恐慌：这是我第一次遇到紧急情况，而这里只有我！我该怎么办？

"松鸦羽在黑莓星的巢穴里。"荆棘光镇定地说道，"烁爪，赶紧去找他。"

烁爪立即冲了出去。赤杨爪等在那里，不知道自己该做什么。我应该从草药库中取出一些草药吗？什么草药可以治疗腿伤？

过了一会儿，他听到烁爪在外面叫他，顿时如释重负。他急忙钻出巢穴，发现烁爪和松鸦羽正在那里等着。

"快走！"松鸦羽命令道，"烁爪，带我们去你离开樱桃落的地方。"

烁爪领头冲出营地，向影族边界跑去。赤杨爪和松鸦羽跟在她后面。赤杨爪领着盲眼巫医绕过树桩和黑莓丛。虽然他很担心樱桃落，但重新回到森林里，而不是整天窝在巫医巢穴，仍令他感到欣慰。

"你就不能快点吗？"松鸦羽愤怒地问他，"樱桃落可能会因流血而死！"

"我已经尽力了。"赤杨爪回应道。他觉得气不打一处来，如

果不是因为领着一只盲猫，他的速度本来可以快很多。但他知道，松鸦羽脾气暴躁是因为他讨厌自己需要帮助。因此，赤杨爪一直心平气和，尽可能走最好走的路。

他们走到湖岸上，脚下的路平坦了一些。松鸦羽问道："樱桃落是怎样伤到自己的？"

"嗯，我们当时正在讨论那个预言。"烁爪说，"樱桃落想知道，'你们在暗影中的所得'是否是指大风暴时期在雷族暂住的宠物猫。我们想去找那些后来离开了的猫，看看他们是否想回来。"

赤杨爪并不感到惊讶。森林大会以来，他一直太忙，无暇去想那个预言，但他的其他族猫却好像整天都在讨论预言。

松鸦羽哼了一声："鼠脑子想法！宠物猫与星族毫无关系。他们对族群猫没有用。"

"樱桃落认为值得一试。"烁爪争辩道。

"再说了，要去两脚兽地盘，你们必须穿过影族领地。"松鸦羽被一根掉落的树枝绊倒，恼怒地低吼一声，"擅自走出雷族领地之前，你们应该先得到许可。蠢毛球！"

"只是一个想法而已。"松鸦羽不屑的语气让烁爪脖子上的毛竖了起来，"不管怎么说，我们并未接近影族领地。我们还没看到边界，樱桃落就滑倒了，被两脚兽的垃圾划破了脚。"

尽管仍气鼓鼓的，但松鸦羽没再说什么。

"我们只是觉得，如果我们能到达两脚兽地盘，也许可以找到一些宠物猫，他们没准儿认识我们想找的那些猫。"烁爪补充说。

学徒探索

松鸦羽翻了个白眼:"星族救救我们吧!一群鼠脑子!"

烁爪咬紧牙关,似乎极力抑制自己用激烈的言论反驳松鸦羽。赤杨爪为她感到难过。不过,他倒是觉得松鸦羽说得没错。宠物猫肯定与星族预言无关。

过了一会儿,烁爪说:"走这边。"她转身离开湖边,从一片榛树幼苗中钻过,进入一个长满绿草的洼地,洼地上方有一棵枝叶繁茂的山毛榉树。樱桃落正躺在树下,一条腿伸着。栗条焦急地在她身旁走来走去。

"感谢星族,你们终于来了!"看到烁爪领着其他猫进入洼地,栗条欣喜地喊道。

赤杨爪跟过去,站在一旁,看着松鸦羽检查樱桃落的脚掌。有一道很深的口子横贯她的脚垫,鲜血正从口子里往外渗,她身旁的草上有凝结的血块。赤杨爪看到,她旁边有几片透明的两脚兽东西。他试探性地轻轻碰碰那些东西,感觉它们的边缘很锋利。

"当心!"栗条警告他说,"樱桃落就是被它划伤的。"

"两脚兽为什么不把它们的东西带回自己的巢穴,而要把它们留在这里伤害猫呀?"烁爪愤怒地问。

"赤杨爪!"松鸦羽用尾巴示意道,"我们需要蛛丝止血。去找一些来。"

赤杨爪先是一愣,旋即疯狂地向四周看去。蛛丝?哪里有?看到刺目的鲜血和樱桃落痛得皱成一团的脸,闻到腥臭的气味,他心急如焚,以至于他的爪子似乎粘在了地上。

"那里！"烁爪指着洼地远端的橡树，"那棵树里有条缝，里面应该有蛛丝。"

赤杨爪还没挪动脚步，妹妹已经飞奔过去，栗条紧跟在她身后。此刻，烁爪都比我更胜任巫医工作！赤杨爪对自己颇感气恼。当他发现妹妹判断正确，正和栗条带着大团蛛丝冲过洼地跑回来时，他更加气恼。

"噢，赤杨爪，看在星族的分上，快过来，把你的脚掌放在那里。"松鸦羽怒气冲天地嘶吼道，用尾巴指着樱桃落腿上的一个地方，"用力按住那里——不行，再用力一点，别担心伤到她。我们必须把血止住。"

"用劲按吧，赤杨爪。"樱桃落喘着大气说。

赤杨爪用尽浑身力气按住松鸦羽指定的位置。令他欣慰的是，樱桃落脚掌上的血越流越慢，然后完全停止了。

"好！"松鸦羽咕哝道，"把蛛丝给我。"

赤杨爪简直无法相信，松鸦羽竟然能如此娴熟地包扎樱桃落的伤口，尤其是他还看不见。

所有的蛛丝都被缠绕在受伤的脚掌上之后，松鸦羽指示赤杨爪："现在，慢慢抬起你的脚掌。星族啊——但愿不会重新开始流血。"

赤杨爪抬起脚掌，凝视着覆盖伤口的蛛丝，生怕看到灰色蛛丝上会出现渐渐扩散的红点。过了一会儿，他说："没有再出血。"

"太好了。"松鸦羽听上去很满意，"樱桃落，我们带你回营

学徒探索

地。千万别把那只脚掌放到地上。烁爪和栗条，搀扶着她。"

回到营地后，松鸦羽让其他猫把樱桃落送进巫医巢穴。赤杨爪在荆棘光旁边给她铺了一个窝。樱桃落沉沉地趴进窝里，松了口气。

"谢谢，松鸦羽。"她说，"也谢谢你，赤杨爪。对不起，给你们添麻烦了。"

"下次你想做什么傻事时，记住这次的事。"松鸦羽嘀咕道，"现在，赤杨爪，把蛛丝取下来，我要好好观察伤口。"

"万一又开始流血呢？"赤杨爪紧张地问。

"那我们就包扎上更多的蛛丝，蜜蜂脑子！"

赤杨爪尽量小心地用爪子清除掉包扎伤口的蛛丝，让伤口暴露出来。当他除掉最后一点蛛丝时，他几乎不敢呼吸。令他欣慰的是，伤口没再流血。

这时候，松鸦羽已经从草药库带着一截紫草根回来了。"我们要在伤口上敷上紫草根药糊。"他说着把草药放在赤杨爪脚边，"你把它嚼碎。樱桃落，你好好舔舔伤口给它消消毒。"

赤杨爪开始嚼紫草根，刺激的味道让他直眨眼睛。当他觉得已经嚼得足够烂时，将草药重新吐出。松鸦羽低下头，嗅嗅药糊。

"行了。"他说，"现在，将它敷在樱桃落的脚掌上。"

赤杨爪注意到，当他把药糊轻轻涂上，药糊浸入樱桃落的伤口时，她开始放松下来。"感觉好多了……"樱桃落轻声说。

药糊敷好之后，松鸦羽告诉樱桃落："你应该睡一会儿。"他又转向赤杨爪，说道："今天的学习到此为止。你去找点东西

吃吧。"

"谢谢,松鸦羽。"

赤杨爪钻出巫医巢穴,他已经累得腿脚打战。看到妹妹在新鲜猎物堆边,他走了过去。

他走近后,烁爪邀请他说:"来,我们一起吃这只田鼠。我今天早些时候和樱桃落出去狩猎时抓到的。看上去是不是很美味?"

赤杨爪看着肥美的猎物,感觉自己口水直流,这才意识到自己的肚子已经饿得咕咕叫了。但与此同时,他又觉得浑身燥热,尴尬至极。

"看到樱桃落的伤口时,我真的崩溃了。"他实话实说,"甚至连去找蛛丝这样简单的事情也不能做。"他长叹一声,"如果一看到血我就露怯,我怎能成为好巫医?"

"啊,老鼠屎!"烁爪说,"我不知道为什么会有猫想当巫医。但你帮樱桃落止血的方式的确让我刮目相看。"她用尾巴扫过赤杨爪的侧腹,继续说道,"你只需要相信你自己。就像我狩猎时一样,不要老担心会扑空。找蛛丝也一样。你后来都做得很好呀。因此,我觉得你一定会成为一名非常优秀的巫医。"

"你真的相信?"赤杨爪问。

烁爪轻轻推他一下:"笨蛋,我当然相信!"

赤杨爪咬了一口多汁的田鼠,感觉心里好受一些了。

学徒探索

第六章

第二天早上,赤杨爪到达巫医巢穴时,叶池已经回来了,她正在仔细嗅闻樱桃落的伤口。"看上去没问题。"她告诉姜黄色母猫,"但你可以告诉松鼠飞,你今天无法履行武士职责。回你的巢穴去休息吧。"

樱桃落感激地点点头,与赤杨爪擦身而过,走出巫医巢穴。

"你好,叶池。"赤杨爪问道,"小云怎么样了?"

叶池直起身。"好些了。"她回答说,"他只是感染了白咳症。但我还是担心他。他越来越老了,影族却没有猫可以协助他。"

"星族一定给哪只猫传递过信息吧?"赤杨爪小声说。

"哼!"正在巢穴内部拣草药的松鸦羽转过头来,"影族猫都太急于成为武士,可能根本不会留意那些征兆。"

我知道他们的感受!赤杨爪在心里说,即使他已经越来越适应自己的新生活。

"不管怎么说,"叶池说道,"今晚你就能见到小云和其他巫医了。去月亮池参加半月集会的时间到了。"

赤杨爪身子一僵。他在森林大会上看到巫医们向各族群宣告预

言时，感觉他们好像都非常重要。我要对他们说些什么呢？我感觉自己还没有真正成为他们中的一员。

与此同时，一阵兴奋的刺痛感划过他的皮毛。除了巫医，没有猫知道半月集会上发生的事情。"我们会在那里做什么？"他问。

"去了你就知道了。"松鸦羽告诉他，"现在，来干点活怎么样？我们的猫薄荷几乎用光了。"他又眯起眼睛看着叶池，补充说："因为你带了一些去影族。"

"你想让我去旧的两脚兽巢穴里采一些吗？"赤杨爪问。

"不！"松鸦羽一甩尾巴，低吼道，"鼹鼠一直在我们的草药圃里打洞。我敢打赌，它们肯定已经把那里搞得一团糟。该死的鼹鼠！"他将爪子插入地里，啐了一口，"我要把它们身上的皮都剥了。"

"别这么激动。"叶池用尾巴轻抚着松鸦羽的侧腹，"我们可以重新采。"

松鸦羽不耐烦地哼了一声："落叶季就要到来了，我们的猫薄荷也快用光了，我们还可能有更多的绿咳症病患。我们将不得不闯过影族领地，到河族旁边那座两脚兽巢穴里去采猫薄荷。"

赤杨爪非常吃惊，也有些不安。"可是，你责备过烁爪，因为她和樱桃落还有栗条打算去那些两脚兽巢穴。"他提醒松鸦羽说。

回答他的是叶池："对巫医的规定不同。而且，只要保持在离湖水三个狐狸身长的距离以内，任何一只猫都可以穿越其他族群领地。"

学徒探索

那么，松鸦羽就是故意刁难，赤杨爪心里想，我猜，我已经知道这点了。

"不管怎样，"叶池非常快速地继续说道，"我刚刚在影族待了一段时间，帮助过小云。他们应该不会难为我的，对吧？赤杨爪，你和我一起去。"

当叶池和赤杨爪越过影族边界的小溪时，立即闻到了新鲜浓烈的影族猫气味。他们沿着湖边没走多远，一支影族巡逻队从湖岸上方的灌木中钻了出来。

"虎心，"叶池向走在最前头的深棕色虎斑公猫点点头，礼貌地问道，"影族的猎物情况如何？"

"你为什么想知道？"虎斑武士挑衅地问她，"你不会打算偷猎吧？"

听到这充满敌意的话，赤杨爪感觉脖子上的毛都竖了起来。但叶池保持着镇定。"虎心，你明知道我不会的。"她回应道。

虎心的尾巴尖来回摆动着。"我知道，你总是在干预影族事务，"他说，"和任何雷族猫一样。"

"是啊，尤其是与火星有瓜葛的猫。"另一只影族猫插话说。那是一只肌肉发达的深棕色公猫，头顶上翘着一簇毛。

"尖毛，我很自豪火星是我的父亲。"叶池的语气仍然很平静。

赤杨爪被这种交流吓得定在原地，生怕它会演变成一场战斗，他根本无暇顾及影族巡逻队的其他猫。因此，当其中一只猫走过来，轻轻推了他一下时，他惊得一跳。他转过头，认出那是松针爪。

猫武士

"噢,是你。"他说,心里并不确定是否高兴见到她。

"嗨,赤杨爪。"松针爪友好地向他点点头,"我早就觉得可能很快再见到你。你已经见过滑爪了,这个毛球是蓍爪。"

"你才是毛球!"第三名学徒咆哮道。

"好了,叶池。"虎心退后一步。赤杨爪没听到他们后来的对话,但他欣慰地发现,那只影族公猫语气中的敌意已经少了一些。"你们可以过去,"他继续说,"但我们将护送你们到我们领地边上。"

叶池表示理解地点点头说:"谢谢你。"

整支队伍沿着湖边继续往前走,叶池和虎心走在前头,学徒们走在后面,松针爪和赤杨爪并肩走着。

"这些公猫!"松针爪嘟哝道,"总是要找麻烦。尖毛真是讨厌得像是尾巴上的刺一样。"她用三只脚跳着走,将第四只脚掌举起来,弄皱头顶上的毛,模仿尖毛的低音说:"再去给我拿些苔藓来,卑贱的学徒!顺便给我抓一只黑鸟。"

赤杨爪强忍着没笑出声来:"你不该这样议论你的老师。"

"他不是我的老师,感谢星族!"松针爪说道,"我是褐皮的学徒,但她今天在帮着加固营地的围墙,所以我才得跟尖毛出来。"她翻了个白眼。"我真是幸运啊!对了,"她又继续问道,"你和叶池在这里做什么?""她现在是我的老师,"赤杨爪回答说,"我们要去——"

"你是巫医学徒?"松针爪惊愕地瞪大眼睛,"我们上次见面的时候你没说。"

学徒探索

"我那时还不是。"赤杨爪解释说。

"哇哦,太酷了!"松针爪听上去似乎很钦佩,"你一定要学很多东西。"

"是的,很多。各种不同草药以及它们的用途,怎样给伤口止血……"赤杨爪首次发现自己在炫耀,为自己的巫医学徒身份而自豪。"今晚,叶池要带我去月亮池和星族见面。"他最后说。

"那简直棒极了!"松针爪感叹道,"你见过幻象吗?你知道关于那个预言的特殊的事情吗?"

赤杨爪摇摇头。"我的确做过一个有点奇怪的梦……"他开口道。

"赤杨爪!"叶池回过头,用尾巴示意他过去,与她并肩前进。

赤杨爪尴尬地意识到,他差点忘乎所以,把不该说的事情告诉了松针爪。在接下来穿越影族领地的路程中,他一直默默走在老师身旁。

到达领地另一边的边界后,虎心将尾巴指向叶池和赤杨爪。"我允许你们原路返回自己的族群,"他傲慢地说道,"但别逗留太久。"

好像我们想在你们领地上闲逛似的。赤杨爪想。

"再见,赤杨爪。"松针爪友好地将尾巴从他耳朵上拂过,"我以后会再见到你的。"

赤杨爪不确信他是否期盼再次见到她。

皎洁的半月将月光洒落在森林里,松鸦羽、叶池和赤杨爪沿着

将雷族和风族分隔开来的小溪前进。当他们越过几处雷族气味标志后,赤杨爪觉得身上的每一根毛都立起来了,他意识到他们不仅离开了自己的领地,也离开了所有族群的领地,正朝着他从未探索过的小山进发。

"还很远吗?"他气喘吁吁地问。

"噢,是的,我们还有很长的路要走。"松鸦羽告诉他。

赤杨爪叹了一口气,心里半是兴奋,半是害怕。他们已经离开了树木的掩护,走在向四面八方绵延起伏的荒野上。除了一丛丛金雀花,还有生长在水潭边的芦苇,四周什么也没有。

"以前的巫医是怎么知道可以爬上这里,然后从这里到月亮池的?"赤杨爪问。

"事实上,月亮池是我发现的。"叶池听上去有些难为情,"是斑叶从星族下来给我指的路。很久以前斑叶是雷族的巫医,那时火星刚到森林。"

"哇哦,那意味着你真的很特别!"赤杨爪崇拜地说。

叶池垂下头:"一点也不。只不过是正确的猫出现在正确的地方而已。何况,族群猫来到湖边以前,就有很多猫在月亮池集会了。"

"我们能见到他们吗?"赤杨爪紧张地眨眨眼睛。

"你可能会在星族见到他们,"叶池回答说,"但他们在很多很多个季节前就离开这个地方了。"

赤杨爪打了个寒战:"真奇怪。"

学徒探索
XUETUTANSUO

去往月亮池的路似乎无比漫长。当他们爬上一道陡坡时，赤杨爪开始察觉到有水流落下的声音从前面上方的什么地方传来。

"就要到了。"叶池告诉他。

叶池继续往上爬，赤杨爪跟在她身后，松鸦羽走在最后。赤杨爪频频回头，确认松鸦羽是否平安无事。他无比惊讶地发现，松鸦羽会本能地将脚掌踩在正确的地方。他好像非常熟悉这条路，不用看也能走。

他们爬到斜坡顶上时，赤杨爪听到从他们身后传来喊叫声。他停下脚步，回过头，看到了所有其他巫医。他们正在往这里赶，因为离得很远，他们看上去小小的。

"我们等等他们吧。"叶池说着在赤杨爪肩膀边站定。

其他巫医走近时，赤杨爪闻出了每一名巫医的气味，一一认出了他们。风族那只毛色斑驳的棕灰色公猫隼飞走在最前头，蛾翅和学徒柳光跟在他身后，走在最后头的是小云。老公猫小云爬坡显然很吃力，当他到达赤杨爪和其他猫等着的地方时已经气喘吁吁。

"你们好。"蛾翅说道，礼貌地点点头。然后，她好奇地瞥了赤杨爪一眼："叶池，这是谁？"

"这是赤杨爪。"叶池回答，"他是我们的新学徒。"

其他巫医惊讶地窃窃私语。"真的吗？"隼飞回应道，"我还以为雷族最不需要的就是再多一名巫医！"

"我们从不质疑星族的决定。"叶池不紧不慢地回答，松鸦羽却生气地颤动着胡须。

赤杨爪竭力不让自己被吓倒。幸好柳光善意地瞥了他一眼，说："我相信，即使有再多的猫照料自己的族猫也不为过。"

小云没说什么，不过赤杨爪觉得他看上去有点妒忌。但愿星族尽快给他派来学徒。

"我们是继续走，还是要在这里站一晚上？"松鸦羽不耐烦地问。他走到最前头，自信满满地跃上最后一段斜坡。

爬到斜坡顶上后，一道浓密的灌木挡住了他们的去路，松鸦羽和叶池毫不迟疑地钻过灌木。赤杨爪停顿片刻，然后吃力地钻进柔韧的树枝之间。从灌木另一边钻出之后，他停下来抖抖皮毛。接着，他抬头看去，惊讶地张大嘴巴，倒抽了一口气。

灌木前方，地面突然下陷，形成一个很深的山谷。对面的岩壁上，一道清泉奔流而下，穿过苔藓和香薇，跌落到一个水潭里。水面上，月亮和星星破碎的倒影闪动着。赤杨爪觉得，他从没见过如此美丽的风景。

"太神奇了，对吗？"柳光从灌木中钻出，在赤杨爪身旁小声说，"我永远忘不了第一次看到月亮池的情景，现在它依然能令我无法呼吸。"

叶池和松鸦羽已经开始沿着通往月亮池的盘山小路往下走。赤杨爪跟在他们后面。当他的脚掌踩进许久以前的远古猫留下的脚印里时，他感觉皮毛酥麻，心中充满敬畏之情。那些远古猫，已经离开的那些猫……早在很久很久以前……

其他巫医跟随他走下小路，聚集到水潭边。叶池示意赤杨爪过

学徒探索

去，站在她身旁。"赤杨爪，"她说，"你愿意作为雷族巫医，分享星族最深奥的知识吗？"

仪式来了！赤杨爪想。"我愿意。"他回应道，听上去仿佛有一只爪子正抓挠着他的喉咙。

叶池仰望群星，她那双琥珀色的眼睛像小火苗一样，在黑夜里闪动着光芒。"星族武士们，"她开口道，"我向你们介绍这名学徒。他已经选择了巫医的道路。请赐予他你们的智慧和见识，让他能理解你们的方式，按照你们的意愿医治他的族猫。"

赤杨爪站在那里，眨巴着眼睛。他知道有什么重大的事情正在发生。他几乎以为自己能看到星光熠熠的武士们正聚集起来，围着他坐在山谷四周的斜坡上。然后，叶池用尾巴拍了拍他的肩膀。

"在水边蹲伏下来，舔几滴水，然后用鼻子触碰水面。"她指点道。

赤杨爪照办。他看到月亮池周围的其他巫医都将鼻子伸到水面上。舔水时，他发觉水冰凉。他用鼻子触碰水面，顿时感觉仿佛一根冰锥刺进心脏。他咬紧牙关，没有叫出声来，闭上眼睛等待着。

赤杨爪不知道时间流逝了多久，但他发现自己正走在一条闪光的浅溪边，不知道自己是如何到了那里的。小溪两岸植物茂盛，空气中气味芬芳浓烈。赤杨爪不知道是否应该感到害怕，但他觉得异常宁静。他信步向前，惬意地享受着太阳照在皮毛上的暖意。

没过多久，他发现一只皮毛火红的硕大公猫正与他并肩走着。"你好，"公猫说，"我真高兴，终于见到松鼠飞的一个孩子了。"

猫武士
MAOWUSHI

赤杨爪肚子一紧。他意识到这一定是火星——母亲那大名鼎鼎的父亲，死在群星之战中，那时他和烁爪还没出生。在这样一只令众猫敬畏的猫面前，赤杨爪本以为自己会胆怯，但相反，他几乎一点都不拘束。火星身上好像有种非常熟悉的东西。

这就是那只与我那个奇怪的梦有关的猫吗？

"来吧。"火星说道。他领着赤杨爪沿着小溪继续往前走，一直走到溪水注入水潭的地方。火星示意赤杨爪站到水边去。"往水里看。"他指点道。

刚开始，赤杨爪只能看到布满鹅卵石的水潭底部，以及几只游来游去的小鱼。然后，水和鹅卵石仿佛渐渐隐去。他发现自己正低头凝视着一道深深的河谷，谷底的河流两侧是光秃秃的沙质岩。有猫在岩石之间移动，他们渐渐围成一个不规则的圆圈，有一只猫在中间。

我好像是只鸟，正低头看着这一切。

好像这只鸟正在向下俯冲一样，赤杨爪发现自己突然之间离那些猫近多了，可以清楚地看到每一只猫。圆圈中间的猫是一只棕色和奶油色相间的母猫，气质高贵。她正用尾巴示意圆圈边上的某些猫。

两只猫走上前去，是一只身强力壮的姜黄色公猫和一只个头稍小、毛色黑白相间的母猫。棕色和奶油色相间的母猫与姜黄色公猫交谈着。赤杨爪沮丧极了，尽管他能看到这一切，却无法听到那两只猫在说什么。

学徒探索

然后,姜黄色公猫退后,圆圈中间上了年纪的母猫对年轻的母猫说话,年轻的母猫回答。赤杨爪突然意识到他正在观看什么。

"这是武士命名仪式!"

火星用尾巴轻轻拍拍他的肩膀:"继续看吧。"

那位族长——赤杨爪知道上了年纪的母猫一定是族长——将口鼻放在新晋武士的头顶上,新晋武士尊敬地舔了舔族长的肩膀。

围在四周的猫爆发出欢呼声,簇拥到新晋武士身边,用尾巴和口鼻触碰她的皮毛。年轻母猫看上去有些不知所措,但非常开心。

仪式结束后,赤杨爪注意到,一只个头娇小的银色虎斑母猫向族长走去,和她说了些什么。然后,银色虎斑母猫抬头仰望。在幻象消失之前,赤杨爪瞥到了一闪而过的绿眼睛。然后,他又只能看到水潭底部了。

她仿佛能看到我!

赤杨爪颤抖着从水潭边退开。"火星,他们是谁?"他急切地问,"他们看上去像族群猫——他们正在举行武士命名仪式,和族群猫一样——但他们不是湖边任何族群的猫。他们在哪里?他们是来自过去的猫,还是来自未来的猫?你想告诉我什么?"

火星向赤杨爪点点头,用那双绿眼睛意味深长地看着他,但没有回答他的任何问题。如果他是在试着不用语句告诉赤杨爪什么事情的话,赤杨爪无法理解他想表达的是什么。

瞬间过后,一道白色薄雾在火星四周缭绕起来,渐渐将水潭及他火红色的身影完全遮蔽。赤杨爪发现自己重新回到月亮池边,他

猫武士

周围的巫医也开始醒来。

幸福感掠过赤杨爪的全身,让他从耳朵到尾巴尖都暖洋洋的。我看到了幻象!这证明我注定会成为巫医。他张开嘴巴,想告诉其他猫这一点。但他还没说话,疑惑就又将他笼罩。我不知道那是否是真正的幻象。也许只是一个奇怪的梦,和我以前做过的怪梦一样。

当他发现其他巫医只字未提他们看到过什么时,他的疑窦更深了。我暂时不和其他猫分享我的梦,他做出决定,我得先确认那是什么。

学徒探索

第七章

除了荆棘光正蜷在她的窝里睡觉，巫医巢穴里只剩下赤杨爪。

"她一晚上都无法安宁，痛苦难当。尽量别吵醒她。"他来之前叶池曾告诉他。

松鸦羽俯下身子，仔细听了听荆棘光的呼吸。很快，他直起身子，对叶池说："我觉得她现在已经好了。我们到森林里去采集草药吧。"他又对赤杨爪补充说："你可以留在这里，整理贮存的草药。把所有看上去太蔫儿、无法使用的都扔掉。"

现在，两名巫医都走了。赤杨爪继续做着枯燥的整理工作。不过，今天他一点都不觉得枯燥。这让他有机会仔细思考头天晚上在月亮池做的梦。

我相信那只是一个梦，他对自己说，甚至没必要告诉松鸦羽和叶池。他们会觉得我疯了！

不过，赤杨爪已经打定主意要让自己变得有用起来。在过去的几天里，他觉得自己已经真正开始掌握成为巫医的窍门了。

也许我终究能成为一名优秀的巫医，他在心里告诉自己，或者，我至少能做得足够好。

赤杨爪全神贯注地将猫薄荷和艾菊分拣开来，挑出已经起皱、失去疗效的杜松果。当听到另一只猫的脚步声向巫医巢穴靠近时，他吃了一惊。赤杨爪转过头，看到樱桃落推开黑莓屏风，一瘸一拐地走了进来。

"嗨！"他说着，用尾巴指了一下荆棘光，示意樱桃落保持安静。他很高兴见到她，不过他不喜欢看到她满脸痛苦的表情："你哪里不舒服吗？"

"是我的脚掌。"樱桃落抬起脚掌回答说，"还没痊愈，仍然很痛。你能看看吗？"

"当然可以，"赤杨爪回应道，"但它离痊愈还早着呢。"

樱桃落叹了口气，在一个铺着苔藓和蕨叶的窝里侧身躺下，伸出受伤的脚掌。赤杨爪认真检查了一下，仔细闻了闻那只脚掌。伤口很干净，也没有再次出血。他格外仔细地检查了一下有没有松鸦羽给他讲过的感染迹象。

伤口不红，摸上去也不发热。

"没有感染，"他告诉樱桃落，"但伤口很深，愈合需要时间。"他迟疑片刻，又补充说："这很正常。"

"不严重就好，"樱桃落说，"但你能给我点什么东西止痛吗？尽管痛得不厉害，但它让我无法集中注意力。我想重回武士岗位。"

赤杨爪走回存药处，开始翻找起来。他摸着每种草药，回忆着它们的用途。草药种类很多，但他知道他想找什么。他确信，樱桃落需要紫草根。他记得刚把樱桃落带回营地时，他曾咀嚼过紫草根

学徒探索
XUETUTANSUO

来给她敷。松鸦羽也告诉过他，紫草根有助于缓解伤口疼痛。

很快，他看到了那堆黑色根茎。他咬下一截，回忆起上次咀嚼时的刺激味道。他把紫草根嚼碎后，吐出抹在樱桃落的伤口上。

樱桃落痛苦的表情淡去，脸上露出轻松的神情。赤杨爪仔细观察着她，觉得巫医应该注意其他猫的感受，这非常重要。

"我觉得它已经开始起效了。"过了一会儿，樱桃落说，"谢谢你，赤杨爪。真高兴能摆脱疼痛。"

"不用谢。"赤杨爪不好意思地小声说道。

樱桃落站起身，小心地让受伤的脚掌触地，她用鼻子碰碰赤杨爪的耳朵。"真高兴你找到了自己的位置，成了一名巫医。"她告诉他，"松鸦羽和叶池一定会为你感到骄傲。"

赤杨爪目送樱桃落离开巢穴。樱桃落的话让他皮毛酥麻，无比自豪。这是我第一次独自处理伤口！

巢穴外面传来说话声。赤杨爪意识到松鸦羽已经回来了。他听不清松鸦羽和樱桃落在说什么，但他能猜得出来。

樱桃落一定在告诉松鸦羽，我做了一件很了不起的事情！

但是，当松鸦羽叼着一团蓍草走进巢穴时，脖子上的毛竖立着，尾巴尖来回抽动着。"樱桃落说的是事实吗？"他放下草药，询问道，"你没征求意见，自己进行了治疗？"

赤杨爪心头一紧，羞愧得浑身燥热，因为他意识到，自己又做错了事。"嗯……是……是的……"他结结巴巴地说，"但樱桃落说她的伤口痛，我记得你说过，紫草根药糊可以止痛。我把它嚼得

非常碎，就像你教我的那样。"看到松鸦羽一言不发，他又拼命解释说，"如果不是非常清楚地知道它的作用，我是不会给她用药的。我很清楚紫草根是治疗什么的，而且它起效了！她感觉好受多了！"

松鸦羽从喉咙里发出一声长长的低吼："是的，紫草根有助于止痛。但有时候，疼痛是一种警告，让一只猫知道自己身上出了问题。万一樱桃落的伤口已经感染，你却去止痛，那会发生什么？她的感染就会不知不觉地加重。感染有时是非常危险的。"

"可是……可是……"赤杨爪还想解释，但又觉得心虚，很难把话说出来，"我检查过是否感染，樱桃落一点也没有感染的迹象。"

我只是想帮忙，他心里想，我没想到可能会让情况变得更糟。

"真的对不起！"他难过地说，"我根本不该这么做。我再也不这样了！"

松鸦羽语气稍稍舒缓了一些，用耳朵指着熟睡的荆棘光。赤杨爪意识到，自己说最后几个字时，音量已经升高了。

"你做得没错，"松鸦羽承认道，"我已经亲自检查过樱桃落。她的伤口没有感染。但有时候，我们很难发现感染迹象，尤其是对于仍在接受培训的巫医……你还需要学习很长一段时间。在你接受更多的训练之前，你应当仅仅只做叶池和我让你做的事情。"

赤杨爪低下头："好的，松鸦羽。"

"那么现在，"松鸦羽的语气更轻松了，"你可以拿些老鼠胆汁，去给长老捉跳蚤了。"

学徒探索

赤杨爪强忍住叹息："好的，松鸦羽。"

赤杨爪朝着位于榛树灌木下方的长老巢穴走去。他嘴里叼着一根小树枝，树枝顶端有一团在老鼠胆汁中浸泡过的苔藓。他来到长老巢穴时，只有沙风在。

"嗨！"她用她那双绿眼睛友好地看着赤杨爪说，"见到你真高兴。灰条和米莉散步去了，波弟在晒太阳。我身上有只巨大的跳蚤，好像在肩膀上还是什么地方，反正是我抓不到的地方。"

赤杨爪拨开沙风的毛，找到那只跳蚤，然后在它身上涂上老鼠胆汁。想到自己又捉起跳蚤来，仿佛从未成为巫医学徒，赤杨爪忍不住叹了一口气。

跳蚤没了后，沙风感激地耸耸肩膀："这下好多了，赤杨爪。哦？你有什么心事，对吗？你可以给我说说吗？"

赤杨爪摇摇头，很尴尬没能掩饰住自己的情绪。

沙风用尾巴抚摩着他的侧腹。"这没什么好羞愧的，每一只猫都会有难过的时候。"她说，"没必要掩饰。"她发出微弱的咕噜声，故意逗赤杨爪道，"而且，你也不太会掩饰。"

沙风玩笑的口吻让赤杨爪感觉好受了一点。他翻开沙风的毛，继续寻找跳蚤，而沙风则继续用轻柔的声音和他说话。

"你是我的至亲，把你的事情告诉我，你不应该感觉难为情。也许我可以帮忙。现在正好其他猫都不在，只有我们俩知道这件事。"

赤杨爪放松下来。他在刚刚发现的那只跳蚤上涂了一些老鼠胆汁，然后把小树枝放下。"叶池和松鸦羽不在的时候，我给樱桃落敷了紫草根。"他说，"松鸦羽回来后勃然大怒。"

"噢！"沙风惊叫道，"太可怕了！黑莓星一定会把你扔出族群的。"

一时间，赤杨爪惊恐地信以为真。很快，他意识到沙风是在开玩笑。

"你不应该感到难过。"这只年长的母猫继续认真地说道，"你是在尽力而为，值得表扬。下次你就知道怎么做更好了。当学徒的过程，就是学习和成长的过程。你有这样的机会，有叶池和松鸦羽这样的猫做你的老师，不是很幸运吗？"

"我……不想让他们失望。"赤杨爪结结巴巴地说。

"松鸦羽心烦意乱了吗？"沙风问他，"我不是指暴躁——松鸦羽一直很暴躁——我说的是心烦意乱。"

赤杨爪思索了片刻。"不，"他最后说，"他没有。"

"那他只是想让你学到知识。"浅姜黄色母猫继续说道，"而你正在学。你不应该期望自己立即就把什么都学会。你善于思考，做事谨慎，这些都能让你成为一名优秀的巫医。"

她真的很了解我！赤杨爪想，心里更舒坦一些了，有年长睿智的猫给我忠告真好。

过了一会儿，沙风问："还有别的什么让你烦恼吗？"

赤杨爪的思绪闪回到他在月亮池看到的奇怪幻象。我几乎可以

学徒探索

肯定那只是一个梦……但万一还有别的含义呢?

沙风的教诲让他受到启发,她鼓励的眼神让他很想向她诉说。"昨晚,我在月亮池的时候,发生过一些事情。"接着,他娓娓道来,把遇到火星以及在水潭中看到那个陌生族群的事说给沙风听。

"这太奇怪了……"他对沙风说,"那些猫好像生活在一个岩石丛生的谷中,一条河从谷底流过。看上去他们的族长正在命名一位新武士。"

沙风眯起她那双绿眼睛,眼神突然紧张起来。"向我描述一下那些猫,"她说,"把你能回忆起来的都告诉我。"

"好的,"赤杨爪说,"我认为是族长的那只猫,是一只棕色和奶油色相间的母猫,眼睛是琥珀色的。还有一只身强力壮的大块头姜黄色公猫,以及一只娇小的银色虎斑母猫,她的脚掌是深灰色的,眼睛是深绿色的。"他打了个战,继续说道,"她抬头看着我,就像是知道我在那里旁观似的。"

沙风从地上一跃而起,兴奋得连毛都竖立起来了:"我知道那些猫!听上去像是叶星和她的副族长锐掌。那只娇小的银色虎斑猫是回声之歌——他们的巫医。"

"真奇怪。"赤杨爪嘀咕道,"我为什么会梦到真实存在的猫?我从没见过他们,甚至都没听说过他们。"

沙风的绿眼睛闪着光:"那不是一个梦……那是一个幻象。"

"真的?"赤杨爪和这只年长的猫一样兴奋起来,"那我看到的猫是谁?"

"他们来自另一个族群——天族。"沙风回答说,"他们可能需要我们的帮助。"

赤杨爪目瞪口呆地看着她。还有一个他从没听说过的族群?但他相信沙风,因为他知道沙风有多么睿智。他也为自己能像真正的巫医那样看到幻象兴奋不已。但与此同时,他又觉得那个幻象被他看到是种浪费。"为什么是我?"他脱口问道。

"为什么不能是你?"沙风的声音很镇定,"如果你不应该看到幻象,你就不会看到。星族选择了你,你就必须尊重他们的选择。这意味着你必须告诉叶池和松鸦羽。"

赤杨爪心里一紧。一想到要告诉老师,他就发怵。松鸦羽已经认为我自作主张,做了我还没能力做的事情……如果我告诉他我看到幻象,他会怎么想?他会认为这也是我不该做的事情吗?

"松鸦羽会把我耳朵撕掉的。"他嘀咕道。

"胡说!"沙风干脆地说,"赤杨爪,别再缩头缩尾的,快去告诉他们。"

赤杨爪拖着脚步穿过石头山谷,向巫医巢穴走去。他回到巫医巢穴时,叶池已经回来了,正俯身看着熟睡的荆棘光。

"我……呃……我要和你们谈一件重要的事情。"他支支吾吾地说道。

松鸦羽抖了抖胡须:"又怎么啦?"

叶池用尾巴轻拂他的耳朵,说道:"赤杨爪,你当然可以和我们谈,但我们到外面去说吧。荆棘光刚才醒了,吃了些东西,但她

学徒探索

现在又睡着了,我不想打扰她。"

"那就抓紧时间。"松鸦羽说。

他们来到巢穴外面,赤杨爪低声向老师们说了他在月亮池看到的幻象。"沙风说她认识那些猫。"他用这句话结束了自己的陈述。

令他惊讶的是,叶池用闪亮的琥珀色眼睛看着他,松鸦羽兴奋地抓挠着地面。他们两个真的都很高兴,不仅仅只是叶池。赤杨爪心想。

"你们认为这可能是我看到的第一个幻象吗?"他问。

"不。"松鸦羽回答说,"这不是你的第一个幻象。还记得巫医们得到星族预言的时刻吗?难道我没在那里看到你?"

赤杨爪难以置信地看着他。也许他以前真的看到过火星!"那是幻象?"

松鸦羽翻了个白眼:"星族赐予我力量吧!"

"是的,那是幻象,"叶池回答说,"所以我们才确信你应该成为巫医学徒。赤杨爪,星族显然为你制订了大计划!"

赤杨爪一时难以接受这一切。但他很激动,从鼻子到尾巴尖都在发麻,脚爪也一伸一缩的。我被选为巫医不是因为我不会狩猎——而是因为我有这些特殊的力量!

"我们必须去和黑莓星商量一下这件事。"叶池说。

"好。"赤杨爪说着转身就想朝族长的巢穴走去。我迫不及待想听到黑莓星对此事的看法!

叶池摇摇头,松鸦羽则抬起一只脚掌,拦住赤杨爪。"不,

我和叶池去,"他粗声粗气地说,"你也许看到了那个幻象,但你经验不足,根本就没办法讨论幻象的寓意。我们会告诉你讨论结果的。"

赤杨爪自认与众不同的感觉渐渐消失了。"哦。"他嘟哝道,再次觉得自己少不更事。他留在巢穴外面,看着叶池和松鸦羽走向通往高石台的落石堆。

我猜,无论我看到的幻象想告诉我什么,年长的猫们都能处理好。

第八章

赤杨爪被独自留在巫医巢穴中,重新开始分拣干的草药,并将叶池和松鸦羽带回来的新鲜草药储存起来。当先前的兴奋消退以后,他心烦意乱,不确定自己是否想成为一只能够看到重要幻象的猫。要是能知道黑莓星对老师们讲述的事情有何反应就好了!

当就快要完成任务时,他听到一瘸一拐的脚步声渐渐向巫医巢穴靠近。噢,不——那一定是樱桃落!

赤杨爪不知道该对她说些什么。他不知道是该为自己没有征询老师的意见就对她进行治疗道歉,还是该询问她感觉如何,抑或是就当这件事情从没发生过。

但是,当樱桃落的脑袋从黑莓屏风一侧伸出时,他根本就没机会说话。"赤杨爪!"她脱口而出,"你必须马上过来——烁爪受伤了!"

恐惧如同一只巨爪撕裂了赤杨爪。回想起治疗樱桃落后发生的事情,他不知道是否应该去找其他巫医。

不——她是我的妹妹!我必须马上就去帮助她!

"快带我去。"他对樱桃落说。

猫武士

他冲出巢穴,跟着姜黄色母猫向影族边界跑去。他们火速穿过森林,绕过黑莓丛,跳过倒着的树枝。快接近目的地时,赤杨爪听到了同巢猫痛苦的喊叫声。当他们迅速钻过一片香薇丛,来到绿叶季两脚兽巢穴附近时,叫声变得更大了。

烁爪倒在一棵树下动弹不得。冬青簇蹲伏在她身旁,轻抚着她的肩膀,同时藤池正在鼓励她从一团浸过水的苔藓上舔水喝。赤杨爪跳向他的手足,两位武士均后退一步。

"怎么回事?"他气喘吁吁地问。

"她正往一根纤细的树枝上爬,想去抓一只鸟。"樱桃落解释说,"然后,她直接从树上摔了下来。现在,她的前腿……"她担忧地说着,声音越来越小。

"哎哟哟哟!"烁爪哀叫着,整个身体因痛苦而扭曲起来。

看到聪明能干的同窝手足痛苦不堪的样子,赤杨爪颤抖起来。我从没看到过她这样!她总是自信满满,仿佛一切都在掌控之中。现在,他离她很近,可以清楚地看到,烁爪的一条前腿以奇怪的角度伸着,完全不自然。

他的心怦怦直跳,他想起波弟曾给他讲过一个有关炭心的故事:她从树上摔下来,摔断了腿,不得不在巫医巢穴里逗留数月,然后才能重新使用那条腿。

星族啊,求求你们别让烁爪也这样。

赤杨爪迫使自己镇定下来。他蹲伏到妹妹身边。"我必须检查你的腿。"他说,"可能会有点痛。"

学徒探索

烁爪点点头。"你只管检查。"她咬紧牙关说。

赤杨爪用脚掌慢慢抚摩烁爪的腿和肩膀。顿时，欣慰如暖流一般涌遍他的全身。没断——只是错位，而且我知道怎样复位！

叶池教过他怎样做。上次莓鼻出去狩猎时，从一块大石头边上摔下，就发生过同样的事情。当时叶池一面为莓鼻的腿复位，一面向他讲解。突然间，赤杨爪感到信心满满。

"别担心。"他安慰烁爪说，竭力让自己听上去显得很有把握，尽管他的脚掌在颤抖，"你很快就会感觉好受多了。"

就在他说话时，他看到藤池凑近冬青簇，听到她小声说："他真的知道该怎么做吗？"

冬青簇不置可否地摇摇头。

赤杨爪迟疑了一下：我真的知道吗？

这时，烁爪又痛苦地号叫一声。他心里不由得一颤。"樱桃落，"他指示道，"用你的脚掌按住她的肩膀，只按住那里。藤池和冬青簇，固定住她的后腿。别担心，烁爪。很快就结束了，和你抓住一只老鼠的时间差不多。"

赤杨爪向烁爪俯下身去，用一只脚掌抓住她受伤的腿，用另一只脚掌抓住她的肩膀。你不能优柔寡断，他回忆起叶池说过的话，用力一推，迅速完成。

赤杨爪按照老师所说的，用一个迅速准确的动作将妹妹的腿骨推回到骨窝中。烁爪在他脚掌下一抖，发出一声惊叫。但赤杨爪在她的叫声中听到"啪"的一声。妹妹的腿复位了。

猫武士

应该成功了吧？他有些拿不准。他听到了藤池和冬青簇惊恐的喘气声，仿佛她们认为他把事情搞得更糟了。

"你们可以放开她了。"他告诉武士们，"烁爪，试着站起来。"

烁爪向他眨眨眼睛，然后摇摇晃晃地站起来，开始来回走动。赤杨爪看着她，几乎不敢呼吸。她看上去仍然在颤抖，而且还有点瘸，但她可以用那条腿支撑体重了。

"太神奇了！"烁爪转向哥哥，欢呼道，"感觉好多了。非常感谢你，赤杨爪。你真是一位了不起的巫医。"

"千真万确。"樱桃落赞同道。

冬青簇和藤池也对他刮目相看。武士们祝贺赤杨爪时，他难为情地舔着胸毛，但她们脸上赞许的神情让他心里很陶醉。

"我还要回去整理草药。"他羞怯地说，"烁爪，你回到营地后，还需要请叶池和松鸦羽检查一下。"

赤杨爪穿过森林返回时，心里飘飘然，仿佛脚掌都沾不了地。我治好了烁爪的伤！她完全好了！

当他经过那条两脚兽小径时，心里一惊，意识到他是未经许可离开的。他的皮毛因焦虑而刺痛起来，直到接近营地，赤杨爪都无法摆脱心中的忧虑。

也许我可以偷偷溜回去，不引起任何猫的注意。

可是，当他绕过一棵老树的树桩，走到可以看见黑莓屏风的地方时，他看到黑莓星正在通道入口处等着他。

噢，不！赤杨爪心里想，我又有麻烦了吗？我不应该离开营

学徒探索 XUETUTANSUO

地……松鸦羽不是告诉过我,未经他或者叶池的许可,我不能擅自做任何事情吗?

"对不起!我真的很抱歉!"他一跑到黑莓星面前,就脱口而出,"我不应该——"

"我不知道你在为什么道歉,"黑莓星一脸困惑地打断他,"我在这里等你并不意味着你有麻烦。我需要和你谈谈,因为松鸦羽和叶池跟我说了你的幻象。"

赤杨爪惊愕地瞪大眼睛。他刚才全神贯注地帮助烁爪,完全忘了之前老师去找黑莓星探讨自己幻象的事。

"我们坐在这里吧。"黑莓星用尾巴指着拱形香薇丛下的阴凉处。两只猫都舒服地坐下来以后,黑莓星继续说道:"我们认为,那个幻象意味着你已经被选中,去进行一次非常特别的探索。"

看到父亲眼中充满自豪,赤杨爪感到浑身暖洋洋的,以至于他起初并没有真正领会黑莓星的意思。

"因此,你必须离开雷族,去进行这次探索。"黑莓星又补充道。

等等……一次探索?

族长说的话让赤杨爪惊得毛发倒竖。"可是……可是我办不到!"他喘息着说。

黑莓星卷起尾巴,放到赤杨爪肩膀上。"如果你没做好准备,星族不会让你看到那个幻象。"黑莓星说,"我们相信,你看到的幻象与预言有关。正如沙风告诉你的一样,你看到的那些猫来自另一个族群,叫天族。因为预言中提到了驱散天空的阴霾,所以我们

觉得他们可能遇到了麻烦。松鸦羽、叶池和我都认为，你必须踏上征程，去找到他们。"

赤杨爪意识到，自己惊得像等食的黑鸟幼雏一样张大了嘴。他竭力保持语气的镇定，提出有助于让他明白眼前情景的明智问题。

"沙风告诉我说，我看到的猫属于天族，"他开口道，"但是，我不明白他们为什么会需要我的帮助，我怎样才能找到他们。"

"说来话长。"黑莓星坐直身子，用尾巴环绕着脚掌，低头看着赤杨爪，"很久很久以前，我们的家园在旧森林里。天族也在那里，与你知道的四个族群一起生活。"

"当时有五个族群？"赤杨爪惊讶地问。

"是的。但是，他们失去了自己的领地，因为两脚兽侵占了它，搭建起自己的巢穴。其他四个族群拒绝和他们分享剩余的领地，将天族从森林里驱赶出去了。"

"那太不公平了！"赤杨爪气愤地说。

黑莓星低下头："剩下的族群也为自己的行为感到羞愧。从那以后，他们再也没有提起过天族。最终，有关他们的所有记忆都消失了。"

"天族后来怎么样了呢？"

"他们长途跋涉，最后到达你在幻象里看到的河谷。他们的族群在那里生活了一段时间，但最终被驱赶出去，流离失所。"

"这么说，我看到的是过去的幻象？"赤杨爪问。想到天族遭受的磨难，他气得连皮毛都燥热起来，用力将爪子插入地面。

学徒探索

黑莓星摇摇头:"在旧森林里时——大概时间是我正要晋升武士,率领天族离开森林的天族族长的灵魂在梦中造访火星,敦促火星踏上征程,去寻找失散的天族猫,重建天族。"

"哇!火星真的去了?"

"沙风和他一起去的。她可以告诉你发生的一切。"黑莓星回答说,"是的,他们最后重建了天族,让那些猫在河谷中过上了以武士守则为准则的生活。"

"难怪沙风认出了我看到的猫!"赤杨爪说,"他们的族长叶星,副族长锐掌,还有……巫医叫什么名字?对了——叫回声之歌!"

"没错。"黑莓星回应道,"我相信,天族可能又需要我们的帮助了。但赤杨爪,你听着,天族的事情是极大的秘密,只有三只活着的猫知道:沙风和我,现在还有你。这意味着,你不能告诉任何猫你的探索究竟是为了什么——甚至不能告诉叶池和松鸦羽。"

赤杨爪惊讶地看着他,一时什么话也说不出来。最后,他结结巴巴地说:"你——你的意思是说,这部分武士历史是天大的秘密,甚至巫医也不了解?"

黑莓星点点头:"只有你、我和沙风知道真相。"

赤杨爪思索片刻。"为什么要保守秘密呢?"他问,"隐瞒探索的真相,难道不是不诚实的行为吗?"

"你只需要信任我就行了。"黑莓星柔声说道,"现在说出真相弊大于利。我知道,我是在让你承担起巨大的责任。"他又补充

说:"但是,如果我认为你无法胜任这项任务,我也不会这样做。"

他站起来,用口鼻轻轻碰了碰赤杨爪的头,转身向营地走去。赤杨爪看着他离开,心里七上八下。这个秘密让他很不安,但他同时也充满了好奇,想知道个究竟,弄清楚天族是否真的需要雷族的帮助。他既担心自己不够优秀,不能胜任如此重任,又为黑莓星对他的信任感到自豪。

也许烁爪说得对,他想,她总说我太多虑了。最后,他终于做出决定,我只需要记住父亲对我充满信心,希望一切能够水到渠成。

第九章

"我不管你怎么说!"沙风嘶吼道,"我都要参加这次探索。就这么定了!"

"想都别想!"黑莓星厉声反驳说,"我请你到这里来,是为了让你把你所知道的有关天族的信息全部告诉赤杨爪。我从没想过让你跟他一起去。"

赤杨爪在黑莓星巢穴的沙质地面上紧张地踱来踱去。这是父亲告诉他必须踏上征程后的第二天,但直到现在,仍未确定哪些猫将陪伴他去寻找天族。

如果黑莓星和沙风继续吵下去,看样子我也不会很快出发。他一直认为这两只猫相处得很好。但现在,他们看上去剑拔弩张,似乎都想撕掉对方的皮。

"虽然你是族长,但你的行为却像个鼠脑子的学徒。"由于愤怒,沙风脖子上的毛全都竖了起来,"我是唯一——"

"够了!"黑莓星用力甩了一下尾巴,"沙风,你是长老,你已经为族群做出了贡献,而且是巨大的贡献。现在,你应该安心享福,让我们大家照顾你。我希望你在营地里颐养天年,而不是在未

知的世界里艰苦跋涉。"

"问题就在这里。"沙风压低声音，咬牙切齿地说。赤杨爪庆幸她没像怒视黑莓星那样怒视着自己。"在活着的猫中，只有我知道怎么才能找到天族营地。而且只有我见过天族猫。他们也许更能接纳我，而不是他们从未见过的猫。"

黑莓星愤怒的面容渐渐柔和下来，脸上浮现出若有所思的表情。"我明白，"他犹豫不决地说，"可是，长老不应该——"

他打住话头，因为他听到巢穴外面的落石堆上有脚步声。赤杨爪转过头去，看到松鼠飞出现在巢穴入口。黑莓星和沙风急忙交换了一下眼神。赤杨爪意识到，松鼠飞也不了解天族的任何情况。

"全部狩猎队都出去了。"她报告说，"我想问问，你选了哪些武士跟赤杨爪走。他需要几只强壮的猫。我不知道他会去向何处，但我确信征途上会有危险。"

黑莓星还没来得及回答，沙风就宣布说："我会跟他一起去。"

看到黑莓星不情愿地点点头，沙风得意地闪动着她的绿眼睛。但是，松鼠飞却是一脸的惊恐。

"沙风，你不能去！"松鼠飞大声说，"不得不让赤杨爪去，就已经够糟糕的了。你觉得我会让我的儿子和我的母亲一起踏上危险的征程吗？这真让我无法忍受！"

很危险吗？赤杨爪感觉更紧张了。

"松鼠飞，不会有事的。"沙风说，"我也许上了年纪，但我还算硬朗。如果我跟赤杨爪去，他遇到的危险会少得多。"

学徒探索

"我讨厌承认这一点,但她说得对。"黑莓星附和道。

松鼠飞用犀利的目光来回扫视母亲和黑莓星:"你们是不是对我隐瞒了什么?"她追问道。

"你必须相信我。"黑莓星回答说。

松鼠飞紧盯着黑莓星那双琥珀色的眼睛,与他对视着。气氛紧张起来。过了一会儿,松鼠飞叹息一声,耷拉下尾巴:"只好如此了。"

黑莓星没再多说什么,他率先走出巢穴,站到了高石台上。松鼠飞留在他身边,沙风和赤杨爪途经落石堆回到营地的空地上。

"所有能独自狩猎的猫,到高石台下参加族会。"黑莓星高声喊道。

空地上所有的猫都转身面对高石台。叶池和松鸦羽从巫医巢穴走出来,并肩坐在黑莓屏风前面。百合心和黛西钻出育婴室,在入口处坐下,百合心的幼崽们在她脚边打闹玩耍。云尾、亮心和鸽翅从武士巢穴里钻出,在石头围墙脚下就座。

波弟停止给雪丛和琥珀月讲故事。"我回头再接着讲。"他一边说一边走向长老巢穴,在灰条和米莉身旁躺下。

赤杨爪环顾四周寻找烁爪,他看到烁爪正和樱桃落还有鼹鼠须一起从荆棘通道进来。她的脚几乎不瘸了,他自豪地想,我做得不错。三只猫都满载而归。他们大步穿过营地,把猎物放在新鲜猎物堆上,然后和族猫们一起听黑莓星讲话。

"雷族众猫们,"族长开始讲话,"我有重要消息宣布。赤杨

爪看到了与星族预言有关的幻象。我们觉得，那能帮助我们弄清楚什么可以'驱散天空的阴霾'。因此，他必须踏上征程，去找到他在幻象里看到的地方。由于沙风对赤杨爪看到的幻象有一些了解，所以她将随同他前往。"

听到黑莓星的话，聚集在空地上的猫都惊讶地窃窃私语起来，好奇地互相交换着眼神。赤杨爪觉得，灰条和米莉听到沙风将参加远征，显得格外吃惊。

"为什么是赤杨爪，而不是巫医中的一位？"刺掌问。他听上去似乎有些不服气。

叶池坐在巢穴前方说："刺掌，你和我一样清楚，赤杨爪就是巫医。至于星族为什么选择他……"她耸耸肩，"我相信他们自有道理。"

"更重要的是，为什么沙风要去？"亮心关切地看着浅姜黄色老母猫问，"她是长老，她已经赢得了安享晚年的资格。"

"因为如果我阻止她去，我担心她会把我的耳朵撕掉。"黑莓星无可奈何地说。

"我真的会。"沙风嘀咕道。

"我有理由相信，沙风对这次探索意义重大。"黑莓星继续说道，"现在，剩下的事就是挑选武士加入探索。"

空地上立即响起一片热烈的声音。

"我去！"

"让我去吧！"

学徒探索

烁爪小跑到赤杨爪身边，靠在他身上，目光炯炯地说："我去帮助你！"

"谢谢你！"赤杨爪说道。想到手足可以陪伴自己，他万分欣慰。

然后，赤杨爪注意到，高岩上的黑莓星和松鼠飞正在半信半疑地交换眼色。跟在烁爪后面的樱桃落坚定地摇摇头。"由黑莓星确定谁去。"她告诉自己的学徒，"他可能不会选择学徒参加这样的探索。"

赤杨爪心里一惊，仰望着黑莓星。"求求你，"他诚恳地哀求道，"让烁爪跟我去吧！"

黑莓星没吭声，显然犹豫不决。松鼠飞凑近他，附在他耳边说了些什么。想到自己的两个孩子都将冒险参加这次探索，她不寒而栗。

族长和副族长小声商量了一会儿。然后，黑莓星转过身，重新面对空地上的猫。"很好，"他说，"烁爪可以跟你去。"为了盖过烁爪得意的尖叫声，他又抬高声音补充说，"鉴于此，樱桃落和鼹鼠须也将加入远征队。"

那两只猫欣喜地对视一眼。

"你们明天黎明出发。"黑莓星最后说，"愿星族照亮你们前进的路。"

"赤杨爪！醒醒！该起床了！"

烁爪的声音似乎从很遥远的地方传来。赤杨爪睁开眼睛，睡眼蒙眬地眨眨眼，看到烁爪的脸就在自己的脸旁边，她的绿眼睛在阴暗的巢穴中闪着光。

"起来！"她使劲戳了一下他的侧腹，又说了一遍，"该出发了。鼠脑子，这可是你的探索，你却还在睡大觉。"

赤杨爪张开嘴巴，打了一个大大的哈欠，摇摇晃晃地站起来。夜里，他一直想着探索的事，久久不能入睡。他感觉自己才刚刚睡了一小会儿。

他跟在烁爪身后，从遮蔽学徒巢穴的蔷薇丛中挤出，走进空地。为了掩饰紧张的情绪，他昂着头，高高翘起尾巴。

黎明的空气潮湿清冷，深深沁入他的皮毛。头顶的天空透出苍白的曙光，微风吹拂着石头山谷顶上的树木，发出沙沙的响声。

赤杨爪觉得，全族群的猫都来到了空地上，大多数聚集在巫医巢穴周围。他们兴奋的低语声听上去俨然一整窝蜜蜂的嗡嗡声。

赤杨爪和烁爪从猫群中挤过，来到巫医巢穴外的松鸦羽和叶池身边。樱桃落、鼹鼠须和沙风已经等在那里。叶池正在给他们分发用叶片包着的小草药包。

"你们来了！"松鸦羽对两名学徒说。赤杨爪本以为迟到会挨骂，但松鸦羽的语气却破天荒地温和友好："来吃点远行草药。"

叶池将两个叶片药包放在赤杨爪和烁爪面前。赤杨爪用一只脚掌小心地将草药一一分开，仔细查看。

"这是酢浆草，解渴的。"松鸦羽通过嗅闻的方式一一讲解草

学徒探索

药的用途，"这是保持关节灵活的雏菊，这是——"他顿了顿，接着又补充说，"但我猜这些你都知道。你其实已经掌握草药知识了。"

"这是解乏的甘菊，还有补充力气的地榆。"赤杨爪辨认着药包里的另外两种草药。他很高兴得到松鸦羽的表扬。自从他和叶池与黑莓星讨论过我看到幻象的事情之后，他们对我的态度就变了。他回想道，他们好像觉得这次探索并非他们想象的那样简单，他们还相信我知道真相。他强忍住才没颤抖起来。我当然知道。

赤杨爪的准确描述再次博得松鸦羽的认可："好，我们向每一只需要踏上征程的猫分发这些草药。即使你们没有机会狩猎，它们也能让你们马不停蹄地前进。"

"味道怪怪的。"烁爪说着舔了舔她的那份草药。

松鸦羽翻了个白眼，但没说什么。

赤杨爪吃着他的那份草药时，注意到黑莓星已经出现了，他正领着沙风从其他远征猫身边走开。他们俩小声交谈了一会儿，表情很严肃。赤杨爪听到了几句话。

"如果这个秘密泄露出去，可能会给族群猫带来灾难。"黑莓星说。

"可是，星族让赤杨爪看到幻象……"沙风说。赤杨爪没听到她后面的话，因为他们已经走开了。

赤杨爪心里七上八下的。这是他自己的探索，但却有许多他不明白的地方。万一我把与天族有关的秘密泄露出去了呢？我不会故

意那样做，但是……那会怎么样？他长叹一声，至少，沙风会和我们一起去，她可以给我建议。

最后，黑莓星终于赞同地点点头，从沙风身边走开，大步跑过营地，爬上高石台。

沙风走到赤杨爪身旁，和他碰碰脸颊。她那双绿眼睛透出为赤杨爪感到自豪的光。"你看上去很担心。"她低声说道。

"我听到了你和黑莓星说的一些话。"赤杨爪老老实实地说，"听上去，他不信任我。"

"别瞎说！"沙风回应道，"黑莓星不是不想让你了解天族，他是不想让任何猫知道这件事。这与他对你的感情无关。四个族群拒绝接纳天族使天族遭到那么大的苦难，黑莓星在为此感到内疚。"

但那是很久很久以前的事，黑莓星当时还没出生，赤杨爪想，他为什么要内疚？那不是他的错。

"我还是不明白。"赤杨爪说。

"也许你到时候会明白的。"沙风回应道。

赤杨爪恭敬地点点头："谢谢你，沙风。很高兴你能和我们一起去。"

"雷族众猫们！"黑莓星从高石台上喊道，"赤杨爪看到了一个重要的幻象——这个幻象让他必须去进行一次探索。我估计，这次探索对雷族的重要性，不亚于鸽翅还是学徒时进行的那次探索。当时干旱来袭，她救了我们的命。"鸽翅自豪地竖起尾巴。

赤杨爪知道，每一只猫都在看着他。他惊讶地发现，他们眼中

学徒探索

透着尊敬和钦佩的神色。他难为情地低下头,看着自己的脚掌。我其实没资格得到这些。

"巫医的预言告诉我们,除非我们拥抱在暗影中所得到的,否则将不能驱散天空的阴霾。赤杨爪看到的幻象给了我们希望,雷族猫可以找到暗影中的东西。今后,我们的族群将兴旺发达。"

全体雷族猫爆发出热烈的呼喊声:"赤杨爪!赤杨爪!"

赤杨爪愣愣地站在那里,巴不得有只大老鹰能俯冲下来,将他叼走。烁爪轻轻推他一下。"走吧,慢鼹鼠!"她深情地瞥了哥哥一眼,"该出发了!"

赤杨爪挺直身子。"烁爪,真高兴你能和我一起去。"他喃喃说道。

令他欣慰的是,沙风走到队伍前面,领着他和其他远征猫向荆棘通道走去。其他雷族猫一边高呼着祝福语,一边随着他们移动脚步。

"祝你好运,赤杨爪!"

"一路平安!"

"愿星族照亮你们前行的路!"

就在赤杨爪和烁爪即将步入通道时,松鼠飞向他们跑过来。赤杨爪从她眼中看到了担忧,但她说话时语气轻快:"你们给我把命搞丢了试试!我还等着你们回来把一切讲给我听呢。"

"我们会小心的。"赤杨爪承诺道。

"我会照顾他的。"烁爪毫不谦虚地瞥了一眼同胞哥哥。

松鼠飞和两个孩子碰碰鼻子，然后后退一步。赤杨爪知道，母亲一直目送着他走进通道。

好吧！探索真正开始了！

赤杨爪和他的队伍穿过森林向湖边走去时，太阳冉冉升起，一缕缕灿烂的阳光照进树林，在地面上投下斑驳的图案。赤杨爪记起他第一次离开营地时，他觉得营地外面的世界是多么广袤和恐怖呀！现在，他发现自己的家园是那么熟悉，那么平静。

"这次探索需要多长时间？"烁爪问道，她正蹦蹦跳跳地走在哥哥身旁，"你看到的地方在哪里？我想更多地了解你的梦——噢，不，是你的幻象。"

"我不知道那个地方在哪里，也不知道它有多远。"赤杨爪回答说，同巢猫的问题让他感觉皮毛刺痛，"而且我真的不能擅自谈论这件事。这是巫医的事情。"

"得了吧，你可以告诉我。你幻象中有猫吗？他们长什么样子？他们说了些什么？"她不依不饶地问道，眼睛急切地闪动着。

这一连串问题让赤杨爪愈发紧张起来，他感觉仿佛有一群家鼠正在啃噬着他的肚子。他真希望可以把真相告诉其他的猫，隐瞒实情让他觉得很不习惯。尤其是对烁爪。我以前从来没向她隐瞒过任何事情。

烁爪用力戳了一下他的侧腹，他只好步履蹒跚地向一旁走去。"你这是怎么啦？"烁爪愠怒地问，"我只是想帮你。我想找到暗

学徒探索

影中的东西，挽救雷族。你怎么知道你的幻象与预言有关呢？你怎么不说话呀？"

"烁爪，别再烦你哥哥了。"沙风严厉地说，她停下脚步，让两只小猫追上她，"他已经说过了，这是巫医的事情。"

烁爪气鼓鼓地翻了两下白眼，然后耸耸肩放松下来。"好吧，反正我很快就会弄清楚的。"她大步跑向已经走到前面的樱桃落。"你是怎么想的？"她问，"赤杨爪的幻象是什么意思？"

赤杨爪欣慰地舒了一口气，暗自高兴沙风的责备没吓唬到烁爪。不得不向妹妹隐瞒实情，已经让他很难过了，他不想让烁爪再遇到什么麻烦。

"如果我知道幻象是什么，我就可以更好地回答你的问题了。"樱桃落耐心地回答。

"我们不是都这样吗？"烁爪说着又瞥了哥哥一眼，"但你一定有自己的想法，樱桃落。你觉得我们这次探索最终会找到什么？"

"我猜，是我们需要找到的东西。"樱桃落说。

"有助于驱散天空阴霾的东西。"鼹鼠须补充说，接着，他又嘀咕道，"无论那意味着什么。"

"我认为，那可能意味着我们会发现新的狩猎地。"烁爪宣布说，"我希望如此。然后，我们就——"

她突然打住话头，因为他们已经来到一片林间空地边上。一只松鼠正坐在草丛中，啃着它前掌中捧着的什么东西。烁爪立即冲了出去，尾巴在身后摇曳。

但是,松鼠的动作比她更快。它立即发现了烁爪,转头冲向最近的树,一溜烟逃上树干,消失在树枝之间,几片树叶飘落到烁爪周围的地上。烁爪仰头站在那里,满脸沮丧的表情。

当她耷拉着尾巴回到猫群中时,樱桃落故意取笑她说:"我们都知道你进步很快。但是,你真的已经需要新的狩猎地了吗?好像在我们现有的狩猎地上,你仍然有需要学习的。"樱桃落强忍住才没笑出声来。

烁爪没吭声,只是用力舔了几下胸毛,掩饰自己的尴尬。

赤杨爪突然为她感到难过,他明白抓不到猎物的滋味。

"嗯,我觉得我们应该捕一会儿猎。"烁爪说,"这里有很多猎物。一旦离开我们的领地,谁知道会有多少猎物。"

"不。我觉得我们应该继续走,稍后再狩猎。"赤杨爪表示反对,他猜测,烁爪想再找机会展示她非凡的狩猎本领,"我们有很长的路要走。"

"还要过雷鬼路。"沙风补充说,"灰条帮我规划了一条路线,可以让我们不用翻山。但走这条路,可能会遇到更多来自两脚兽和怪物的威胁。"

"哈,雷鬼路!"烁爪不屑地哼了一声,"波弟给我讲过。没什么大不了的!"

"没什么大不了的?!"沙风脖子上的毛都立起来,"你是鼠脑子吗?有猫死在雷鬼路上。"

"哦。不过,我还是觉得我们应该现在狩猎。"烁爪不服气地

学徒探索

回嘴说，她身上的毛也竖立起来，"我们不可能靠草药和那点嚼烂的树皮充饥！"

赤杨爪郁闷地狂甩一下尾巴。我才是负责的猫，但烁爪仍然以为她能向我发号施令。她还敢与长老争辩！

他龇牙咧嘴，准备呵斥妹妹。但沙风抢先他一步。她脖子上的毛重新平顺下来，说话的声音也很平和。

"烁爪，尽管你们两个都是正在接受培训的小猫，但负责这次探索的是赤杨爪。是他看到了幻象，你得听从他。他说得对，我们甚至还没走出自己的领地，我们应该继续前进，不应该停下来狩猎。"

烁爪低下头，耷拉下尾巴。"好吧。"她嘟哝道，"对不起。"

赤杨爪挺起胸，他很高兴沙风支持他，宣布他是小队长。但即使如此，他也不想看到妹妹难过。他们重新上路时，他将尾巴从烁爪侧腹上拂过。"没事的。"他小声说道。

他们钻出树林，来到湖边。这里离标示出风族边界的那条小溪不远。赤杨爪以前参加森林大会时走过这条路。因此，他自信地蹚入浅水中，领着小分队沿着湖边前进。

由于族猫们都簇拥在他周围，赤杨爪放心地抬眼望去，想看看视野中是否有长腿风族武士。但光秃秃的山坡上没有任何移动的东西。

"好。"鼹鼠须说，"我就希望在风族猫不知不觉的情况下离开。如果有猫看到我们，天知道会传出什么谣言。"

沙风点点头：“他们甚至可能跟踪我们。赤杨爪，再走快一点。"

赤杨爪沿着布满鹅卵石的湖岸大步跑起来。族猫们跟着他跑，一直跑到马场附近的风族边界。他不时瞟一眼荒原。有一次，他看到一些灌木中有动静，但没有猫出来向他们发起挑战。

他们跨过边界，站在马场边时，赤杨爪才停下脚步。他觉得心里有些忐忑。"沙风，现在你来带队吧，"他说，"你是我们当中唯一走过这条路的。"

沙风点点头。"我们必须爬上那道山脊。"她用尾巴指着一座陡峭的小山说。光秃秃的山脊在他们头顶上方许多只狐狸身长外，山坡上有星罗棋布的灌木丛。"我永远不会忘记我们到达这里的那个夜晚。"她喃喃说道，她那双绿眼睛里满是回忆，"我们是从另一边往山脊上爬的。我们不知道星族要引领我们去往何方。然后，我们就到了山顶，看到了湖。武士祖灵倒映在湖水中。"她叹息一声，"那是我生命中最美妙的夜晚之一。"

她停顿片刻，然后抖抖皮毛："我们走吧。"

赤杨爪和其他猫跟着沙风吃力地往山脊上爬。她领着大家穿过马场里大片的两脚兽巢穴，然后沿着由一些锃亮的两脚兽东西制成的栅栏继续前行。

"看！"烁爪兴奋地对赤杨爪耳语道，"马！"

赤杨爪认出了黛西曾在育婴室向他们描述过的大动物。有两匹马——一匹深棕色，一匹斑驳的灰色——都站在一棵树的树荫下，来回轻轻摆动着尾巴。

"它们不危险，除非你去招惹它们。"沙风语气轻快地说，"它

学徒探索

们也不会到栅栏的这边来。"

尽管如此,在他们离开马场,爬上最后一道陡坡后,赤杨爪才舒了一口气。爬上山顶后,他停下脚步,脚掌仿佛在地上生了根。

烁爪走过去站在他身旁,高声惊叹道:"哇哦!我从来不知道世界竟然这么大!"

赤杨爪放眼望去,他看到地面急速下降,山下是一道宽阔的山谷,谷中低矮的灌木丛生,还有宛若黑色巨蟒的东西蜿蜒其间。山谷对面是大片林木,还有一个巨型两脚兽地盘,密密匝匝的两脚兽巢穴挤在一起。这个两脚兽地盘比他们去采集猫薄荷时看到过的那一个大多了,四周的田野和小山绵延开去,直到渐渐模糊,消失在远方。

赤杨爪心中一颤,仿佛许多冰柱正同时刺着他。他回头看去,依然能看到大湖和湖畔的族群领地,他短暂的一生中唯一熟悉的地方。前方的一切,都属于未知的世界。这甚至比他的月亮池之旅更可怕,因为当时,他是沿着其他巫医走过的路在前进。现在,他却正将族猫带入一个没有熟悉道路的世界。

"你能看到你幻象中的那个地方吗?"烁爪问赤杨爪。烁爪正在眺望无边的美景,两眼放光,满脸兴奋的神情。

赤杨爪环顾四周,试图辨认出他幻象中的河谷,根本就没听到烁爪的话。因此,是沙风回答了烁爪的问题。

"当然不能。那个地方远得多。"

"伟大的星族啊!"烁爪尖叫道,"你的意思是说,还有更远

的地方?"

"还远着呢。"沙风告诉她,"我们越早上路,就能越早到达。走吧,我想在天黑之前通过下面的雷鬼路。"

赤杨爪意识到,沙风说的是那个像黑色蟒蛇一样的东西。这条路与通往湖边、将影族与河族领地分隔开来的那条小雷鬼路区别很大。整条路上都有闪光的物体在快速地来回移动,因为距离远,它们看上去像微小的甲虫。

"我们到达那里的时候,"沙风继续说道,"你们不能先过去。我让你们过去的时候才能过去。听清楚了吗?"她严厉地瞥了烁爪一眼,补充道。

烁爪点点头,尽管刚才挨了骂,她依然很开心的样子:"听清楚了,沙风。"

在沙风的率领下,五只猫走下斜坡,很快就来到一片很宽的矮树丛中。尽管这里的树木没有森林里的那样密集,赤杨爪依然很欣慰可以回到树荫下。他惬意地呼吸着各种温馨的气息,体验脚掌踩在深草上的感觉。

渐渐地,他听到前面有声音。但是,当声音越来越大时,他才意识到,那不是猫的声音,也不是他以前听过的任何其他动物的声音。他身上的毛慢慢直立起来。

沙风停下脚步,竖起尾巴,示意其他猫也停下脚步。"两脚兽!"她嘘声说道。

"真的?"烁爪饶有兴趣地扑闪着眼睛,"我们能去看看吗?"

学徒探索

　　沙风有些迟疑。最后,她终于回答说:"让你们知道它们的样子不是坏事。但我们不是到这里来傻看两脚兽的。这点你们别忘了。"

　　说罢,她更加小心地领着大家继续前进。

　　赤杨爪不得不承认,他其实和妹妹一样好奇。迄今为止,他只是偶尔瞥见过两脚兽,大多是在绿叶季两脚兽地盘附近,而且一直是远距离观望。他从没听到过它们沙哑的声音,也没到过它们面前,没见过它们真正的样子。

　　沙风绕过一丛黑莓丛,躲到一簇隐蔽的香薇丛后面,用尾巴示意:"好吧,过来看吧,但别让它们知道你们在这里。"

　　赤杨爪匍匐前进,烁爪跟在他身边,他们通过香薇丛向外看去。五只大小不同的两脚兽正坐在一片林间空地上。离它们不远处是连续不断的地面,上面覆盖着雷鬼路上那种黑色的东西,还有一个闪亮的物体——这一个是鲜红色——正蹲伏在一棵树下。

　　"那是什么?"他悄声问沙风。

　　"怪物。"沙风小声回答,"如果它们的黑色大脚掌踩到你,能把你踩死。但是,那一只看上去在睡觉。因此,它现在可能不会带来危险。"

　　"两脚兽坐着的是什么?"烁爪问,"看上去很像树干,但有点扁。"

　　赤杨爪觉得这个描述不错。还有一棵更大的扁平树干,上面散落着大大的叶片包裹。它们一定是装猎物的,因为两脚兽正将什么

东西往嘴里塞。

烁爪用舌头舔舔下巴。"我饿了。"她抱怨道,"不管那是什么,闻上去都很好吃!"

如此近距离看到两脚兽,听到它们沙哑的声音,闻到它们奇怪的气味,赤杨爪身上的毛立了起来,但他也看得很入迷。

"它们几乎没有毛。"他耳语般地说,"它们生病了吗?我记得叶池跟我说过,有一种疾病会让猫掉毛。但是,这些两脚兽好像都患了这种病。"他转向沙风,问道,"它们为什么不让巫医给它们治病?"

沙风逗趣地闪动着她的绿眼睛。"它们没生病。"她解释说,"两脚兽本来就这样。"

它们看上去很蠢!赤杨爪心里想,他纳闷自己刚才为什么要害怕它们,身上的毛渐渐平顺下来。

突然,最小的两脚兽从扁平树干上跳起来,号叫一声。令赤杨爪惊恐的是,它竟然挥舞着前掌,摇摇晃晃地向他们这边跑来。它那张圆脸红红的,嘴里正发出疯狂的叫喊声。

"它看到我们了!"樱桃落惊呼道。

与此同时,沙风已经下达命令:"别跑!否则我们会跑散的。藏起来!"

赤杨爪迫使自己挪动脚步,冲回黑莓丛,埋头就往里面钻,感觉荆棘从皮毛上划过。他听到烁爪就躲在他旁边。"该死的荆棘!"烁爪嘟哝道。

学徒探索

鼹鼠须的声音从稍远处传过来:"我们本应该知道会这样的!两脚兽历来就是大麻烦。"

赤杨爪听到那只两脚兽幼崽抬高声音,厉声尖叫起来。然后,低沉的成年两脚兽声音越来越近。地面被它们巨大笨拙的脚掌踩踏得颤动起来。赤杨爪尽可能蜷缩成一团,并希望自己的族猫们都很好地隐藏起来了。

最后,各种声音渐渐消失,脚步声渐渐远去。赤杨爪退出黑莓丛,站在那里,抖动着皮毛。他感觉森林里的每一根荆棘都戳进自己皮毛中了。

然后,他注意到烁爪不仅已经出现,而且已经回到空地边上,重新透过香薇丛张望着。

"你在干什么呀?"他蹑手蹑脚走到妹妹身边,压低声音说,"你想让两脚兽抓住你吗?"

"不会的,它们已经走了。"烁爪回答说,"来看吧。真的很有意思。"

在好奇心的驱使下,赤杨爪分开香薇丛,抬眼看去。三只两脚兽幼崽正爬进怪物里面。成年两脚兽正在收拾大的扁平树干上的叶片包。然后,它们穿过空地,将叶片包扔进一个两脚兽物件里面。那东西看上去像顶端有个小山洞的岩石。

"那是食物!"烁爪低声说,"我能闻出来。但它们为什么把食物放在那里?"

"也许那是两脚兽储存食物的地方。"赤杨爪猜测道,"估计

它们饿了的时候会回来取。"

"不对。"赤杨爪惊得一跳,原来沙风已经走到他们身旁,"那是两脚兽放置多余食物的地方。它们不会再要那些食物了。"

"它们怎么可能不要了呢?"烁爪问,"闻上去很香!"

赤杨爪嗅嗅空气,食物的香味扑鼻而来,让他直流口水。他这才意识到他有多饿。

"两脚兽真奇怪。"鼹鼠须说着和樱桃落一起向他们走过来。

赤杨爪看到,两只成年两脚兽也钻进怪物里,和幼崽们在一起。然后,他无比震惊地看到,怪物怒号一声苏醒过来,向空气中释放出酸臭的气味,转头离去,它的黑色脚掌在雷鬼路那种黑色的东西上越转越快。最后,怪物消失在树林之中。

"怪物把它们吃掉了吗?"烁爪惊恐地瞪大眼睛问。

沙风摇摇头:"没有。怪物只是让两脚兽坐在它们身体里面。我可不想去弄明白这是为什么。"

"我早就跟你们说过,两脚兽都很怪。"鼹鼠须说,"它们的怪物也很怪。"过了一会儿,他又补充说:"听着,它们也许很奇怪,但它们的有些食物却真的很美味。我对两脚兽没多大兴趣,但那些食物就在那里,如果我们把它们浪费掉,我们就太鼠脑子了。"他摇摇尾巴,指指那个顶端有开口的岩石。

猫儿们面面相觑。

"我不确定……"沙风迟疑着,"你们都知道,猫武士不能吃宠物猫的食物。"

学徒探索

"这不是宠物猫的食物。"樱桃落争辩道,"这是两脚兽的食物。"

"嗯……好吧。"沙风勉强表示同意,"你们看看能不能把食物从那里取出来,我负责警戒。"

沙风留在空地边上。烁爪急切地率先向那块岩石走过去。赤杨爪上下打量,有闪亮的黑色东西从岩石顶部的开口处伸出,开口处四周是闪亮的银色,很光滑,没有猫可以踏脚的地方。

"我们怎么进去呀?"鼹鼠须问,但他听上去好像并不真的期待有谁给他答案。

樱桃落试着往那岩石上爬,但她的脚掌在岩石光滑的表面上直打滑,她根本没爬多高就滑了下来。"老鼠屎!"她咒骂道。

"我有个主意!"烁爪兴奋得毛发竖立,尾巴也蓬松开来,"你们都往后站。"

她先后退几个狐狸身长远,然后向前猛冲,飞身跳到岩石顶部,摇摇晃晃地站在那个小洞口的边缘上。

"下来!"樱桃落高声叫道,"你会掉进去的。我们怎样才能把你弄出来?"

"我没事!"烁爪尖声说。

她用脚掌死死抓住洞口的边缘,用力来回摇晃身子。在她体重的作用下,岩石慢慢倾斜,然后突然倾倒。烁爪及时跳落到安全处。岩石轰的一声砸到地上,一大堆两脚兽杂物倾泻而出。

"看到了吧?很简单!"烁爪气喘吁吁地说,脸上一副得意的

表情。

鼹鼠须把头伸到那个洞口中，用爪子撕破两个两脚兽的叶片包，叼出一大团什么东西。赤杨爪闻到了更多诱惑的香味。

"这是什么？"他问。

由于叼着食物，鼹鼠须含糊不清地说："不知道，我觉得是某种鸟，去拿一些吧，有很多。"

烁爪立即效仿他，拖出一块巨大的鸟肉。"这鸟太大了，一定是只鹰。"她说，"我和沙风一起吃。"

赤杨爪和樱桃落也跟着去给自己拿了些食物。"谢谢你，烁爪。"赤杨爪说着回到香薇丛旁边的猫群中，"你还很擅长捕获两脚兽食物！"

他咬了一口新鲜食物，发现味道比闻上去更好。但是，当他大口吞下食物后，却开始觉得皮毛发麻，仿佛有什么生物正在看着他。他试着让自己别犯傻，但就是无法摆脱那种感觉。

树林里响起沙沙声。赤杨爪一惊，回头看去。

也许那只疯狂的两脚兽幼崽回来了？又或许两脚兽根本没有真的抛弃这些食物？

可是，沙沙声渐渐消失，他也没看到什么。他试图去捕捉气味，但两脚兽食物的香味掩盖了其他的所有气味。他回头吃完食物，竭力安慰自己，那只是臆想出的东西。

奇怪……我总有被监视的感觉。

第十章

太阳正在落山，天空被染成深红色，远征猫仍在树林里穿行。赤杨爪已经饿得肚子咕咕叫。从正午开始，他就感觉异常紧张，以至于没有意识到肚子难受是因为没吃东西。他们离家越来越远，吃两脚兽食物仿佛已是很多天前的事情。

"我觉得我们应该停止前进，开始狩猎。"鼹鼠须说，"很快就要天黑了。"

沙风看上去有些迟疑："我们还得过雷鬼路。我本来打算先过去再狩猎。"

赤杨爪第一次注意到，空气中有股酸臭的气味，远处传来阵阵隆隆的声音，要不是天气晴朗，他会认为那是雷声。但酸臭味让他想起了吞没两脚兽的怪物，意识到隆隆声一定来自雷鬼路。

"我已经快要饿死了！"烁爪向沙风抗议说，"求求你，让我们先狩猎好吗？"

沙风抽抽胡须，终于表示同意："好吧。说实话，我也饿了。"

她的话音未落，烁爪已经冲进矮树丛中。没过多久，她嘴里叼着一只田鼠重新出现了。

猫武士

"干得漂亮。"沙风赞许地点点头说。

"真不知她是怎样做到的。"鼹鼠须嘀咕道。

在鼹鼠须称赞烁爪的本领时，赤杨爪竭力抑制住自己的羡慕之情。令他没想到的是，鼹鼠须又转向他说："你想和我一起狩猎吗，赤杨爪？"

"呃……当然。"赤杨爪猜测，鼹鼠须可能觉得他无法独自狩猎。好像又成为他的学徒了。他心里这样想着，跟在前任老师身后，钻进一片茂密的榛树灌木中。

"试试我以前教过你的方法。"鼹鼠须建议道，"一次把注意力集中在一小片区域。这方法好像对你很管用。"

也不是很管用。赤杨爪心里嘀咕着，蹲伏下来，全神贯注地看着最近的榛树灌木下的落叶和小树枝。他仔细嗅闻着，捕捉到了老鼠的气息。很快，他看到了几乎被一堆枯叶完全遮住的老鼠。

赤杨爪认真回想着从鼹鼠须那儿学过的一切，缓慢匍匐向前。老鼠好像还没发现他，正在枯叶中四处扒拉。然后，赤杨爪停下来，将目光瞟向头顶的一根树枝。我有足够的空间起跳吗？我会碰到树枝，吓跑老鼠吗？

就在他犹豫不决的时候，老鼠突然一惊，转身就逃。如果鼹鼠须没有及时猛扑过去，一掌将它拍死，老鼠就会逃之夭夭。

"你再试试吧。"鼹鼠须显然已经厌烦了与赤杨爪一起狩猎，"我去看看能否找到松鼠！"

他走开了，把老鼠留在地上，让赤杨爪带回去。

学徒探索

赤杨爪再次尝试着狩猎。他看到一只黑鸟正在榛树灌木边的草丛中啄食。他摆出蹲伏狩猎姿势,慢慢向黑鸟靠近,坚信自己这次不会失败。他想象着自己嘴里叼着黑鸟,回到族猫们身边时的情景。当他离黑鸟越来越近时,他兴奋得连脚掌都颤抖起来。

但接着,他的一只前掌滑向一侧,他失去了平衡。黑鸟惊叫着飞走了。"狐狸屎!"赤杨爪一边站稳脚跟一边嘘声道,他这才意识到自己被悬垂着的草虚掩了的一个小坑给滑倒了。

任何一只猫都可能遇到这种情况。他在心里为自己辩解,然后,他又愤愤地想,但它为何就必须发生在我身上呢?

他环顾四周,想找到更多的猎物。但是,他只看到鼹鼠须用两只前掌拖着一只松鼠走过来。

"还是运气不好?"他的前任老师同情地问,"没关系。你可以吃这个,别忘了把老鼠带回去。"

回到先前族猫们所在的地方时,赤杨爪看到沙风已经抓到一只肥美的鸽子,樱桃落捕到两只老鼠。

当他和鼹鼠须走近时,烁爪欢呼起来:"嘿!你抓到了一只老鼠!"

"不,我没有,"赤杨爪说着放下猎物,"是鼹鼠须抓到的。"

当他和族猫们尽情享用猎物时,他感觉自己前所未有的无能。

他们吃完时,太阳已经完全落下,树林里阴暗下来。"天色已晚,"沙风说,"如果我们想今晚过雷鬼路,最好马上就出发。"

他们重新上路时,赤杨爪觉得皮毛又开始发麻,总感觉有什么

猫武士

东西在跟着他们。他们从一片茂密的林下灌木边走过时，他几乎可以肯定，有什么东西正从灌木深处看着他们。他不知道是否应该把自己的怀疑告诉沙风，但他仔细嗅闻空气时，闻到的却全是同伴们的气味，没有辨认出任何陌生的气息。他们肯定会认为我是想入非非，也可能的确如此！他在心里对自己说，竭力想摆脱这种感觉。

远征猫们继续大步前行，隆隆声越来越大，空气中酸臭味弥漫，掩盖住了森林的气息。他们没走多远，就到了树林尽头，来到雷鬼路边的狭长草地上。

赤杨爪看着雷鬼路，他的心跳得非常厉害，让他以为心会从胸腔里蹦出来。他从没见过这么恐怖的事情——许多怪物正向两个方向狂奔。它们离路边很近，它们冲过时刮起的风，将猫儿们的毛发吹乱。它们奔跑时发出奇怪尖厉的叫声，仿佛正在互相交谈。大多数怪物都有两只炫目的眼睛，刺破它们前方的黑暗。

这时，赤杨爪看到一只独眼怪物，它看上去比其他怪物更加危险。

"独眼怪物！"烁爪惊叫着紧紧靠在赤杨爪身上。这次，她听上去和哥哥一样害怕。

"你们必须勇敢起来。"沙风声音镇定地说，"我们得在完全天黑之前过去。跟着我，记住我说过的话。在我下达命令之前，谁也不能过去。"

赤杨爪深吸一口气，集中起全部力气。他闭上眼睛，向他幻象中的猫发出呼唤。我是为你们这样做的。然后，他意志坚定地重新

学徒探索

睁开眼睛。如果我们必须过去，那么我们绝不退缩。

他跟着沙风，和族猫们一起站到雷鬼路的边沿上。怪物呼啸而过，他简直无法相信他们离怪物这么近。噪声、狂风、恶臭冲击着他，让他几乎不知自己身在何处。怪物的速度太快，让他无法看清它们的脚掌，只看到模糊的黑色。怪物巨大的咆哮声刺痛他的耳朵，怪物明亮的眼睛让他无法直视。

"别担心，"沙风站到他旁边说，"只要我们选择的过路时间没错，怪物不会伤害到我们。"

赤杨爪很想相信她的话，但他无意间注意到，沙风的声音和气味中都透出恐惧。

怪物之间没有安全的空当可供远征猫们安全通过。赤杨爪想象着，自己被那些巨大的黑色脚掌碾平，紧贴在雷鬼路的黑色路面上。

突然，有什么东西从一只怪物里面飞出。在怪物眼睛发出的光芒的照耀下，那东西闪着微光，直冲鼹鼠须。沙风也看到它了。

"不！"她大叫一声，扑向鼹鼠须，用力将他向一旁推去。

两只猫失去平衡，翻滚着倒下。与此同时，那个东西"砰"的一声砸在雷鬼路边上，变成碎片。

"谢谢！"鼹鼠须摇摇晃晃地站起来，气喘吁吁地说，"沙风，你可能救了我的——"

他突然打住话头。另一个东西从另一只怪物中出现，一道黑影从空中掠过。

"跑！"沙风高喊道，"回到树林里！"

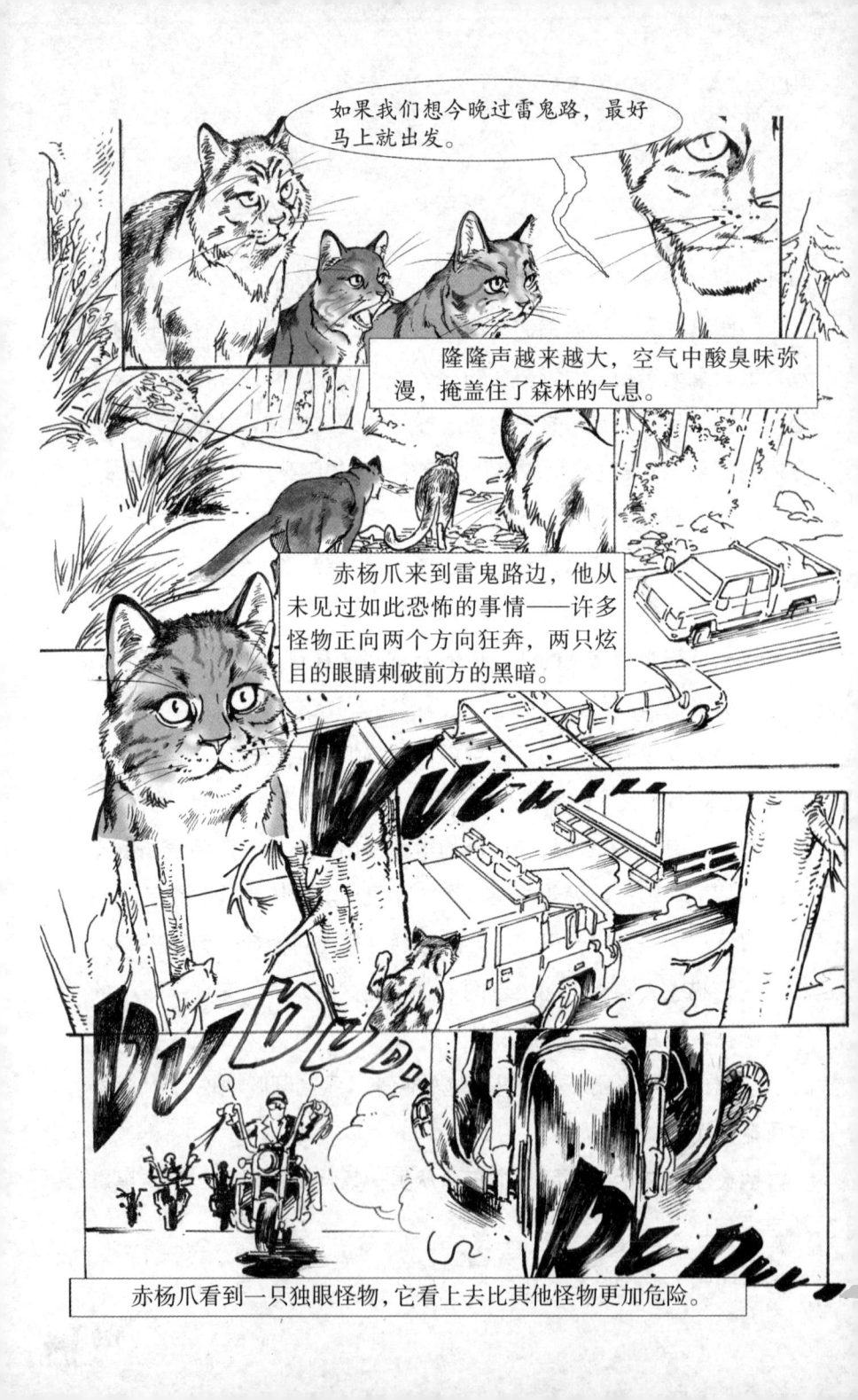

如果我们想今晚过雷鬼路,最好马上就出发。

隆隆声越来越大,空气中酸臭味弥漫,掩盖住了森林的气息。

赤杨爪来到雷鬼路边,他从未见过如此恐怖的事情——许多怪物正向两个方向狂奔,两只炫目的眼睛刺破前方的黑暗。

赤杨爪看到一只独眼怪物,它看上去比其他怪物更加危险。

你们必须勇敢起来。

我们得在完全天黑之前过去。跟着我,记住我说过的话。在我下达命令之前,谁也不能过去。

赤杨爪深吸一口气,集中起全部力气。他闭上眼睛,向他幻象中的猫发出呼唤。

谁也没等着去弄清楚第二个东西是什么。赤杨爪和烁爪并肩冲回林下灌木中时,听到它"砰"地落在他身后的地上。起初,他生怕他们会在越来越暗的夜色中走散,但没过多久,他们就重新聚到一起。大家挤成一团,躲在香薇丛下瑟瑟发抖。

"今天就到此为止吧!"沙风说话时声音在颤抖,"我本想趁着夜色过去,但没料到怪物会扔东西砸我们。我们就在这里过夜,早上再过去。"

赤杨爪万分欣慰,因为他暂时不必再回去面对眼睛雪亮的怪物了。可一想到次日还得过雷鬼路,他总也摆脱不了心中隐隐的焦虑。

每一只猫都已疲惫不堪,根本没想到还要给自己做一个像样的窝。大家爬进一处香薇丛深处,紧紧蜷缩在一起。赤杨爪感觉舒适温馨,妹妹的毛紧贴在他的一边侧腹上,另一边是鼹鼠须。

但是,当睡意袭来时,他的皮毛再次发麻,他确信,那个神秘的跟踪者正在看着他们。

第二天早晨,阳光斜照进香薇丛中,赤杨爪醒了。他挣扎着爬起来,钻出香薇丛。他看到沙风正在一棵山毛榉树下梳理皮毛,没有其他族猫的踪影。

"我起得太迟了!"他惊呼道,"你为什么不叫醒我?其他猫在哪里?"

"别着急。"沙风说着舔舔脚掌,然后摸了摸一只耳朵,"太阳刚刚出来,其他猫狩猎去了。"

学徒探索

她的话还没说完,香薇叶一阵摇晃,樱桃落叼着一只松鼠出现了。鼹鼠须和烁爪跟在她后面,各自叼着一只野鼠。

"真是满载而归啊!"沙风高兴地说,"我们赶快吃了上路吧。"

吃饱肚子后,赤杨爪跟着族猫们走出树林,再次来到雷鬼路边。当他在那条硬邦邦的黑色道路边蹲伏下来时,心里仍然很害怕。当怪物呼啸而过,他浑身的毛都奓了起来。但是,他已经没有前一晚那么害怕了。

至少,我们可以清楚地看到怪物全身,而不仅仅是它们亮闪闪的眼睛!

沙风站在队列中间,来回摆动脑袋,向雷鬼路两头张望,等着怪物之间出现空当。她说:"听到我说'跑',你们就拼命跑,就像正被全部影族猫追赶一样。而且不能停步,必须一口气跑到对面去。"

赤杨爪觉得过了很长时间,怪物的咆哮声才停息,最后一只怪物消失在远方。

"跑!"沙风高喊道。

赤杨爪纵身向前一跳,跑上雷鬼路,向对面的树林冲去,脚掌几乎没有挨着雷鬼路那坚硬的表面。烁爪和他齐头并进。突然,怪物的咆哮声直刺赤杨爪的耳膜,他听到沙风尖叫道:"再快点!"

赤杨爪抬起头,看到一只硕大的怪物正张着血盆大口向他冲过来。他本能地吓蒙了,但烁爪一头撞到他身上,迫使他继续跑。怪物从他们身后冲过,刮起一阵疾风。赤杨爪气喘吁吁地瘫倒在雷鬼

路另一边的草地上。

"伟大的星族啊,太恐怖了!"烁爪心有余悸地说。

赤杨爪坐起身,大口喘着气:"谢谢你,烁爪。你救了——"

妹妹用力推了他一把:"闭嘴,愚蠢的毛球。"

"我们应该隐蔽起来。"鼹鼠须建议说,"怪物可能会再次扔东西。"

"好主意。"沙风表示同意。

那天的剩余时间里,他们一直在树林里穿行。云层越来越厚,阴影笼罩着森林。风吹过树梢,发出沙沙的响声,几滴雨点洒落下来。傍晚时分,天空重新放晴,但空气依然寒冷。赤杨爪抖松皮毛。真希望能回到学徒巢穴里温暖的窝中。至少,我不再有被监视的感觉。也许我们终于摆脱了那个家伙。无论它是什么,它都可能已被雷鬼路阻隔在另一边。

最后,他们来到一个四周长着浓密冬青灌木的洼地。洼地最低处有一个小水坑。所有的猫此时都已脚掌酸痛。他们一瘸一拐地下到洼地里,乐滋滋地舔水喝。

"这地方很好,可以当营地。"沙风说,"赤杨爪,你和我去搜集筑巢的东西,其他猫去狩猎。"

赤杨爪感觉有些遗憾,他永远不会被选作狩猎猫。但他很快投入到搜集树叶、苔藓和香薇的工作中,准备在一丛灌木下搭建一个供族猫们分享的大巢穴。当月亮升起,其他猫带着几只画眉和地鼠回来时,柔软、舒适的大巢穴已经搭好。

学徒探索

烁爪狼吞虎咽地吃掉她的那份猎物，打了个呵欠，说："晚安！也许明天我们就能找到那个暗影中的东西。"

"哦，不，"沙风睡眼蒙眬地回应道，"还有很长的路要走。"

赤杨爪钻进巢穴里，在烁爪身边躺下。

他快要睡着时，听到灌木丛中的什么地方有树叶被踩得嘎吱嘎吱响。他坐起身，立即警觉起来。他发现沙风也听到了那个声音，其他三只猫也正要爬起来。嘎吱声还在响着，赤杨爪分辨出那是脚步声。

沙风用尾巴示意其他猫留在原地。"我去看看。"她小声说。

她小心翼翼地从窝里爬出，向灌木走去，仿佛正在追踪老鼠。她快要走到那里时，一声凶猛的号叫刺破夜空。

赤杨爪闻到一股恶臭，只见一个身影从灌木中猛冲出来，扑向沙风。赤杨爪瞥见了闪着寒光的尖牙利爪和恶毒的目光，吓得叫了起来。

"星族啊，不！"烁爪惊叫道，"我觉得那是狐狸！"

第十一章

赤杨爪看得目瞪口呆,简直无法相信狐狸的动作会如此之快。狐狸瘦长的身子从空中飞过,一脚踩在沙风身上,旋即又将尖尖的口鼻埋进沙风的皮毛,很显然,它尖利的牙齿已插入沙风的肩膀!沙风痛得尖叫起来。

赤杨爪从惊愕中回过神来,冲上前去,猛扑到狐狸身上。狐狸咆哮着一转身,跳了起来,将赤杨爪从背上抖落。沙风趁着狐狸松口的时机滚向一旁,一脸茫然的表情,鲜血正从她肩上的伤口中汩汩流出。

"退到一边去!"赤杨爪向她喊道,"太危险——你受伤了!"

沙风迟疑着,伸出爪子。然后,她才不情愿地蹒跚着退到一边。

赤杨爪再次冲向狐狸,在它侧腹上狠狠抓了一把。当狐狸张嘴向他咬来时,他及时跳开。其他猫在哪里?他心里想。他环顾四周,心顿时跳得更厉害了。第二只狐狸正在进攻他的同伴,族猫们正在拼死自卫。他们不可能帮助我!赤杨爪心里越来越怕。夜空中充斥着厮打声和怒吼声,弥漫着鲜血的腥味。

赤杨爪迎战的那只狐狸猛击他的脸部,他差点没能低头躲过。

学徒探索

狐狸再次向他进攻，赤杨爪向后跳去，撞到一个硬邦邦的东西，他意识到自己背后就是树干，已经被狐狸围困住了。

狐狸低吼着，用爪子抓挠着他面前的地面。赤杨爪试图用嘶吼声给自己壮胆，但他的叫声听上去却是那么无力，毫无威胁。我甚至都吓唬不住一只幼崽！

当狐狸蹲伏下来，准备起跳时，赤杨爪立即做好迎战准备。但是，狐狸还没来得及跳起，突然传来一声响亮的号叫。赤杨爪在月色中看到，一个毛球飞一般从灌木中飞出，不偏不倚直接落在狐狸背上。

狐狸发出一声撕心裂肺的尖叫，左突右跳，试图摆脱背上那个毛球。但是，那个毛球已经将爪子深深插入，稳稳骑在狐狸背上。

那是一只母猫！赤杨爪意识到，伟大的星族啊，她太勇敢了！但她哪里是狐狸的对手！

没时间去思索这只陌生猫是谁了。赤杨爪重新投入战斗，试图将爪子插入狐狸的喉咙。但是，狐狸猛烈摆动头部，赤杨爪只好松开爪子。这时，他发现烁爪已经来到他身边，正英勇地迎战狐狸。她在狐狸肩膀上猛抓一爪，然后迅速冲回安全距离。

"猛击它的眼睛！"狐狸背上的猫叫道，"袭击它的后腿！"

赤杨爪觉得陌生猫的声音听上去非常熟悉，但他没时间去细想。在昏暗的月光下，他也无法看清楚她。

"无论如何，你别松开！"烁爪向她喊道。

"我不会的！"陌生猫用爪子在狐狸背上狠狠抓挠着。赤杨爪

猫武士
MAOWUSHI

和烁爪则继续从一侧进攻,试图将狐狸掀倒。

最后,狐狸终于号叫起来,用力一抖,将陌生猫从背上抖落。陌生猫飞进一片香薇丛中。赤杨爪冲过去,挡在她和狐狸之间,准备保护她。但是,狐狸显然已经招架不住,转身逃去。樱桃落和鼹鼠须将第二只狐狸也赶跑了。

一时间,所有的猫都默默站在原地,大口喘着气,胸脯剧烈起伏。沙风第一个说话:"大家都还好吧?"

"我没事。"赤杨爪回答说。

"我的肩膀撞到地上了。"鼹鼠须说,"我觉得明天我的动作可能会有些僵硬,但不严重。"

"我只是掉了一点毛。"樱桃落说。

赤杨爪开始上上下下嗅闻烁爪,检查她是否安然无恙。妹妹在他鼻子下不停地扭动着:"说实话,赤杨爪,我很好。"

"我也是。"陌生猫的声音从赤杨爪身后传来。他转过头,看到她正从先前掉进去的那片香薇丛中钻出。

"感谢你的帮助。"赤杨爪说,其他猫也异口同声地表示感谢,"要不是因为你,我想狐狸就要咬到我了。"

这时,月亮从一朵云后钻出,赤杨爪第一次仔细打量起陌生猫。"松针爪!"他惊呼道,"你在这里做什么?"

松针爪迈步走到猫群中间,目光镇定地看着他们。"把你们从狐狸口中救出来呀!"她回答说。

"可是……你不是影族学徒吗?"樱桃落问,"你的老师在哪

学徒探索

里？你在离家这么远的地方做什么？"

松针爪显然很讨厌被问到这样的问题，她倔强地甩甩尾巴。"我在风族领地上探险的时候，恰巧看到你们经过。"她回答说，"我确信这与预言有关，所以就跟来了。"

"你不应该在没有老师陪同的情况下四处闲逛。"沙风责备她说。由于伤势严重，她的声音听上去有些严厉。赤杨爪知道，她需要休息并接受治疗，而不是与这只影族猫争辩。"而且你也不应该在风族领地上探险。"

"我又没狩猎！"松针爪反驳说，"而且我……"

沙风狠狠瞪了松针爪一眼，她的声音才渐渐小下去。"你根本不应该未经族长许可擅自离开影族领地。"沙风继续说道，"你不知道独自外出有多危险吗？你回去后，花楸星不会轻饶你的。"

松针爪毫不胆怯地盯着沙风，但没吭声。

"你真的一直在跟踪我们，还过了雷鬼路？"鼹鼠须好奇地问，"那很危险。"

"当然。"松针爪不屑地说，"雷鬼路没什么了不起，我不怕怪物！"

赤杨爪很疑惑她是真的这样想，还是她为了让自己看上去很强大才故意这么说。雷鬼路太可怕了！

"那你就是鼠脑子。"鼹鼠须讥讽地对她说。

"我可以照顾好自己。"松针爪反驳说，"而你们却好像力不从心。你们显然需要我的帮助。我刚刚救了你们！"

"你可能是帮忙解救了我们。"烁爪指出,由于愤怒,她的尾巴尖来回甩动着,"但只是帮忙而已。"

松针爪没理会她。"我现在要加入你们。"她宣布说。

樱桃落和鼹鼠须怀疑地交换了一下眼神。"不可能!"樱桃落大声说。

"当然不行。"沙风的语气有些粗暴,"你应该回到自己的领地上去。"

"我就要留下,你们无法阻止我。"松针爪毫不胆怯地说,"我知道,你们要去找预言里说的那个暗影中的东西。我当然不能让你们只为雷族找到它。谁说影族不能参与这事?"她的目光从每一只猫身上掠过,她的声音也急切起来。赤杨爪感觉她好像很绝望,不仅仅只是想找到暗影中的东西那么简单。"如果我能做点什么可以驱散影族天空阴霾的事,那我必须去做!"

赤杨爪心里涌起对松针爪的同情。如果我处在她的位置,我也想驱散雷族天空的阴霾。但是,当松针爪转过身,直接对他说话时,他却大吃一惊。

"赤杨爪,你是巫医,你了解这件事,你觉得怎样?"她的声音柔和下来,带着恳求的意味,"请让我跟你去吧。"

赤杨爪很开心。他知道这只猫尊重他,正在恳求他。他也知道他不应该喜欢松针爪。她是外族猫,她一直在违反规定,她对长老粗鲁无礼……但她很有趣,与众不同,狩猎技能和作战本领都很高强,而且她总是敢想敢说。

学徒探索

"我……呃……我不知道。"他言不由衷地说,"我不确定我是否——"

令他欣慰的是,沙风插话说:"这的确是赤杨爪的探索。但尽管如此,他不能独自做出这个决定。我们必须讨论……私下讨论。"她说完又狠狠瞪了松针爪一眼。

"当然可以。"松针爪说罢,似乎是满不在乎地舔了舔一只脚掌。

她其实很在乎这件事,赤杨爪意识到,尽管她永远不会承认,但她很在意我们会做出怎样的决定。

雷族猫走到空地边上的一片树丛中。赤杨爪注意到,沙风走路一瘸一拐的,肩膀上的伤口仍在出血。

"你还好吗,沙风?"他问,"我应该检查一下你的伤口。"

"我会好的。"沙风故作轻松地抽了抽胡须。

但赤杨爪可不敢掉以轻心。他们刚刚坐到树下,他就对沙风说:"好好舔舔伤口。烁爪,去找些蛛丝。"

"哼,颐指气使的巫医!"烁爪没好气地说,"松鸦羽没教过你礼貌吗?"不过,她立即开始在林下灌木中四处嗅闻,很快便抓着一把蛛丝回来了。

此时沙风已经清理好了伤口。赤杨爪检查得十分仔细,很高兴看到伤口不再大量出血,而是缓缓渗出。当赤杨爪将蛛丝敷在沙风的伤口上后,沙风说:"情况还不错。但我们怎样处理松针爪?我可不想让她拖我们的后腿。但她太年幼,不能单独行动,因此,我

们也不能在没有任何猫照顾她的情况下,让她自己回影族。这不安全!"

"你说得对。"樱桃落表示同意。

鼹鼠须愤怒地一甩尾巴。"这只爱管闲事的小猫是自讨苦吃。"他不耐烦地说,"她应该自己去想办法!厚脸皮的影族学徒跟我们没关系!"

"嗯,"赤杨爪开口说,"不过,狐狸袭击我们时,她的爱管闲事来得正是时候。"如此顶撞资深武士让他觉得心里有愧。

鼹鼠须嘟哝道:"说的也是。"

"我们最终会把狐狸赶跑的。"烁爪说,"我们不需要松针爪。"

"这样讨论不会有结果的。"沙风叹息道,"赤杨爪,有一件事松针爪说得没错,这是你的探索。你的意见如何?"

"我不同意鼹鼠须和烁爪的意见。"赤杨爪说道,尽管他很不情愿反驳前任老师和自己的妹妹,"我认为松针爪应该跟我们走。即使我们把她打发回去,她也会不管不顾,继续跟着我们的。"

"也许会这样,"鼹鼠须反驳道,"但我们没理由欢迎她加入。"

"好吧,"沙风说,"既然我们的意见无法统一,我来做最后的决定。松针爪跟我们走。"

烁爪和鼹鼠须失望地对看了一眼。

"好!"烁爪气冲冲地说,"但我们不能告诉她这次探索的真正目的,对吗?"

赤杨爪不敢去看妹妹的眼睛。我自己的族猫也不知道这次探索

学徒探索

的真正目的！

沙风看了赤杨爪一眼，小声说："对，我们不会告诉她。"

然后，雷族猫起身走回洼地里，去告诉松针爪他们的决定。在路上，赤杨爪听到樱桃落和鼹鼠须在他身后窃窃私语。

"那只猫回到她自己的领地之后，一定会遇到大麻烦。"鼹鼠须嘟哝道。

"但那不是我们的问题。"樱桃落回应道，"是她自己的事！"

他们离开时，松针爪显然一直在梳理皮毛，她油亮的皮毛在曙光中闪着微光。相比之下，赤杨爪却是灰头土脸，浑身都是与狐狸鏖战留下的痕迹。

"我们决定让你加入我们。"沙风宣布说。

松针爪举起一只脚掌，仔细检查着爪子。"很好，你们当然会这样决定。"她淡定地说，"反正你们也不可能阻止我。"

她的无礼气得赤杨爪毛发都竖了起来，但他感觉到松针爪开心多了，尽管她仍在掩饰。*她好像……很寂寞。*他心里想。

在太阳即将升起的地方，天空已经开始泛红，赤杨爪可以更加清楚地打量松针爪了。他确信，他从松针爪的眼神中可以看出，她很高兴能加入远征队。

第十二章

"沙风,"赤杨爪说道,"既然太阳已经升起,我想再好好检查一下你的肩膀。"

老母猫叹了口气:"我正等着你说呢。"

当赤杨爪揭下他前一天晚上包扎好的蛛丝时,沙风一动不动,仍有少量血液从伤口渗出。

"我们怎么做才能帮到沙风?"烁爪焦急地从赤杨爪肩膀上方探头问道。

让赤杨爪开心和欣慰的是,他非常清楚自己究竟需要什么。叶池和松鸦羽会为我自豪的。

"紫草根。"他回答道,"樱桃落、鼹鼠须,你们能去找一些吗?它长着又大又长的叶子,根是黑色的,有着独特的浓烈气味。"

"就是你以前敷在我脚垫上的那种东西,对吗?"樱桃落问道,"我知道该去找什么了。走吧,鼹鼠须。"

"说实话,并没有那么严重。"当两名武士消失在灌木丛中时,沙风抗议道,"我不会有事的。"

"你还得让我处理一下伤口,"赤杨爪回应道,"这很重要。"

学徒探索
XUETUTANSUO

　　这种感觉很奇怪，他居然在告诉长老该怎么做。看到沙风不太情愿地点了点头，他很开心，又补充道："与此同时，你再好好舔舔伤口。然后，就可以敷药了。"

　　樱桃落和鼹鼠须带着足够的紫草根返回的时候，太阳依然没有升得很高。赤杨爪马上投入工作，咀嚼紫草根。紫草根被嚼成糊状后，他便把它涂在沙风的伤口上面。当汁液渗入后，沙风感到舒服多了，长长地舒了一口气。

　　"感觉好多了。"她咕哝道。

　　"现在该你们了。"赤杨爪说道。

　　"老实说，我们都没问题。"烁爪抗议说。

　　"我说你们没问题，才是真的没问题。"赤杨爪反驳道，想起了松鸦羽喜欢对那些不愿意接受治疗的猫说的话。

　　烁爪抽抽胡须，但当赤杨爪检查她的时候，她静静地站着。在清晨明亮的光线下，他发现烁爪前腿上有一道头天晚上没有发现的抓痕。他轻轻敷了些紫草根药糊在上面。

　　"谢谢，太棒了。"烁爪说道，"嗨，你知道你的耳朵一直在流血吗？"

　　赤杨爪没有意识到耳朵上的刺痛。一开始是被战斗分了心，紧接着是讨论是否让松针爪加入，随后又一直忙着医治族猫，这些都让他无暇顾及伤痛。

　　"愚蠢的毛球！"烁爪轻轻推了他一下，"站好，我帮你舔舔。"她的舌头敏捷地从他耳朵上舔过。"我要往上面敷紫草根药糊了。"

猫武士
MAOWUSHI

她继续说道，"好啦！完成。你认为我可以成为优秀的巫医吗？"

"绝对不可能！"赤杨爪打趣地咕噜道，"但你可以成为非同一般的武士！"

赤杨爪检查其他族猫的时候，高兴地发现，虽然狐狸抓掉了樱桃落的一些毛，但她一点都没有受伤。

"我的肩膀还有点疼，"鼹鼠须告诉他，"但不严重。我想我们出发时它会好的。"

"我看到你背上有道擦伤。"赤杨爪说着转向松针爪。为来自其他族群的猫提供帮助，使他略感羞涩。"你想让我看一下吗？"

"请吧。"松针爪不舒服地扭动身子回答说，"那只臭狐狸把我扔到了香薇丛中。好痛呀！"

经过仔细检查，赤杨爪看见一些刺扎进了松针爪的背部。她身上还有一道已经结痂的擦伤。

"你身上扎了一些刺。"赤杨爪说道，"趴下，我把它们拔出来。"

松针爪趴到地上，赤杨爪设法用牙齿咬住刺的根部，猛地把它们拔出来，然后吐在地上。一股股鲜血从细刺刚才所在的位置冒出来。

"现在，我给你敷上紫草根，"赤杨爪继续说道，"可以止痛。"

随着紫草根的汁液浸入背部，松针爪舒展腿脚，放松下来："谢谢你，赤杨爪。你肯定是一名非常优秀的巫医，因为我已经感觉好多了。而且，我也饿了！"

学徒探索

听到松针爪赞扬的话,赤杨爪浑身发热,非常难为情。当樱桃落开始组建狩猎巡逻队时,他非常开心地退后一步。然后,樱桃落、鼹鼠须、烁爪以及松针爪进入树林,赤杨爪留下来陪伴沙风。

其他猫离开之后,沙风咕哝道:"你做得棒极了,赤杨爪。"

赤杨爪低下头:"谢谢,沙风。"他不确定这赞美是否是他应得的,但他感觉心中溢满幸福,仿佛一片洼地注满了雨水。

狩猎队返回的时候,还没到正午。鼹鼠须和烁爪各自叼着一只老鼠,樱桃落捕到的是一只田鼠。看见松针爪带回的猎物时,赤杨爪惊讶地瞪大了眼睛。她拖着一只鸽子和一只松鼠,两只猎物大得都快让她拖不动了。她加快步伐,大步走到洼地底部,赤杨爪和沙风正在那里晒太阳。松针爪把她抓到的猎物放在他们脚掌边。

赤杨爪竭力掩饰着自己的震惊,但他确信松针爪能够看出来。

"不错,哈!"松针爪说道,"你们不后悔让我留下来了,对吗?我抓到的猎物还不止这些呢!"

烁爪和其他猫走上前来,放下他们的猎物。赤杨爪看得出,由于被松针爪超过,妹妹有些恼火,不停地侧眼瞟她。

"的确如此,"烁爪对沙风说道,"松针爪抓到的的确不止松鼠和鸽子,她还抓到了一只又大又肥的家鼠。"

"那家鼠呢?"沙风问道。

"松针爪已经吃了!"烁爪怒不可遏地说,"她自己把家鼠吃了,这违背了武士守则。"

赤杨爪从来不会这样大声说话,而且他觉得他们没义务给松针

爪培训武士守则。她不是我们族群的成员，而且即使她吃了家鼠，她带回的猎物仍然比其他三只猫的猎物加在一起还要多！

"我们都吃吧，稍微放松一下。"沙风回应烁爪说，她的声音听上去有些疲惫，"我们都很累了，需要饱餐一顿，休息一下。"

烁爪没再说什么。不过，她愤怒地竖起皮毛，对松针爪怒目而视，但松针爪似乎对她刚才的一阵抱怨毫不在意。

"我们吃吧。"松针爪说道，"来吧，赤杨爪，你可以分享我的松鼠。"

赤杨爪已经饿得肚子刺痛，每一口松鼠肉都似乎是他吃过的最美味的猎物。但是，当他重新坐起，用一只脚掌清洗胡须的时候，他注意到妹妹不见了。

"烁爪去哪里了？"他问道，忧虑刺痛他的脚垫。万一那些狐狸回来了……但如果那样，就会再次发生战斗。她不会就这样突然消失的！

雷族猫在洼地里散开，寻找烁爪，呼喊她的名字，但没有任何回应。这时，从她和赤杨爪头一晚筑巢的灌木中传来了沙风的喊声："她在这里！"

赤杨爪大步跑过去，看见妹妹正舒服地蜷缩在香薇丛中，尾巴搭在鼻子上。她已经发出了轻柔的鼾声。

族猫们围过来，樱桃落问道："我们要叫醒她吗？"

"我认为烁爪这主意不错。"鼹鼠须说着张开嘴巴，打了一个大大的哈欠。

学徒探索

"是的,我们让她好好睡。"沙风表示赞同,"事实上,我认为我们都应该睡一会儿。"

赤杨爪觉得,沙风看上去尤其疲乏。虽然赤杨爪没将自己的担忧说出来,但他意识到,这次旅程让她消耗的体力比她愿意承认的要多,尤其是在她带伤的情况下。

"谁愿意站岗?"当其他猫在巢穴中安顿下来后,赤杨爪问道,"我们都知道,周围有狐狸。"

我应该自愿去,他想着,想竭力摆脱让他四肢沉重的疲惫感,毕竟这是我的探索。要不是我的幻象,我们就不会有这次旅程,尽管这不是我自找的,但我要对他们大家负责。

"我来吧。"先前没有参加寻找烁爪的松针爪从水坑边溜达过来,抖落胡须上的水珠,"反正我也不需要太多的睡眠。而且现在我的肚子饱饱的,可以维持好几天。"

赤杨爪谢过松针爪,蜷缩到巢穴中,舒服地长舒一口气,闭上了眼睛。

可是,他没有进入可以令他振作精神的睡眠,却发现自己站在荒凉的山坡上,周围薄雾缭绕。天空中星星闪耀,痛苦的尖叫声从远处传来,刺破夜晚的宁静。

赤杨爪的皮毛因恐惧而刺痛,他小心翼翼地向尖叫声传来的方向走去。黑色身形开始从薄雾中出现。他渐渐靠近,认出那些身形是猫儿,他们正站成一个圈,悲痛欲绝地对着星星哭诉。

"救救我们!救救我们吧!"

猫武士

赤杨爪的胸膛上下起伏，呼吸越来越快，他对那些猫的痛苦感同身受。我认识这些猫！他认出了叶星，他之前看到的幻象中的天族族长，还有那只硕大的姜黄色公猫，她的副族长——锐掌。在圆圈外围是族群的巫医——娇小的银色虎斑猫回声之歌。她旁边是那只黑白相间的年轻猫，之前他曾看着这只猫被晋升为武士。还有许多其他的猫，他们都在痛苦惊恐地尖叫着。

"救救我们！救救我们！"

"我来了！"赤杨爪一边说一边气喘吁吁地大步向前跑去，直到站在圆圈外面，"我会救你们！告诉我该怎么做。"

但那些猫似乎没有听见他的话，甚至连回声之歌都没朝着他的方向转过身来。他们继续发出可怕的哀号声，仿佛全然不知赤杨爪在那里。

"我正在尽最大努力！"赤杨爪试图接近圆圈，但有什么东西在阻止他，不让他触摸任何猫或者进入圆圈，"看，我来了！我愿意做你们需要我做的任何事情。"

那些猫依然没有听见他的话。他们的叫声变得越来越疯狂，直到赤杨爪突然惊醒。

他颤抖着在苔藓和香薇搭成的巢中躺了一会儿。另一个幻象……这是什么意思？他纳闷地问自己，那些猫肯定遇到了麻烦！

赤杨爪坐起来后，意识到族猫们已经离开了。他爬出巢穴，看见他们正在水坑边消磨时光，小口啃食吃剩的新鲜猎物。太阳已经落到树梢下，洼地里布满金色的阳光。

学徒探索

赤杨爪冲下去，加入到族猫中。"我们需要尽快出发！"他大声说。

樱桃落懒洋洋地对他眨眨眼睛。"干吗这么着急？"她问道，"你看见过的地方又不会消失。"

赤杨爪无法解释他的紧迫感。只有沙风能够理解，我必须和她谈谈。"沙风，"他说道，"到这里来，出发之前，让我再检查一下你的伤口。"

沙风抽抽耳朵，站起来，向赤杨爪放置剩余紫草根的地方走去。赤杨爪迅速地回头瞥了一眼，确保他们已经处于不会被其他猫偷听到的位置。

"有什么事吗？"沙风问道，她短暂的不悦消失了，"我能看出，这不仅仅与我的伤有关。"

"我看到了另一个幻象。"赤杨爪告诉她，"我看见天族猫围成一个圆圈，不停地哀号，仿佛正在承受极大的痛苦。他们看起来非常害怕！当我与他们说话，并想提供帮助时，他们根本听不到。"

沙风理解地点点头。"我现在明白你为什么那么急切地要出发了。"她说道，"赤杨爪，这是我们唯一可以做的，尽早抵达你看见的地方。"

感谢星族，幸好有猫理解我！赤杨爪想。尽管时间紧迫，但当沙风转身准备回到其他猫中间时，他还是伸出一只脚掌挡住她说："我说过要先看一下你的伤口。我是当真的。"

沙风不情愿地嘟哝着坐下来，说道："如果你必须这样做的话，

请吧!"

当赤杨爪从沙风受伤的肩膀上拨开紫草根药糊时,他的肚子顿时收紧了。伤口有点红肿。当他把脚掌轻轻放在伤口上时,他也能感觉到从那里升腾起一股热气。

"这可能是感染的开始。"他告诉沙风,努力不让自己的声音颤抖,"在伤口愈合之前,你真的不应该远行。"看到沙风张开嘴巴想反驳,他又补充道,"或者最起码,你应该再休息一会儿,我再去找些马尾草或者金盏花来处理你的感染。蜂蜜也会有帮助。"

"你的确已经学到很多。"沙风说道,她赞许的眼神表明她已经对赤杨爪刮目相看,"但是,我们不能在这里空等着你去寻找马尾草。也许我们在路上会看到一些,然后你就可以采集一些。"

"但是——"赤杨爪开口反驳。

"你就先相信我吧,"沙风打断他,"我没事。你也许是巫医,但我活了很长时间。我这一生受过很多伤,这点伤没什么大碍,没必要因为它而耽误行程。"她用尾巴尖轻轻碰碰赤杨爪的肩膀:"尤其在你看到那样可怕的幻象之后。"

赤杨爪想再次反驳:"但是你的伤口——"

"你必须相信我。"沙风重复道,"这是你的探索,但我是你的长老。"

尽管仍然有些不安,赤杨爪觉得自己不能再和沙风争辩了,于是点头表示接受。随后,沙风站起来,两只猫肩并肩地向族猫们走去。

学徒探索

　　但是,他们还没走到族猫们跟前,赤杨爪就发现一片深草丛中有光滑的银色皮毛。他意识到,松针爪正蜷缩在那里,距离他们刚才交谈的地方只有几尾远的距离。松针爪直直地盯着赤杨爪的眼睛,但赤杨爪读不懂她的表情。

　　她到底偷听到了多少?

第十三章

太阳在天空中慢慢下落,猫群在树林里艰难跋涉。沙风再次一马当先,赤杨爪紧跟在她后面,松针爪在距离其他猫一小段距离的地方大步走着,其他雷族猫走在最后。

赤杨爪还是感觉有些累,他猜测其他猫肯定也累了。大家的步伐都很缓慢,尽管谁也没有多说话,但他偶尔会听到后面有猫在抱怨。

"我不明白为什么要这么快就离开。"鼹鼠须抱怨道,"急什么呀?"

"是啊,我们可以在那里过夜的。"烁爪补充道。

赤杨爪回头瞥了一眼,真希望能够告诉他们实情。"我就是想继续前进。"他解释道。

烁爪哼了一声,但一个字也没回应。

不久之后,树林变得稀疏起来。赤杨爪看见前方是开阔的原野,远处有一座巨大的两脚兽巢穴,是用某种红石头建造的。好想知道那是什么!

当他们开始穿越那片开阔的原野时,松针爪偷偷向赤杨爪靠近,

学徒探索

直到最后与他并肩前行。尽管她身上似乎已经不再有影族那难闻的气味，但如此接近一只来自其他族群的猫，赤杨爪仍然感觉有些不舒服。

松针爪俯身贴近赤杨爪的耳朵，低声说道："你知道吗，你和沙风在那后面交谈的时候，我偷听到了每一句话！"

赤杨爪吓了一跳。由于焦虑和慌张，他脖子上的毛竖了起来。噢，不！现在她知道了我们这次探索的真正原因了，而且是在黑莓星告诉我不应该让其他猫知道这事之后，她甚至都不是雷族猫！然而，当他凝视着松针爪那双绿眼睛时，他意识到她看起来并没有那么自信。难道她是在虚张声势？我们两个在玩心理战。

"哦，真的吗？"他回应道，努力维持语调的漫不经心，并强迫自己让脖子上的毛平顺下来，"好吧，那对你没有多少好处，除非你想更多地了解紫草根。"

"紫草根！"松针爪发出一声带着笑意的喉音，"对，是的，还有其他！"

"什么'其他'？"赤杨爪问，"我们好像没讨论什么重要的事情。"

松针爪迅速瞥了一眼四周，以确保其他猫听不见他们的对话："不是与你的幻象有关吗？"

"你在说些什么呀？"赤杨爪有些心慌，他想知道松针爪到底自己揣摩出了多少东西，如果她听见了自己和沙风的全部对话，她又了解多少实情，"要是你真想知道，我们是在讨论那些需要我们

帮助的猫。"

"你们可真高尚。"松针爪咕噜道，"他们是什么猫？"

"嗯……任何猫。我是巫医，帮助他们是我应尽的义务。"

"嗯……"松针爪若有所思地抽抽胡须，"需要帮助的猫……还有你的幻象……这次能驱散天空阴霾的探索……有点眉目了，对吗？"

赤杨爪感觉从耳朵到尾巴尖都透出寒意。他愧疚地意识到，如果松针爪真的只是假装偷听了他和沙风的对话，那他现在已经透露出太多的信息。

无论她知道多少，他颤抖着想，那已经足够引起麻烦了，而且那也给了她力量。不管我们是否想要她，她现在都不得不和我们在一起了。

"嗨，看那里。"樱桃落的话打断了赤杨爪的思绪。他抬头往前看去，猫群现在已经非常接近他在远处看见的巨大的红色两脚兽巢穴。

"我们进去探索一下！"烁爪兴奋地跳起来，建议道。

鼹鼠须摇了摇头："它是两脚兽的东西，最好远离两脚兽。"

"我猜想那是一座谷仓，与马场上那个差不多。"沙风告诉他们，"这肯定是座农场——看，那边有更多的两脚兽巢穴。我的建议是最好远离它。"

赤杨爪表示赞同。但他们还没走多远，前方的路就被一道高高的栅栏挡住了。那是用某种有光泽的、卷须状的坚硬东西连环编织

学徒探索

起来的，顶部有看起来很可怕的刺状物。

"现在我们怎么办？"樱桃落沮丧地问道。

栅栏一直延伸到很远处。赤杨爪意识到，如果绕过它，需要花费很长的时间。他还在犹豫时，烁爪走上前去，在栅栏底部嗅闻着。

"也许我们可以从它下面钻过去。"她建议道。

"我们是什么，兔子吗？"松针爪嘟哝道。与此同时，烁爪已经在试探性地刨着栅栏底部草丛下的地面。

"不行，"她气馁地摇了摇头，报告说，"它似乎扎入地里很深。"

"也许会有个洞可以让我们钻过去。"鼹鼠须说道。

赤杨爪领着大家继续沿着栅栏走了几只狐狸身长的距离。但是，栅栏的每一处都结实完整，只有老鼠能够从卷须之间的空隙钻过去。

"只有一件事情可以做了。"松针爪最后说道，"我们从它上面过去。"

"你长翅膀了吗？"烁爪挖苦地嘀咕道。

松针爪没理她。"我第一个过去。"她说道，"看起来没那么难，看着。"

当她开始攀爬，把脚掌放入纤细的卷须之间的空隙时，其他猫都紧张地观察着。栅栏在众猫惊恐的注视下晃动摇摆着。但是，松针爪继续爬，直到最后爬到栅栏最顶部。她移动脚掌，在尖刺之间寻找着平衡。

"小心！"沙风大喊道。

有那么一会儿，赤杨爪几乎肯定松针爪要被尖刺扎穿。但是随后，她弓起背，舒展肌肉，从摇摇晃晃的栅栏上一跃而起，干净利落地落到栅栏的另一边。

"很简单！"她喊道，还扬扬得意地舔了下肩膀。

"要是她能够做到，那么我也能。"烁爪说着像松针爪那样爬上栅栏，然后姿势优雅地跳落到另一边。

接下来是樱桃落。虽然她动作更慢，但安然无恙。鼹鼠须跟着她翻了过去。

"该你了，赤杨爪。"沙风告诉他，"我最后一个走。"

靠近栅栏的时候，赤杨爪的肚皮紧张地抽动着。他努力不去想尖刺会刺中他，或者会在先过去的族猫们面前出丑，尤其是在松针爪面前出丑。

他开始慢慢地爬，让自己去臆想幻象中看到的猫，他们在痛苦地尖叫，比此刻的他惊恐得多。我必须做到。他们需要我。

他下定决心，努力加快速度。他发现把脚掌插入狭窄的空隙，将自己往上拉也没有看上去的那么难。唯一真正的恐惧时刻，是他爬上摇摇晃晃的栅栏顶部的时候。有那么一瞬，他感觉想呕吐。然后，他将自己推入空中，咚的一声落到妹妹身边。

我做到了！

沙风已经开始攀爬。她很快就爬到了顶部，但站在尖刺之间时，她迟疑了。然后，她脚下一滑，摔倒了，翻滚着坠向地面。

学徒探索

"沙风!"鼹鼠须扑上前去,惊叫声中充满恐惧。他伏到地上,想用身体减缓她下落的冲力。

老猫落到他身上,一动不动地躺在那里,大口喘息着。赤杨爪向她冲去,其他族猫紧跟着他。"你没事吧?"他焦急地问。

沙风坐了起来。"我没事。"她粗声粗气地说,仿佛一时间呼吸有些困难,"我只是感觉自己成了一只小鸟。"

"嗯,别再那样尝试了。"赤杨爪回应道。

沙风休息了一会儿。随后,猫儿们再次出发,依然朝着两脚兽巢穴前进。赤杨爪走在沙风身旁,注意到她的伤口好像变大了,血珠正从里面渗出来。

"你的肩膀刮到尖刺上了吗?"他问道。

沙风耸耸肩。"可能擦到了。别大惊小怪,赤杨爪。我没事。"她又补充道,"要是你想担心,那你可以担心前面那只巨兽!"

由于刚才过于关注沙风,赤杨爪没注意到他们前面有什么。现在,他抬起头,看见其他猫已经停下来,正在焦虑不安地望着前面几只狐狸身长外的一只巨大生物,甚至连松针爪看上去都很害怕。

它比他们离开族群领地时赤杨爪看见过的马要小,但依然大得令众猫恐惧。它笨重的身躯上覆盖着黑白相间的毛;它的腿细长,脚掌尖锐坚硬;它的尾巴来回摇摆着,顶端有一簇毛;在它的方脸上,一对大眼睛正面无表情地盯着猫群。

"它是什么?"烁爪惊讶地问。

"没什么好害怕的。"沙风平静地说,"我以前看见过它们,

猫武士

它们也不是对猫们不友好，但它们基本上不理会猫。"

"基本上？"赤杨爪紧张地问。

"它们不可怕，除非被什么东西吓得奔跑起来。那样的话，它们的大脚掌可能把我们踩伤。所以，我们要小心，不要吓到它。"

"你一定不知道你这番话让我感觉多么欣慰。"鼹鼠须嘀咕着。

赤杨爪强迫脚掌移动起来。他绕着那只奇怪的动物走了一大圈，一直不敢把视线从它身上移开。他的朋友们跟在他后面。那只生物慢慢转动脑袋，用它那双大大的眼睛追踪着他们，但没有表现出对他们的丝毫兴趣。随后，它毫无征兆地张开嘴巴，发出了一声低沉的吼叫。

赤杨爪彻底吓坏了，惊恐地大叫一声，向那座巨大的两脚兽巢穴冲去。其他猫蜂拥着跟在他后面，他听见身后传来喵呜喵呜的叫声。

我们吓着它了吗？它会追过来吗？

但是，当他停下来，喘着粗气回头看时，那只巨大的动物并没有移动。它只是站在那里，依然盯着他们。它还在咀嚼食物，下颌有节奏地动着。

"伟大的星族啊！"樱桃落惊呼道，"那究竟是什么呀？"

过了一会儿，沙风发出一阵轻快的笑声。其他猫也笑了，开始放松下来。赤杨爪突然很惭愧自己竟然会如此紧张。他从朋友们的脸上看出，他们也有同感。

"我们继续走吧。"他说道。

学徒探索

猫儿们迈着大步，轻快地绕过巨大的红色巢穴和一大片稍小一些的巢穴。正当赤杨爪暗自希望他们终于摆脱了与两脚兽有关的东西时，他又看见一个较小的木质巢穴。鸟儿在巢穴四周的地上啄食，有的甚至毫无怯意地挡住了他们的去路。

"那些是什么？"他好奇地问。

那些鸟比鸽子大，长着红褐色尾巴和有鳞的黄腿。猫群靠近的时候，它们并没有太在意。

"它们是鸟，鼠脑子。"烁爪回答赤杨爪，"那意味着它们就是猎物。"

她匍匐下来，开始悄悄地向最近的鸟儿靠近。但由于没有掩蔽物，当她跳起时，那只鸟看见了她。它迅速转身面对着她，扇动着翅膀，发出阵阵刺耳的叫声。

其他鸟四散开去，跑过草地，它们好像不知道怎么飞。但是，烁爪想捕获的那只鸟抻长脖子，猛地向她啄来。烁爪向后一跳，挑衅地嘶叫着。

"你看上去才像猎物。"松针爪说道。她的声音里充满笑意，眼睛闪闪发光。

"离开它们。"沙风命令道，用尾巴示意烁爪重新加入猫群，"不值得冒险受伤。走过这个地方后，我们再狩猎。"

"对，我们需要继续前进。"赤杨爪补充道。想到天族猫绝望的叫声，紧迫感刺痛了他的脚掌。

烁爪表情愠怒，但还是执行命令，继续前行。当松针爪模仿那

猫武士

些怪鸟，发出一串叫声时，烁爪对这只影族猫怒目而视。"别胡闹了，疯毛球。"她咕哝道。

但是，松针爪似乎没有理解迅速继续前进的含义。她把鼻子探入每一个小洞，每一丛深草。赤杨爪对她愈发恼火。这时，松针爪看见另外一只奇怪的动物，停下了脚步。这只动物，比最开始见到的那只要小，依然长着尖尖的硬脚掌。它还长着一对弯曲的角，一绺长长的毛在下巴下摇动。看见它怪异的眼睛，赤杨爪颤抖起来。

它发出一声高亢持续的号叫，松针爪马上模仿，却被自己怪异的声音惹笑了。

"你还有完没完……"赤杨爪怒吼着，狠狠地推了她一下。

"别发火！"松针爪回嘴说。

当猫群接近一道树篱的时候，她蹦跳着就像第一次踏出育婴室的小猫。在树篱的另一边，一排排黄褐色的高大植物延伸到远方。赤杨爪听见一阵微弱的轰鸣声，注意到一道尘雾悬在空中。

"树篱那边可能有一条雷鬼路。"他说道。

沙风点点头说："我想这就是我们要走的路。"

赤杨爪毫不迟疑地开始往树篱中钻。幸运的是，灌木不太浓密。"沙风，注意你的肩膀。"他提醒道。

沙风安然无恙地通过，樱桃落和鼹鼠须跟着钻了过去。烁爪把松针爪推到前面，自己殿后。从树篱中出来之后，烁爪发出嘶嘶的声音："我以星族的名义起誓，要是你再这样，我就撕掉你的耳朵。"

松针爪戏谑地拍拍她："你可以试试。"

学徒探索
XUETUTANSUO

"我们赶紧走。"赤杨爪没理她俩。

他一头冲进黄褐色植物中。植物的茎又硬又扎,他脚掌下的地上是硬邦邦、光秃秃的泥土。值得高兴的是,松针爪在植物中间的空隙里穿行时,似乎已经安静下来。

赤杨爪听见轰鸣声变大了,猜想他们可能正在向雷鬼路靠近。随后,他意识到一侧的植物稀疏起来。他转身往那个方向走去,从掩蔽物中探出头来。同伴们聚集在他周围,从他肩膀上方窥探着。

没有雷鬼路,相反地,赤杨爪看见一片狭长的地面,地面上的植物被砍倒了,只留下残茬。现在,他发现轰鸣声的来源了:一只长着旋转嘴巴的巨大怪物径直向他们走来,边走边割下一排植物,把它们扔进它的肚子里!它周围的空气中灰尘弥漫。

赤杨爪感觉全身仿佛突然被冰水浸透。"它在吃田野!"他喘息着说。

"它也会吃掉我们!"沙风说道,"它可能一口吞掉我们六个。快跑!"

赤杨爪原地转身,在植物之间飞奔起来,上蹿下跳,左右迂回。他听见樱桃落在身后高喊:"大家不要走散!"

赤杨爪回头瞥了一眼,看见其他猫都跟着他在狂奔。高高的植物遮挡了他的视线。他看不见怪物,但他知道它离得很近——它发出的声音大得似乎足以让空气格格作响。我们必须继续奔跑!

赤杨爪继续奔逃的同时,意识到脚下坚硬的地面已经被松软的泥土所取代。这泥土正拖拽着他的脚掌,还发出难闻的气味。但他

太恐惧，不想知道这是什么，只希望继续奔跑，逃离怪物。

赤杨爪再次转头看身后时，突然撞上某种坚硬但有弹性的东西，他被弹回一尾巴远，落在植物之中。他站稳脚跟，抬头看去，不禁惊叫起来。

"不！这不可能！"

他眼前出现了另一道栅栏，也是用有光泽的卷须做的，顶上也有尖刺。同伴们聚集到他周围。

"我们必须爬过去。"鼹鼠须说道，"否则怪物会抓到我们。"

"对。"烁爪一马当先，迅速爬上栅栏，跳落到对面柔软的草地上。"快！"她催促其他猫。

接下来是松针爪。赤杨爪等着轮到他往上爬时，不安地注意到，一些发臭的泥土已经进入沙风早已红肿的伤口里。赤杨爪确信伤口已经感染。沙风低头站在那里，胸膛起伏着，显然已经筋疲力尽。她年事已高，在植物中间狂奔超出了她的体能承受范围。

肯定是她的伤造成的，我能够感觉到。赤杨爪在心里对自己说。他灵光一闪，意识到这一定是成为一名优秀巫医的必备品质。我不能仅看出她也许应该休息，而是能够确定她需要休息。

"你应该休息。"他对沙风说。

沙风抬起头来，恼怒地看了他一眼，反驳说："我是长老。我已经活了很长时间。我知道自己没事。"

赤杨爪以前听到过这种辩解，但这次他不打算接受。"不！"他厉声说。

学徒探索

沙风愤怒地瞪大眼睛:"你说'不'是什么意思?"

"对不起,"赤杨爪回应道,"我能看出你很累。我是你的巫医,我说你需要休息。"

浅姜黄色母猫迟疑片刻:"也许你说得对,但让我们先过了这道被星族诅咒的栅栏再说吧。"

没等赤杨爪回答,她就攀爬起来。赤杨爪能看出她在多么艰难地把自己往上拖。到达顶部的时候,她与其说是跳到对面去了,不如说是摔下去的。落地的时候,她发出一声尖叫。

赤杨爪甚至来不及思考,就爬过栅栏,跑向沙风。当他看见沙风的伤口满是鲜血时,他惊恐地瞪大眼睛。她的伤口肯定被一根尖刺撕裂了!

"我受够了。"他大吼道,"我们马上休息。"他转身面对其他猫,又补充道,"给我找些蛛丝。"

猫儿们分散开来,到草地上散布的灌木中去寻找。等待他们返回的时候,赤杨爪已经把沙风伤口里面的污泥舔出来。老猫气喘吁吁地侧躺着。

赤杨爪用蛛丝包扎伤口,但血液依然不停地从里面渗出来。他低头看着沙风,竭力掩饰心中升腾起的恐惧。

她的伤势现在更重了,而且她虚弱不堪。她怎么抵抗得了感染?

樱桃落碰碰他的肩膀。"时候不早了。"她说道,"我们应该狩猎了吗?"

赤杨爪抬头看去,吓了一跳。焦虑之中,他没注意到太阳已经

落下，夜色正在降临。

"拜托各位了。"他回应道，"我留下来陪沙风，给大家做几个窝。"

他找到一块不大的土坑，土坑被灌木遮蔽得严严实实。他先在坑底堆起枯叶，然后扶着沙风往那里走。老猫已经不再坚持说她没事了，她无力地倚靠在赤杨爪肩膀上，步履蹒跚地走向她的窝。

赤杨爪刚刚把沙风安顿好，樱桃落便带着一只老鼠回来了。

"谢谢。"赤杨爪说道，"沙风，吃了这个，你就可以休息了。"

"专横的毛球。"沙风咕哝道，但她没再反驳，吃了老鼠，蜷缩起来。

赤杨爪观察着她，欣慰地发现流血几乎已经止住。直到这时，他才觉得自己也已累得腰酸背痛。其他狩猎猫返回的时候，他几乎已经无法保持清醒，勉强吃了几口画眉之后，也陷入沉睡之中。

雨滴噼里啪啦地拍打着头顶上的灌木，赤杨爪惊醒过来，看到一缕清冷的曙光。幸运的是，灌木很密，只有很少的雨水渗进巢穴。

赤杨爪抬起头，看见沙风依然在他身边沉睡。除樱桃落外，其他猫都已离开。樱桃落正背对着他蹲坐在土坑边上，透过树枝窥探着外面。赤杨爪坐起来时，脚掌下的枯叶发出噼啪声。樱桃落转过身来。

"其他猫已经出去狩猎了，"她说，"我留下来守卫。沙风怎么样？"

赤杨爪检查了老母猫。她正在睡梦中咕哝，在窝里不安地蠕动

学徒探索

着。她的伤口已经不再出血，但比以前肿得更厉害了，显得更红，摸上去更烫。

当赤杨爪俯身下去的时候，沙风睁开绿眼睛，眨了几下。"嗨。"她喃喃地说，"你是来给我捉跳蚤的吗？"

赤杨爪意识到，沙风以为自己还在雷族营地。"不，我们还在远征途中，你记得吗？"他回答道，"我能为你做点什么吗？你感觉怎么样？"

"我完全没有问题。"沙风告诉他，她的声音稍有了一点力气。当她试图坐起来时，却痛得直喘气，脸部肌肉抽搐着，她只好重新瘫倒在窝里。"不用担心我。"

但是，赤杨爪禁不住担心起来。沙风的眼神看起来有些呆滞。他猜测她是在强装勇敢。当他触摸沙风的皮毛时，感觉她浑身发热，而且她已经再次陷入昏睡之中。

不久之后，当狩猎猫们拖着一只兔子和两只黑鸟返回灌木下的遮蔽处时，沙风又醒了过来。

"外面太可怕了。"松针爪抱怨说，她边说边抖动着皮毛，雨滴溅到赤杨爪身上，"大多数猎物都躲起来了。"

"但你战绩不错呀。"赤杨爪赞扬她说，"来吧，沙风，你想吃一只黑鸟吗？"

当沙风努力保持清醒来吃东西时，赤杨爪更加担忧了。她只吃了几口就把头转开了。"我吃饱了，"沙风说，"你把它吃完吧，赤杨爪。"

猫武士

当其他猫在土坑边上蹲坐下来,吃起自己的猎物时,赤杨爪抬起脚掌,对他们说:"沙风生病了。在她能够行动之前,我们不能继续前行。"

"我现在就能。"沙风反驳道,不过,其他猫都明白她在说谎,"别听这只愚蠢的毛球瞎说。"

显然,所有的猫都明白情况有多么糟糕。他们低头默默注视着沙风,眼中充满了担心,甚至调皮的松针爪也不开玩笑了。

"我们能做什么?"樱桃落问道。

"你知道我们会竭尽所能。"鼹鼠须说。烁爪急切地点点头。

"我需要金盏花、马尾草或者蜂蜜。"赤杨爪告诉他们,"它们有助于治疗沙风的感染。我不知道这附近生长着什么草药,但我希望你们至少能够找到一种。"

同伴们离开之后,赤杨爪坐到沙风身边,轻轻地舔着她的耳朵,沙风时而清醒时而沉睡。赤杨爪几乎没注意到雨已经减弱,直到一缕微弱的阳光照进灌木丛里。阳光给赤杨爪带来了一丝希望。

烁爪是第一只回来的猫。当赤杨爪看到妹妹带回了几株金盏花时,一阵欣慰掠过全身。"太棒了!"他对妹妹说,"现在我可以制作药糊了。你能把蛛丝从沙风的伤口上取下来吗?要非常小心。"

烁爪坐到沙风身边,开始小心翼翼地揭下蛛丝。沙风在睡梦中抽搐呻吟着,好像十分痛苦。当烁爪有些迟疑时,赤杨爪对她点点头,示意她继续。

在赤杨爪咀嚼金盏花的时候,松针爪从灌木丛中挤了进来,嘴

学徒探索

中叼着一团湿淋淋的苔藓。"我找不到任何草药。"她说着把苔藓放到沙风身边,"但我带回了这个。我觉得她可能渴了。"

"这是个非常好的主意。"赤杨爪对她说,感觉这只影族猫前所未有地善解人意。松针爪低下头,舔着胸脯上的毛,对他的称赞有些难为情。

"沙风,"赤杨爪轻轻拍拍老猫的头,"醒醒,喝点水。"

沙风茫然地睁开绿眼睛。"太好了。"她喃喃说罢就去舔苔藓。

在她喝水的时候,赤杨爪把金盏花药糊敷到她的伤口上。但愿这就能治好她了,他想,如果不是因为她流血过多,身体太虚弱,我也不会对感染如此担心。他长叹一声,真希望叶池或者松鸦羽可以在这里帮我!

沙风伸出尾巴,碰碰他的肩膀。"别担心,赤杨爪。"她喘息着说,"我会好的。我们必须尽快出发。那些……"她迟疑片刻,"其他猫需要我们。"她没再说下去。

"哪些其他猫?"烁爪好奇地问。

赤杨爪肚子一抽。"嗯,她发烧了,不知道自己在说什么。"他迅速说道,但在内心深处,他感觉到前所未有的难过:沙风肯定已经失去警觉,竟然提到了秘密。

"你必须休息了。"赤杨爪对沙风说,"你必须好起来。没有你,我们无法完成这次探索!"

但是,他根本就不确定沙风是不是听见了他的话。当他低头看她的时候,沙风已再次陷入昏睡之中。

第十四章

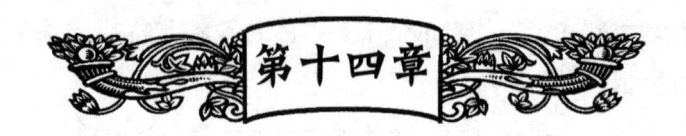

赤杨爪站在临时巢穴外面的草地上,星星在他头顶的天空中闪烁。虽然夜里并不是很冷,但他仍在颤抖,仿佛刚刚从冰水中爬出来。

就在前方,一只猫正离他而去,奔向他们前一天翻过的栅栏。她自豪地昂着头竖着尾巴,以坚毅果断的步伐移动着。星光在她脚掌和耳朵四周熠熠闪烁。

"那不是——"赤杨爪惊愕地打住话头,转过身来,查看灌木丛下的巢穴。

但是,灌木丛已不复存在。当赤杨爪再次转过身来时,栅栏也消失了。他正站在郁郁葱葱的草地中间,周围是沙沙作响的树木。现在,那只星光闪闪的猫正面对着他,他清楚地看出那就是沙风。

"噢,不,不……"他耳语般说道。

浅姜黄色母猫看起来比他以往见过的任何时候都更高更强壮,她那被感染的伤口已经消失。她浅姜黄色的皮毛浓密光滑,绿眼睛中闪耀着对他的爱。

"是我离开你的时候了。"她说道,声音中没有痛苦,也没有

学徒探索

困惑,"但你不要担心,赤杨爪,我现在属于星族了。"

"不!"赤杨爪使尽全身力气反驳道,"你现在不能离开我们。我们需要你!"

"这是我的命运。"沙风回应道,"而且你也不再需要我。你比你想象中的更加强大。"她向他走近一步,"听着,你现在必须带领其他猫继续走向太阳升起的地方。这次旅程将要花上很多天,你们将不得不穿过一条又宽大又繁忙的雷鬼路。然后,你们会遇上一条河流。逆流而上,你们就会找到天族营地所在的河谷。"

赤杨爪努力记住沙风告诉他的事情。太阳升起的地方……一条宽大的雷鬼路……然后是河流。这时,想到沙风再也不能引领他,赤杨爪愧疚得浑身发热。赤杨爪移开目光,不敢再继续看她。

"我辜负了你。"他轻声说道。

"没有。"沙风轻轻说道,"没有猫能够再做些什么来帮助我了。我想就算是松鸦羽或叶池也不能让我活这么久。我选择踏上这次旅程的时候,就知道它的危险性。"她提醒赤杨爪,"我清楚你的幻象是多么重要。"

"但你本来可以在雷族再活许多个季节。"赤杨爪难过地说。

"现在,我可以在星族活更多个季节。"沙风指出,"我会再见到火星,还会再见到所有我曾经爱过但已经失去的猫。你没有什么可羞愧或者内疚的。"

赤杨爪焦急地转了一圈,无法相信沙风告诉他的一切:没有她,我该怎么办?我将如何率领众猫进行这次探索?

"这不是幻象！"他坚持道，心里充满恐惧，"这只是一场梦。我会醒来，而且你会睡在我身边，就像往常那样。你会好起来的。"

沙风的眼里夹杂着怜悯和深情。"我正在死去。"她提醒赤杨爪，"你知道这一点，对吧？"

"不——你会好的！"赤杨爪反驳道，"我向你保证！"但在内心深处，他非常清楚，她说得没错。

沙风悲伤地摇摇头："你没有什么办法可以救我，我的死期到了。没有猫可以永生，这是你——或者其他巫医，将要学习的最重要的课程之一。"

说到最后几个字时，她的声音开始减弱，她周围的星光变得越来越亮，直到最后，赤杨爪再也无法继续看着那炫目的光芒。片刻之后，他在灌木丛下的巢穴中惊醒过来。

感谢星族！这只是个梦，沙风就在我身旁。

赤杨爪爬起来，转过身，想轻轻把沙风推醒。可是，他的脚垫一碰到她的皮毛，就明白了自己刚才不是在做梦。沙风的毛软软的，毛下的躯体却是冷冷的，她的肋部也没有随着呼吸上下起伏。

那是幻象。沙风死了。

赤杨爪惊恐地往后退，他的毛发竖立起来，肚皮紧收着。他不由自主地痛苦哀号起来："不！不！她还没到死的时间！"

樱桃落从窝里抬起头问："赤杨爪？发生什么事了？"

其他猫也醒来了，纷纷困惑不解地发问。当赤杨爪用尾巴指着沙风的身体时，大家顿时目瞪口呆，沉默下来。他们慢慢走向沙风，

学徒探索

站在距离那团冰冷的身体仅有一尾远的地方,低头看着。

烁爪第一个打破沉寂:"她……她死了,对吗?我们现在应该怎么办?"

"沙风是唯一知道路线的猫。"鼹鼠须愁眉苦脸地说道,"我们只有依靠她的帮助才能完成这次探索。她的死是在告诉我们,这次探索注定会失败吗?"

其他猫也轻声附和他的话,声音中透出恐惧。

尽管悲痛万分,赤杨爪还是感觉到坚定的意志从耳朵涌动到尾尖。"沙风不会希望我们像这样站着,不知所措的。"他对面前悲痛困惑的猫儿们说,"她希望我们为她守夜,埋葬她,然后决定下一步怎么办。"

"你说得对。"樱桃落说道,"我们就这么做。"

雷族猫一起把沙风拖出巢穴,放在草地上,轻柔地梳理她的皮毛,让她的尾巴蓬松起来。天色很黑,天空中布满星星,仿佛他们的武士祖灵都在等着欢迎沙风,向她致敬。

当他们开始在她周围坐下来的时候,松针爪走向赤杨爪。"我知道沙风不是我的族猫。"她轻声说道,"但我和她同行了这么久,我知道她是一只多么伟大的猫。我可以和你们一起为她守夜吗?"令赤杨爪惊奇的是,她听上去竟然有些羞涩。

"当然可以。"赤杨爪回答说,再次因为这只银色母猫感到温暖,"来,坐在我身边。"

烁爪在沙风的脑袋边匍匐下来,舔舔她的耳朵。"我们已经一

起走了这么远。"她伤心地说,"我们险些被怪物和狐狸杀死。为了生存,我们曾如此顽强地战斗……可沙风却这样死了,这似乎不公平。"

"我知道。"樱桃落叹了口气,"她应该有一个更好的结局。"

"你是怎么想的,赤杨爪?"鼹鼠须转身面对着他问道,"你还想继续吗?"

赤杨爪咽下本想激烈反驳的话语。我已经告诉过他们,安葬沙风之后再做决定。"我会在守夜的时候考虑的。"他回答道。

"也许星族会给你一个幻象。"樱桃落猜测道。

满腹疑虑的猫儿们围坐在沙风遗体周围,通宵守夜。接下来的白天,大家在巢穴里度过,昏昏欲睡。但赤杨爪却发现自己很容易保持清醒。他试图集中注意力思考接下来怎么办,但他总是忍不住去想自己本还能做什么事让沙风活下来。她在我的幻象中说,现在死去是她的命运。他想,那为什么我的心仍在痛?要是每只猫都注定要死,我们为什么还要如此努力地活下去呢?

最后,他终于迷迷糊糊地睡着了,但又被其他猫的声音惊醒。他眨巴着睁开眼睛,发现暗淡的曙光已经照到他身上。

"在营地里时,"樱桃落正在说话,"长老负责埋葬逝去的族猫。鼹鼠须和我是这里年龄最大的猫。所以,这件事应该由我们来做。"

"但我想帮忙。"烁爪反驳道,她的声音中透出悲伤,"她是我母亲的母亲。"

"好吧,你可以。"鼹鼠须安慰她说。

学徒探索

赤杨爪摇摇晃晃地站起来。通宵守夜之后，他腿脚僵硬。"让我来和她说告别的话吧。"他深吸一口气，抬头仰望着天空，几名星族武士若隐若现。"愿星族照亮你前行的路。"他说出巫医年复一年使用的话语，"愿你狩猎顺利，奔跑如飞，入睡时有所庇护。"

所有的猫都低头默哀。

过了一会儿，鼹鼠须说道："我们需要找个好地点安葬她。她去世时所在的这片灌木下面怎么样？"

樱桃落摇摇头："在那里星星照不到她，灌木旁边会更好。"

鼹鼠须点头同意。当他和樱桃落准备挪动沙风的遗体时，鼹鼠须小声说："我想我们应该考虑打道回府。这次探索可能注定会失败。"

"什么？"说话的是松针爪，她脖子上的毛竖立着，"为了帮助我们完成这次探索，沙风失去了性命。如果我们现在就停止，她的死不就毫无意义了吗？"

鼹鼠须转身面对她。"这不由你决定。"他厉声说，声音像爪子一样尖锐，"或许你没注意到，你不是雷族猫。"

听见争吵爆发，赤杨爪感觉浑身都在颤抖。不等松针爪回应，他转身走开，沿着他们两天前翻过的栅栏往前走。他只是不想听见他们的争吵，想找一个安静的地方，让自己可以思考。

失去沙风的悲痛，让他感觉胸膛上的毛发在燃烧。他头晕目眩，拿不定主意。我们应该继续吗？沙风那么渴望再次看见天族，而且那也让我感觉我们必须进行这次探索。但现在她已经不在了，难道

我还要相信，这些奇怪的猫就是星族所说的可能解决我们问题的猫吗？似乎黑莓星也不确信这一点。他叹了口气，想起上一个天族幻象——他们尖叫着寻求帮助。他们为什么需要我？他问自己，我能够为他们做些什么？

他抬起头，看见最后一位星光闪烁的祖灵已经消失，天空正在变亮，太阳即将升起。不知道沙风现在是否能看见我。她能听见我的想法吗？我真希望可以得到她的指引。

他又长叹一声，大声说道："我该怎么办？"

"告诉他们真相。"一个声音回应道。

赤杨爪一惊，弓起脊背，环顾四周，不过他已经听出那是松针爪的声音。影族猫靠近他的时候，完全没有平常惯有的恶作剧神态。

"其他猫已经走了这么远，"她开口说道，"他们现在不会离你而去的。你必须继续前进。但首先，你必须告诉其他猫你踏上这次旅程的真相。"

"你知道是为什么吗？"赤杨爪讥讽地问。

"不，我不知道。我只听到了你和沙风说的只言片语。"松针爪承认道，目光严肃，"但是，我知道这后面隐藏着更多的事情，不仅仅是你告诉我们的这些。我认为现在是时候让所有的猫都知道真相了。要是你不告诉他们，我就告诉他们。"当赤杨爪张嘴准备反驳时，她又补充道，"或者，我会告诉他们我所知道的一切，那会迫使你说出其他的。"

赤杨爪怒目瞪视着她："我没想到你会这样背叛我！"

学徒探索

松针爪直往后缩,仿佛被他迎头一击。"这不是背叛。"她为自己辩解说,"我知道你总是反复掂量事情——一次又一次认真思考。我也知道你绝对不会心甘情愿告诉其他猫真相,但我认为让他们知道真相很重要。"

"为什么?"赤杨爪挑衅地问。

"失去沙风后,这样做有助于把他们团结在一起。"松针爪解释道。赤杨爪意识到,她肯定用了很长时间认真思考这件事。"而且有助于让每一只猫认识到这场探索的重要性。你们讨论的时候,我看到了你和沙风会意的眼神。我知道这次探索的重要性。"

赤杨爪想了想,然后点点头,竭力掩饰着自己的惊讶。我无法相信,在所有的猫中,竟是松针爪向我提出这样英明的建议。"我会按照你的建议去做。"他说道。

松针爪的眼中重现神采。"我们先去狩猎吧。"她建议道,"先吃饱肚子,才更容易接受真相!"

赤杨爪正要争辩,却感觉肚子仿佛正被什么东西啃噬着,他这才意识到,从上一个清晨开始,就没有猫出去捕过猎。"你说得对。"他回应道,"我和你一起去狩猎。"倒不是说我可能会派上多少用场。他又对自己补充道。

赤杨爪蹑手蹑脚地爬过草地,试图从微风吹来的农场动物的恶臭中分辨出猎物的气味。松针爪就在他前面,正缓慢而坚定地朝前走着。

猫武士

她肯定发现某种气味了，但是除了那些奇怪生物的气味，我什么也闻不到。

突然，松针爪停了下来，抬起尾巴，示意她已经发现猎物。她侧身转向赤杨爪，把头偏向一侧，告诉他往那边走。

赤杨爪照办，加快速度在深草丛中穿梭。但愿我没有理解错！最后，他终于捕捉到了松针爪很久之前就分辨出的气味。是兔子！这时，他发现那家伙就在他前面几只狐狸身长远的地方，正在啃食低矮的植物。当赤杨爪试图悄无声息地向它靠拢时，它的耳朵猛地竖起。然后，它拔腿就跑，它的白色尾巴上下摆动着。赤杨爪兴奋地追了上去。

松针爪不知从哪里冒了出来，正好堵住兔子的去路。她伸出一只脚掌猛地一击，兔子瘫软下去，尖叫声戛然而止。"感谢星族赐予我们这只猎物。"她说道。

松针爪抬起头，狩猎的兴奋让她的眼睛闪闪发亮。"哇，你动作好快！"她惊呼道，"你正好把它赶到我脚掌下，真是让人印象深刻。"

赤杨爪有点不好意思地转过脸去，不过心里却充满幸福感：我终于在狩猎中发挥了作用！如果烁爪能目睹这一切就好了！

他朝松针爪走过去，用口鼻触碰她的头。"谢谢你的帮助。"他说道，"尽管我们来自不同族群，但我很开心你留在我们身边。"

当赤杨爪和松针爪带着兔子返回灌木丛的时候，他看见三个同

学徒探索

伴在清理脚掌上的泥土。他们过来迎接他,听声音好像开心一些了。然后,大家安坐下来,享用兔子。

他们吃完之后,赤杨爪举起脚掌,紧张地清清嗓子。"我有事情要告诉你们。"他开口说道。

他又顿了顿,搜肠刮肚地寻找着合适的词语。鼹鼠须不耐烦地抽动着一只耳朵。"那就快点说吧。"他催促道。

"是关于使我们踏上这次旅程的幻象的事情。"赤杨爪答道,"它比你们所了解的更复杂。我看见一群猫——天族猫,而且我相信他们需要帮助。"

"天族?他们是谁?"烁爪问道。

"我从来没听说过他们。"樱桃落说。

"我也对他们了解不多。"赤杨爪解释道,"黑莓星和沙风跟我说,很久以前,在旧森林里有五个族群,而不是四个。但是,两脚兽占领了天族的领地之后,其他四个族群把天族赶出了森林。他们在一个峡谷中的河边建立了营地,但他们的族群最终衰落灭亡了。"

"如果我们找不到暗影中的东西,天族的遭遇可能发生在我们身上。"烁爪指出,"火星说,大变革时代就要来临,听上去不像是好的变革。"

"的确如此。"赤杨爪说道,进退两难。我怀疑天族就是暗影中的东西。他陷入了沉思。

"如果天族已经灭绝,那你看到的猫是谁?"鼹鼠须问。

"火星重建了他们的族群。很久以前,他和沙风进行过一次探索。他们把猫——老天族的后裔——聚集到一起,重建了这个族群。当我告诉沙风我在幻象中看见的情景时,她认出了一些猫。"

"难怪沙风知道路线!"樱桃落惊叫道,"但她现在已经死了,我们如何到天族去?"

"她已经告诉我该怎么走了。"赤杨爪回答说,"如果我们朝着太阳升起的地方走,最终会遇上一条河流,如果我们逆流而上,就会在河谷中找到天族的营地。"

他的族猫们怀疑地交换着眼神。赤杨爪不确定他们是否相信他的话。

"为什么其他族群要赶走天族,让他们灭亡?"鼹鼠须最后问道。

"这是武士历史上特别耻辱的事情。"赤杨爪回答道,"没有猫知道整个故事。除了我们,现在知道这件事的唯一在世的猫是黑莓星。我甚至不应该告诉你们这些,但我认为让你们知道真相很重要。"

猫儿们默不作声,显然都在思考刚刚得知的事情。片刻沉寂之后,樱桃落站起来,用脸颊摩挲赤杨爪的脸颊。"你很勇敢。"她说,"这是你作为我们首领的第一个举动。"

赤杨爪深受感动,因为她已经承认他们还会继续跟随他。

"我们需要几天时间来适应这一切。"樱桃落继续说道,"但是,我很高兴你告诉了我们真相。"

学徒探索

"我也是。"松针爪表示赞同。

鼹鼠须站起来,环顾族猫们。"我认为我可以代表我们大家发言。"他说道,"我们发誓,我们会全力以赴找到天族,完成这次探索。"

听到同伴们纷纷表示同意,赤杨爪心中的自豪感喷薄而出。

第十五章

赤杨爪领着大家小心翼翼地沿着悬崖边前行，他的腹毛从积满灰尘的地上拖过。在他的一侧，草地绵延向远方，草地上长着又粗又硬的野草，矮小的树木和灌木点缀其间。另一边，地面突然向下倾斜，形成一道绝壁，狭谷底部，一条河流在岩石之间奔腾着。

我们就要到了！想到这点，狂喜冲散了他的疲惫，这里肯定已经接近天族建立营地的地方。

在赤杨爪告诉同伴们探索的真相之后，几天时间已经过去了。这几天中，他们几乎没有停下来休息。他们沿着沙风指示的方向前进，经过很多农场，穿过繁忙的雷鬼路，绕开两脚兽地盘，最后终于抵达河流，然后逆流而上。

我从来不知道世界竟如此之大！赤杨爪沉思道，酸痛的脚掌踩在布满沙砾的地上，痛得他直皱眉头，我不敢相信我们已经走了这么远！他回头瞥了一眼同伴们，看出他们和他一样疲劳，都耷拉着尾巴，一瘸一拐地走着。

突然，一阵风吹来，把沙子吹进赤杨爪的眼睛，也带来了从下面河谷中飘上来的猫叫声。浓烈但陌生的猫的气味扑面而来。赤杨

学徒探索

爪使劲眨眨眼睛，竖起尾巴，警告其他猫保持安静。然后，他匍匐向前，一直爬到悬崖的最边上。

视野渐渐开阔起来，赤杨爪发现岩壁上有小路和突起的岩层。在下面很远处，一堆略带红色的砾石阻断了前方的道路。河流从岩石之中一个巨大的黑洞中奔涌而出，先落入一个水潭，然后流进河谷。

"这是河流的发源地！"赤杨爪脱口而出，"肯定也是天族营地所在之处。"

这是个扎营的怪地方。他心里想。他看不见任何巢穴，或者任何新鲜猎物堆，只有一堆堆的红石头，河水从它们之间流过。猫住在这里？他疑惑地问自己。然而，当他更加仔细地察看时，他看到砾石之间有猫出没，他们有的停下来互相交谈，有的在晒太阳，和雷族营地里他的族猫们一样。

"这些就是你梦中的猫吗？"

赤杨爪意识到松针爪已经来到他身后，正从他肩膀上方俯瞰河谷。"他们离得太远，我无法确认。"赤杨爪回应道，"但那块红石头似乎很熟悉。"

"嗯……"松针爪慢慢爬到他旁边，更加仔细地观察。"他们的确离得太远，"她继续说道，"但他们看上去不像需要帮助的猫。"

赤杨爪觉得她说得没错，长叹一声："也许我误解了我的幻象。"

"什么？"烁爪从赤杨爪的另一边伸出脖子，低头向下看去。由于愤怒，她脖子上的毛立着。"你白白带我们走了这么远？"她

嘶吼道。

"我们还不知道赤杨爪是否弄错了。"松针爪反驳道,"距离这么远,我们没法确认。也许我们应该靠近一些。"

赤杨爪感激她为自己辩解,还有她那总是能适应各种挫折的精神。但与此同时,他也担心烁爪说得有道理。要是这次旅程是白跑一趟会怎么样?

"好了,我们还在等什么?"松针爪跳起来说道,"我们来找下去的路。"

鼹鼠须立即过来阻止她。"你是鼠脑子吗?"他质问道,"我们不能就这样贸然闯进营地。我们都对天族了解不多,他们也对我们了解很少。我们没办法确认是否可以相信他们。"他烦躁地抽抽尾巴,"沙风是唯一见过天族的猫,可她现在已经死了。"

松针爪耸耸肩,不为年长猫的话所动:"只有接近他们,我们才能找到答案。要是他们不重要,赤杨爪就不会梦见这些猫了,对吧?"

赤杨爪努力控制住自己的紧张情绪。"的确如此。"他说道,尽量说得坚定果断,"松针爪,带路。"

经过一番寻找之后,松针爪找到了一条小路。小路在岩壁上蜿蜒向下,通往河谷。赤杨爪紧跟在她后面,尽可能将身子贴紧悬崖,以免从道路边上掉下去。他感觉岩石已被太阳晒热,热量正透过他的脚垫传入躯体。

令他欣慰的是,其他猫跟着他们下来了。

学徒探索

"赤杨爪脑子里肯定进蜜蜂了，"他听见烁爪咕哝着，"跟着这只愚蠢的影族毛球走！"

他们才向河谷中走了几只狐狸身长的距离，赤杨爪就听见下面传来一声巨大的怒吼。他转向声音传来的方向，看见一只灰色长毛公猫正直直地盯着他。另外三只天族猫被灰色公猫的叫声吸引，朝他跑去。随后，在灰色公猫的带领下，四只猫都向岩壁上爬来。

"啊噢！"松针爪低语道。

"好吧，我们终归要和他们相见的。"赤杨爪回应道。他从松针爪身边挤过去，领着大家继续往下走了几尾远，来到一道宽阔的岩脊上。"我们在这里等他们吧，看在星族的分上，记住我们来这里是为了帮助他们，我们不是来打架的。"

他的话音未落，天族猫已经进入视野。他们自信地跳上狭窄的小路，直到最后在岩脊上与远征猫面对面。

那只灰猫又上前一步，最后和赤杨爪鼻子对鼻子地站着。当那只天族猫冰冷的绿眼睛逼视着赤杨爪时，赤杨爪努力地不让自己退缩半步。这是一只身强力壮的猫，肩上的毛竖立起来，尾毛叆开。

"要是你们为领地而来，"他怒吼道，"你们可以再考虑一下。你们寡不敌众。"

赤杨爪迟疑着，不知道他是否应该做出回应。虽然他是负责这次探索的猫，但在沙风已经去世的情况下，鼹鼠须和樱桃落都比他的资历更深。也许应该由他们说话。

但是，当他回头看向鼹鼠须和樱桃落的时候，发现他们两个都

没动。那就我来处理吧！他想着，然后转回头，直面那只不太友善的长毛公猫。

"我们不想要你们的领地。"他心平气和地解释道，"但是，我们长途跋涉，就是为了来见你们——生活在这个河谷中的天族猫。"

灰色公猫把头偏向一侧，绿眼睛中闪着光。"你们这些远道而来的猫对天族了解多少？"他问道。

"了解不多，"赤杨爪承认道，"但我们来到这里，就是为了更多地了解。"

那只公猫轻蔑地哼了一声。"那你们最好来和我们的首领谈谈。"他说着摆摆脑袋，示意他们跟着他，然后转身沿着小路往下走。

赤杨爪刚走出一步，烁爪就往前挤到他身边。"你确定这是个好主意吗？"她低声说。

要是另外一只猫在带领着我们，而不是我，你会如此怀疑吗？赤杨爪真想对妹妹吼出这些话来，但他咬紧牙关，将它们咽了回去。"黑莓星派遣我们踏上这次旅程，"他轻声道，"无论它把我们带向哪里，肯定都是对的。"

那三只陪伴灰猫的猫退开，让远征猫先过去，然后又围住他们。赤杨爪仔细观察，发现一只是黑色公猫，其他两只是母猫：一只虎斑猫，一只皮毛上沾着泥巴和灰尘的白猫。事实上，这四只猫看上去好像都需要好好梳理一下皮毛。

学徒探索

难道天族猫从不清洗自己？赤杨爪很纳闷。他只能想象着，如果雷族学徒这副模样四处走动，老师会说些什么。

然后，他提醒自己，天族猫从他们最初的领地被驱逐出来，背井离乡来到这个河谷，他们已经与其他族群分离了太久，可能有着略微不同的生活习俗，这也不足为怪。

他们从小路上往下走时，松针爪从赤杨爪身边挤过，追赶上领头的灰毛公猫。"你叫什么名字？"她问道。

灰猫惊讶地抖抖耳朵——赤杨爪猜测影族学徒的语气一定太自以为是了。"我叫雨。"他回答道。

就叫雨？赤杨爪不知道松针爪为什么问这个问题。他们做事也许与众不同，他再次告诉自己，甚至取名字也不同。但是，他确信他记得沙风曾经提及过的天族猫叫叶星、锐掌和回声之歌。那些都是正常的武士姓名。不过，沙风到这里已是很久以前的事了……

现在，松针爪走在雨身边，毫无戒备地和他聊着天。赤杨爪认为她也许想到了什么好主意，于是转身面对那只虎斑母猫，这是护送他们的猫中距离他最近的。

"你好，我的名字叫赤杨爪。"他开始说道。

那只虎斑母猫没理他，只是用她那双充满恶意的黄眼睛瞥了他一眼。

好吧，没关系。赤杨爪想。他很失望，天族猫似乎不太欢迎他们。但是，他告诉自己，一旦他们对他和同伴们有了更多的了解，发现他们来这里的目的之后，他们会改变态度的。

猫武士

那只长毛公猫把赤杨爪和他的同伴们带到那堆岩石前面,河流从那里奔涌而出。一只身强力壮、肌肉发达的公猫正坐在岩石堆底部。他满身白毛,但眼睛周围有些黑点,还有一条长长的黑尾巴。阳光下,他光滑的皮毛闪闪发光。他的蓝眼睛闪动着观察着新来者。

赤杨爪能够想象这只猫在岩石上就位,召开族会的情景。不对! 他肚子一紧,这不是我在幻象中看见的那位正在命名新武士的族长。他环顾四周,努力想赶走恐惧。他看见越来越多的天族猫正从阴影之中或者周围岩石的缝隙之中走出来,慢慢地将他和他的同伴们包围起来。他仔细打量每一只猫,希望最起码能认出一只他幻象中出现过的猫。但是,没有一只猫看起来哪怕有一点点熟悉。为什么?

白色公猫举起脚掌,满脸嘲讽。"这些猫是谁?"他问雨,"迷途的小猫咪吗?"

赤杨爪看见族猫们因为受到这样的侮辱而气得毛发倒竖。"镇定,"他低声说,"别惹恼他们。我们需要了解更多情况。"

"你好,暗尾。"雨低下头,"这些陌生猫是从远方来寻找天族的。"

他们称呼首领为暗尾,赤杨爪想,愈发困惑起来,为什么不是暗星?或者这也是这些奇怪的猫与我们的不同点之一?

暗尾转过头,目不转睛地看着赤杨爪:"你想找天族做什么?"

赤杨爪盯着这位首领诡异的蓝眼睛。由于恐惧,他觉得皮毛刺痛,暗自希望鼹鼠须或者樱桃落会先开口,而不是让他来打头阵。

学徒探索

"我来自雷族。"他强忍住心中的不安回答道,"我被派遣出来寻找天族。"

"为什么?"暗尾问道。

赤杨爪不太确定该如何回答:我一直以为到达之后就能了解更多了。"每个族群的生存都依赖于我们同舟共济。"他有些迟疑地说。看到樱桃落和鼹鼠须点头赞许,他很欣慰。

暗尾眯起眼睛:"你是在要求我和我的猫跟你一起去这个……雷族吗?"

赤杨爪点点头,感觉自己就像一只未睁眼睛的小猫,在黑暗中摸索。但是,他依然不知道天族是否真是星族要他们"拥抱"的东西。如果我能说服他们和我们一起返回大湖,黑莓星会怎么想?我们将如何应对这些多余的猫?

"你们需要我们的帮助吗?"暗尾追问他。

"不!"赤杨爪脱口而出,"我们不是为了战争或者其他事情来寻求帮助的。所有族群都在自己的领地上安居乐业,也没有多少分歧,因为有足够的猎物供每一只猫享用。"你们需要我们的帮助吗?他又默默地问自己,或者我完全误解了我的幻象?哦,沙风,多希望你能够在这里,帮助我解决这个问题啊!

暗尾似乎思索了片刻,随后礼貌地对赤杨爪低下头。"我深感荣幸。"他低声道,"我很感激你们长途跋涉来寻找天族。但是,我希望你能够理解,我们不能仅仅因为听了陌生猫的几句话,就放弃我们的领地。"

赤杨爪感觉自己的紧张有所缓解：至少暗尾说话通情达理。但是，他一点都没料到和天族的会面会向这个方向发展，他有点想转身就走，假装这一切从来就没发生过。这些猫似乎根本不需要帮助。

然后，他又想起了自己的幻象，尤其是梦中那些猫在荒凉的高地上痛苦尖叫的情景。我不能就这样转身回家。他想着，心里再次希望沙风能够在他身边。

"我们为何不在这里逗留一阵呢？"这是松针爪在说话，她对着暗尾说话时，毫无畏惧地昂着头竖着尾巴，"我们可以参加几次你们的狩猎和巡逻。要不了多长时间，天族猫就会明白我们是可以被信任的。"

赤杨爪不知道自己是否喜欢这个建议，但是他又想不出更好的主意。所以，他觉得必须赞同这个主意。

暗尾沉默片刻，先用他的目光扫过每一只猫，然后转身面对赤杨爪。"很好。"他最后说道，"雨，带我们的贵客去他们睡觉的地方。"他又对赤杨爪补充道，"是的，也许我们还有很多可以互相学习的地方。"

赤杨爪勉强点头表示同意，尽管他的皮毛依然感觉到刺痛，全身一阵战栗。为什么感觉事情如此离谱呢？

太阳暖暖地照在皮毛上，赤杨爪低头从溪流中舔水喝。他凝视着水面，希望能够洗洗脚掌，但他知道那样会更加容易让灰尘和沙

学徒探索

砾附着到上面。

天族猫怎么能够忍受在这样肮脏的地方生活?他问自己,如果他们真的和我们一起返回森林,其他族群的生活方式也许会慢慢感染他们。

前一天晚上,雨把赤杨爪和他的朋友们带到一个巢穴——河谷一侧一个光秃秃的洞穴,地上除了沙子再没有其他东西。赤杨爪安心入睡,希望星族能够用另一个幻象指引他,但是他现在根本想不起他是否做过梦。

一阵乡愁刺痛他的心,荆棘一般尖利。他渴望感受脚垫下凉爽的草地,倾听树枝在头顶摇曳时树叶轻柔的沙沙声。我希望天族能决定和我们一起回去,那样我们很快就能回家了。我的族猫们甚至都不知道沙风已经去世。

想起那只睿智的老母猫,悲伤撕扯着赤杨爪的腹部。她一定知道该如何去做,她能帮着查明为什么这里没有一只猫看起来像我幻象中的猫,她还能弄清楚他们为什么看起来并不是在寻求帮助。

难道是时间不对?我梦见的是过去的天族猫?

一声吼叫从下游不远处传来,把赤杨爪从沉思中拉回现实。他转过身,看见松针爪正蹲坐在几尾远处的一块砾石上。

"狩猎猫回来了!"她高声说道,"而且他们带回了猎物。"

赤杨爪离开水边,蹦跳着返回营地中央,迎接狩猎巡逻队。他看见大量的猎物被放置在暗尾周围,仿佛是为了得到他的赞许。他的肚子咕咕作响。狩猎猫们坐在猎物周围,围成一个巨大的半圆,

雨最靠近首领。

暗尾挑选出一只肥硕的鸽子,从上面撕扯下一大口肉。其他远征猫聚集在赤杨爪周围观察着。随后,天族首领对雨点点头。雨上前一步,为自己选择了一只松鼠。

"真奇怪。"烁爪在赤杨爪耳边咕哝道,"他们的新鲜猎物堆在哪里?谁去给长老和照料幼崽的猫后送食物?"

赤杨爪甚至还没来得及回答她,就看到雨叼着他的松鼠退后一步。其他狩猎猫仿佛得到信号一般围上去,嘴里发出嘶吼,脑袋互相碰撞着,努力攫取新鲜猎物最鲜美的部分。

赤杨爪看见圆圈外围有两三只瘦骨嶙峋的老猫试图加入争取食物的战斗,但却被更强壮的猫推开了。那些猫趴在猎物上面,一边从猎物骨头上撕扯着肉,一边怒视着四周。一只带着三只喵喵叫的小不点幼崽的母猫冲进去,一口叼住一只田鼠。但是一只硕大的虎斑公猫从她嘴里把田鼠夺了下来,并用后腿狠狠把她蹬开。

远征猫们用恐惧又困惑的眼神相互看着。"他们以为他们在干什么?"樱桃落脱口而出。

松针爪在赤杨爪旁边耸耸肩说:"也许他们从来没有被教授过武士守则。"

"真奇怪,你竟然听说过武士守则。"烁爪咕哝道。

松针爪诡秘地瞥了她一眼。"我并不总是遵守那些愚蠢的规则,但这并不意味着我就不知道它们的存在。"她反唇相讥。

说完,她毫不迟疑地冲进碰撞的脑袋和挥舞的脚掌之中,轻松

学徒探索

地将两三只年龄较小的猫推到一边。片刻之后,她带着一只老鼠从混战中退出,在一块岩石的阴影中蹲坐下来,狼吞虎咽地把它吃了下去。

赤杨爪看见暗尾信步走回岩石堆,还漫不经心地回头瞥了一眼打斗中的群猫。然后,他在一块悬垂的岩石下面蜷缩起来,眯起眼睛,观察着眼前的场景。

赤杨爪的肚子咕咕叫着,但他无法让自己加入混战之中。我不能与长老和幼崽争抢食物!

他听见烁爪在他身边强忍住咆哮。"这不公平。"她低声说道,"有些天族猫肯定日复一日地忍饥挨饿。这就是很多天族猫面黄肌瘦的原因。"

说完之后,她跳上前去,绕开混战的猫群,勇敢地大步走向暗尾。

"烁爪,不要!"赤杨爪惊呼道,匆忙跟上去。令他欣慰的是,鼹鼠须和樱桃落也跟了过来。

"你们为什么这样吃?"烁爪站在暗尾面前,以挑战的语气高声问道。

赤杨爪不确定自己该敬佩她的勇气,还是该为她的举止感到尴尬:毕竟我们只是天族的访客。

"你是什么意思?"暗尾甩甩尾巴,问道。

"在族群里面,"烁爪解释道,"我们把所有的猎物带回营地,堆成一个新鲜猎物堆。有一些猫会给长老、照顾幼崽的猫后以及生

病的猫带去食物。然后，武士和学徒才可以自己享用猎物。我们不会那样打斗。"说罢，她轻蔑地抖了抖耳朵。

暗尾唯一的反应是眯起眼睛。赤杨爪走到妹妹身边。要是天族首领向她发起进攻，他随时准备保护妹妹。

"只有那样才公平。"烁爪继续说道，"你过去肯定也是那样吃的，因为你也是武士。你应该遵从武士守则。"

赤杨爪注意到，听见"武士守则"这个词语时，暗尾眼里闪过一抹戏谑的神情。

"我们已经订立了自己的守则。"首领告诉烁爪，"离开其他族群之后，天族意识到我们的族猫变得虚弱起来。然后我们决定制定一些新的规则。天族的规则奖励强壮好战的猫——那些能够最好地保卫族群的猫。"

烁爪面露困惑："那生病的猫或者长老怎么办？"

暗尾耸耸肩："他们得学会自己照顾自己。"

看见烁爪脖子上的毛发因愤怒而竖立，赤杨爪皱起眉头。"那你们为什么还要在族群中生活？只有泼皮猫才会只顾自己！"烁爪继续说道。

暗尾从胸腔深处发出一声低沉的怒吼，伸出利爪。鼹鼠须急忙走上前去，挤到暗尾和烁爪中间。

"她只是太年轻好奇。"鼹鼠须说道，"但她已经说完了，走吧。"他推着烁爪向他们巢穴的方向走去。

当他们离开的时候，烁爪显然很不高兴。现在，打斗已经结束，

学徒探索

狩猎猫们在阳光下放松身体，懒洋洋地梳理着自己。赤杨爪看见松针爪和他们在一起。与此同时，那些老猫和那只带着幼崽的母猫正在猎物残骸中翻找，搜寻狩猎猫们遗漏下的任何猎物碎屑。幼崽们饿得直哭。

当他们在巢穴中安顿下来后，烁爪低声说道："我们应该回家了。这些怪异的猫不需要帮助，我甚至不确定他们还是族群猫。"

赤杨爪发现，关于天族猫的行为方式，他和妹妹的看法一致。暗尾刚才告诉他们，天族已经改变了他们的规则。但这与黑莓星讲述的火星和沙风逆流而上重建天族的故事似乎不吻合。"这一切都太令人困惑……"他开口说。

"你们在讨论什么？"松针爪迈着悠闲的步子走进巢穴，打断了他们。

"我说我们应该回家了。"烁爪重复道，"这些猫不需要我们。"

"什么？"松针爪讥讽地说，"我们来这里是为了找到暗影中的东西，对吗？我们已经找到了。这些猫真的……嗯……很阴暗。我们现在不能走。"

"我认为烁爪说得对。"樱桃落严肃地看了赤杨爪一眼，"这些猫真的有点……不同寻常。我认为我们帮不了他们。这一切真的是你在幻象中看到的吗？"

赤杨爪瞥了一眼他的族猫，感觉他们此刻真的在怀疑他了。"我不确定，"他承认，"但是我不相信黑莓星会搞错，也不相信沙风会白白地死去。我不知道是什么原因，但是我确实知道，这里就是

我们应该来的地方。"

其他猫互相交换着怀疑的眼神。他紧张地等待着,最后,樱桃落点点头。

"很好,"她说道,"那么,我们就留下来,努力把它弄个水落石出。"

赤杨爪欣慰地舒了口气:"谢谢你们。"

但愿星族很快会让我看到另一个幻象,他对自己说,因为我真的不知道我们要在这里做什么。

第十六章

当最后一点猎物碎屑被搜罗干净后,其他天族猫渐渐离开。只剩下一只——一只年轻的橙色母猫继续留在首领身旁。她咳得很严重,几乎站都站不稳。

赤杨爪震惊地看到,暗尾挥起一只硕大的脚掌,狠狠地向年轻母猫背上挥去。

"别吵了!"暗尾吼道。

那只母猫害怕地看了暗尾一眼。母猫已不再咳嗽了,但赤杨爪认为,不是背上挨的那一掌对她起了作用,她显然在努力控制着咳嗽。

赤杨爪走上前去,礼貌地对暗尾点点头。"听起来,她好像患了白咳症。"他甩动尾巴指着那只母猫,说道,"她应该去看你们的巫医。"

两只天族猫都茫然地看了赤杨爪一眼。赤杨爪感觉仿佛脚底一滑,跌入阴暗冰冷的水中。难道他们没有巫医吗?

他努力控制住震惊,继续说道:"白咳症不是什么大问题,吃些艾菊就能痊愈。"

猫武士

暗尾依然一脸茫然，似乎想问艾菊是什么。赤杨爪更加困惑了：沙风曾经说过回声之歌是天族的巫医。她到底怎么了？他们的首领为何从未听说过艾菊这种常用草药？

这时，那只年轻母猫又开始咳嗽了。她边咳边从暗尾身边退开，仿佛害怕再次惹他生气。

"我很快就回来，"赤杨爪说道，"我去找些艾菊来。"

赤杨爪径直走向那条可以把他带到岩壁顶部的小路，准备到那上面的草丛和灌木中去找艾菊。但他还没爬到顶，就看见岩壁下方有个小巢穴。由于岩石突出的缘故，它很靠近水面，旁边生长着几株快要枯萎的植物。

赤杨爪跑向那个巢穴，闻闻那些植物，立即认出它们就是艾菊，旁边还有些酢浆草、蓍草和山萝卜。他确信那些植物是某只猫种的，就像叶池和松鸦羽在旧的两脚兽巢穴附近种植草药一样。但是，很明显，现在没有猫照料它们。

这肯定就是巫医所在的地方，赤杨爪想，但为什么他们有这样一个完美的巫医巢穴却没有巫医呢？也许回声之歌死前没有训练学徒。

艾菊的叶子很柔软，与赤杨爪熟悉的森林艾菊相比，气味不够浓烈。但是他知道，有总比没有好。他撕扯下几根茎秆，朝岩石堆走回去。

回到那里时，他发现那只橙色母猫侧躺着，露出蓬乱的白色腹毛。其他天族猫都离得很远，忙碌着各自的事情，甚至都没看一眼

学徒探索

这只生病的族猫。她的咳嗽比我先前认为的糟糕多了。赤杨爪意识到这一点时,心里不由得一阵焦虑。

赤杨爪把艾菊放在橙色猫前面。"把这个吃了。"他告诉她。

那只母猫抬头看着赤杨爪,困惑地瞪着那双绿眼睛,眼神中有一丝恐惧。"我会好的,对吗?"她喘息着说,"我不想被驱逐。"

恐惧像冻僵的爪子一般刺入赤杨爪的心。他轻轻地把一只前掌放在母猫的侧腹上。"你叫什么名字?"他问。

"火焰。"母猫哽咽着说,紧接着再次猛烈咳嗽起来。

"我叫赤杨爪。我在自己的族群里接受过巫医训练。我向你保证,艾菊会有帮助的。"

当火焰开始咀嚼艾菊叶子的时候,赤杨爪退后一步,给她一些呼吸的空间。

"那会有效吗?"一个粗暴的声音在他耳边说道。

赤杨爪吃惊地回过头去,看见暗尾正严厉地瞪视着他。"艾菊通常会迅速缓解白咳症。"他回答道,努力让自己听上去更有说服力,"但是,如果白咳症持续太久,它会转变成绿咳症——那样的话,火焰就真的有麻烦了。"

暗尾看上去开始感兴趣了。赤杨爪猜他以前从没听说过这些疾病的名称。也许在天族它们有别的名称。

"那什么能够治愈绿咳症?"这只白色公猫问道,但听起来他似乎不太关心火焰。

"你们依然可以使用艾菊。"赤杨爪告诉他,"但猫薄荷更好,

如果能找到的话。"

"嗯……"暗尾抽了抽胡须,"什么对伤口有用？猫薄荷也能疗伤吗？"

"不。"这只猫什么都不知道吗？"对于伤口,我们用蛛丝止血,紫草根止痛。要是伤口感染,用金盏花或者马尾草。"

暗尾点点头问:"那发烧呢？"

"呃……"赤杨爪一时想不起来。这比松鸦羽的考试还难。要是他在这里就好了！"琉璃苣叶子。"他最后说道。"蒲公英有助于发烧的猫入睡。可是暗尾……"他还是忍不住问了他的问题,"难道你们不治疗生病的猫吗？"

暗尾显得有些慌乱。"我们当然会。"他一甩尾巴回答道,"只是我们的方法……有所不同。为什么所有的族群都要一样呢？"

因为我们都来自相同的地方。赤杨爪想。但是,他无法让自己把这些话大声说出来。他还没向暗尾提及天族猫被其他族群从森林里赶出来的任何事情,而且他现在也不愿意说。

黑莓星说过,那对天族来说是多么的可怕。其他族群不跟他们分享领地是错误的。天族猫也许会为此责备我们,虽然那已经过去很久了。

但是,赤杨爪仍然无法理解暗尾为什么对族群的生活方式如此不熟悉。他们真的偏离武士守则这么远了吗？

赤杨爪内心渐生理解之情,好像花蕾慢慢绽放成花朵。也许预言的寓意与他最初认为的有所不同。也许,天族在"暗影中",不

学徒探索

仅是因为他们生活在被人遗忘的遥远地方,而且也因为他们失去了与武士守则的联系,以及一切使他们不同于泼皮猫的东西。

那么,我的任务就是把他们引领回来,驱散天空的阴霾!

赤杨爪开心地抽抽胡须。"如果你愿意,"他对暗尾说,"我会带上你的一些猫,到你的领地上去看看能找到什么草药,并教他们草药的作用。"他又谦虚地补充道:"当然,我还只是一个学徒。"

暗尾似乎不介意赤杨爪经验不足,他点头表示同意。"嘿,雨!"他大吼道。

坐在河边与松针爪聊天的长毛灰色公猫跳起来,跑到首领面前。"什么事,暗尾?"他问道,恭敬地向首领点点头。

暗尾一甩尾巴指向赤杨爪,命令道:"和这只猫一起去。他打算去寻找草药,然后会告诉你它们有什么作用。听他吩咐——他是学徒。"

"好的。"雨回应道,不过赤杨爪感觉他看上去好像很困惑。暗尾说"学徒"两个字的语气好像表明……学徒很重要。

"我也去。"松针爪向他们走过来说,"我想好好看看河谷。"

赤杨爪无法理解松针爪为什么想好好看看这个荒芜肮脏的地方,但他没有表示反对。松针爪是只不可思议的猫,她做的事情毫无道理!

三只猫顺流而下,雨在前面带路。他们路过了赤杨爪确信曾是回声之歌巢穴的地方。

每走一步,赤杨爪都感觉更加乐观。要是他能够教会这些猫如

何医治疾病，他们也许会开始对彼此表示同情，而不会对火焰那样的病猫熟视无睹。他们的处事态度和行为举止会越来越像真正的族群猫。然后，他们就可以像真正的盟友那样重返森林。

这是完成探索的第一阶段——帮助天族找到重返族群生活的道路。

赤杨爪不安地在巢穴里翻来覆去，无法入睡。他一直回想着他和松针爪以及雨探索领地的过程。雨有很多需要学习的地方。他们发现了蓍草和很多艾菊，雨似乎认为这两种草药可以治愈一切疾病。

"你们需要到河谷两边寻找草药，"赤杨爪曾经指出，":也许还要到比你们平时的狩猎地更远的地方去寻找。任何一只猫都可能得很多不同的疾病，需要不同的草药和不同的处理方法。"

雨耸了耸肩，似乎能接受这个观点。"这也许能说服暗尾更快地带领我们去新的领地。"赤杨爪说道。

赤杨爪更紧地蜷成一团，努力使自己入眠。他极度渴望看到另一个幻象，也许沙风会来造访他，并安慰他说，一切都在按照应该发生的方式发生。他心里很清楚，天族有问题。无论他如何努力地说服自己，这只是因为他们与其他族群分离太久，他仍然无法摆脱一种感觉：所有这一切好像都是错误的。他们到达河谷之后，他就没再看到过幻象。难道这是有原因的吗？

随即，一个理由从他脑海里闪现出来。他全身颤抖，想像迷途小猫那样惊恐地低声哭泣。也许在这个地方，星族无法接触到我！

学徒探索

他渐渐不再颤抖,注意力被一些声音吸引过去。他已经发现河谷两侧的岩壁能收集声音,所以他们无法进行安静的交谈,也不能说任何他们不愿意让天族猫听见的事情。他卷起尾巴遮住耳朵,努力屏蔽那种声音。当他听见暗尾的说话声时,他警惕地抬起头来。

"这会很容易的。"

赤杨爪尽可能悄无声息地缓缓移向巢穴入口,他向黑暗中凝视着。那儿刚好有足够的月光让他分辨出几尾远处暗尾和雨的身形。和他们在一起的,还有一只名叫渡鸦的黑色长毛母猫。

"我不知道……"渡鸦怀疑地说道,"旅程会漫长艰辛。我听说外面有巨大的雷鬼路,很多猫都在上面丧了命。"

"我们不怕雷鬼路。"暗尾不屑一顾地甩着尾巴回应道。

希望从赤杨爪心底升起,他激动不已。也许天族猫正在决定明天离开,和我们一起踏上返回湖区的旅程,与其他族群团聚!

他站起来,打算向他们走过去,告诉他们,自己听到这个计划是多么开心。但他还没离开巢穴,天族猫就分散开来,向三个不同的方向走去。

这时赤杨爪看到暗影中有动静。令他惊讶的是,他看见松针爪从一块砾石后面出现,向雨走过去。这时他才意识到,她没有和他以及族群伙伴睡在巢穴中。

"听起来,你们就要做出决定了。"松针爪对雨咕噜道。

那只硕大的灰色公猫逼近她。"偷听是不礼貌的。"他嘶吼道。

"我别无选择。"松针爪一点也不害怕,她的声音甚至更加顽

皮了,"你们又没商量具体怎样实施计划。"

雨低声说了些什么,但是因为他已转身走开,赤杨爪无法听清他的话。

松针爪快步走在天族猫身旁。当他们逆流而上向岩石堆走去时,不知道为什么,赤杨爪从巢穴中出来,跟在他们后面。尽管保持着距离,他依然能听见松针爪戏谑的咕噜声。

"其他族群的生活是不同的,雨。我们有……规则,要是你们想融入进去,你和暗尾还有其他猫将不得不学习它们。"

"一切都会解决的,"雨回应道,"顺其自然。"

赤杨爪不确定这只大公猫的声音是充满信心,还是在开玩笑,但无论是哪一种,他都不能说他喜欢雨。我已经听得够多。他想着,然后转身走回巢穴。

但是,就在他转身的时候,脚掌踩到一块鹅卵石。两块鹅卵石相撞,发出清脆的响声。松针爪和雨都转过身,向他这边看过来。

"谁?"雨厉声问道。

"是我。"赤杨爪含糊地说,"我……呃……我出来解手。"

他没有等待任何回应,快步奔入黑暗中。当他吃力地喘息着跑回巢穴时,族猫们还在安睡。他充满希望的感觉此时已化为泡影,胸中的悸动被沉重感取代,这种感觉由内而外逼迫着他,试图将他击垮在地。

第十七章

　　第二天早上，赤杨爪爬出巢穴时，他感觉筋疲力尽，几乎无法挪动脚掌。他彻夜未眠，思索着如何才能让天族猫回归族群生活，天族猫显然对武士的内涵一无所知。让他无法安眠的，还有他听到松针爪和雨交谈后的阵阵胸痛。

　　"我认为我们应当狩猎。"当所有的远征猫走出巢穴，来到水边梳洗的时候，鼹鼠须高声说道，"我们不能指望和天族猫一起吃。"

　　"我们行动吧。"樱桃落表示同意，"我已经迫不及待想摆脱这个被星族遗弃的河谷。"

　　"嗯，我不知道自己是否想去。"松针爪打了个哈欠，露出满嘴尖利的牙齿，"适应之后，也没那么糟糕啊。"

　　"那你留下吧。"烁爪没好气地说，然后，她又低声嘀咕道，"反正也没有猫请你和我们一起来。"

　　"够了。"鼹鼠须用威严的语气说着站了起来，"松针爪，你想做什么就做什么，我们要去狩猎了。"

　　"河流对面似乎有片比较茂密的森林，"樱桃落指出，"我们去那边吧。"

猫武士

附近有几只天族猫,当鼹鼠须带领雷族猫翻过岩石堆时,没有一只猫试图阻止他们。赤杨爪跌跌撞撞地走在最后,确信自己狩猎的时候会表现得比以往更糟,因为他几乎睁不开眼睛。

但是,当他发现自己来到树下之后,他的精神稍微恢复了一点。脚掌下又有了潮湿的地面和腐烂的树叶,还能从纵横交错的树枝之间看见隐约的天空,这种感觉很好。树叶已经开始变成褐色和金色。赤杨爪第一次意识到,落叶季即将到来。

樱桃落和烁爪一同走开了,鼹鼠须则转身对着赤杨爪。"你要和我一起狩猎吗?"他问道。

赤杨爪摇摇头:"呃……不,谢谢。"他无法忍受让自己的前任老师看见他再次失败。"我想自己练习。"

"好吧,返回营地再见。"鼹鼠须钻进蕨丛,随即消失了。

鼹鼠须的声音和气味刚刚消失,赤杨爪便走向森林更深处,竖起耳朵,张开嘴巴,捕捉猎物的痕迹。很快,他听见头顶有鸣叫声,还有树叶的沙沙声和翅膀的扇动声。他抬头望去,看见一只画眉正栖息在附近一棵树的树枝上。

赤杨爪的肚子咕咕地叫了起来,他这才意识到自己是多么饥饿。自从两天前他和朋友们抵达河谷,他几乎没吃任何东西。他不知道如果他只为自己捕捉这只小鸟而不把它带回营地,是否会陷入麻烦。然后,他提醒自己现在已不在雷族。*我不打算和天族一起吃它,因为他们竟然那样对待幼崽和长老。*

画眉展翅向森林更深处飞去,他悄悄向鸟儿靠近。随后,在与

学徒探索

鸟儿相隔两棵树的地方,他爬上一棵山毛榉的树干,移动到一根树枝上面。他努力回忆老师曾经教过的一切,那时他还没被告知自己是一只糟糕的狩猎猫,但当巫医则会好得多。

最好不要想那些,他下定决心,那只是一只小鸟,我可以做到。

他悄悄地匍匐前进,设法爬到画眉栖息的树上。鸟儿似乎还没察觉到他。就在他收紧肌肉,准备猛扑的时候,另外一只猫猛地从森林地面上跳起,伸出前掌,试图去抓那只小鸟。但是,那只猫扑了个空,只差一鼠远。伴随着一声怒吼,那只猫向后跌倒,笨拙地摔回地上。受到惊吓的画眉飞走了。

"狐狸屎!"赤杨爪嘶叫道。

那只陌生猫——一只皮毛凌乱、骨瘦如柴的灰猫,从地上爬起来,仰头怒视着赤杨爪。"都怪你,我才没抓到它!"他咆哮道,"你没看见我已经在跟踪它吗?是你逼我过早出手的。"

但是,赤杨爪已经完全忘掉那只画眉。现在,他清楚地看见了这只新出现的猫。他惊愕不已,呆呆地紧盯着他。这是我幻象中的猫之一!

他记得,叶星命名新武士的时候,在围成一圈观看仪式的猫中间就有这只猫。但那时他是一只健康的族群猫,皮毛光亮。现在,他看起来就像一只脏兮兮的泼皮猫,蓬乱的皮毛下每一根肋骨都清晰可见。

"你是谁?"

"我叫雾羽。"那只猫粗鲁地回答道,"这关你什么事?"

猫武士

赤杨爪小心翼翼地从树干上爬了下来,但是一刻也没有把目光从灰猫身上移开。他礼貌地点点头,与雾羽保持着适当的距离,以免让他误以为自己准备发起攻击。

"你好。"他说道,"我为画眉的事道歉。我叫赤杨爪,我从雷族来。"

那只灰猫的眼睛瞪得大大的,眼神中夹杂着惊讶和怀疑。"雷族!"他惊叫道,"那么你肯定认识火星。他来重建天族时,我还没出生呢。但是,每一次满月升起的时候,我们都会在天石上讲述他的故事。我们对他的尊崇高于对其他所有的猫。"

赤杨爪感觉到,好像自己的每一根毛都兴奋地竖了起来。他张开嘴巴,正打算告诉雾羽火星已经去世的消息,随即又觉得现在还不是时候。于是,他问道:"你是被族群驱逐出来的吗?"

那只灰猫紧盯着他。"我是被驱逐出来的?"他问道,语气中充满苦涩,"不,不是我被驱逐了。被驱逐的是整个族群!"

"你这话是什么意思?"赤杨爪难以置信地盯着他问。

雾羽一甩尾巴,示意他靠近。赤杨爪在他刚才偷袭画眉的那棵树的树根之间坐下。灰猫蹲伏到他身旁。

"你已经见过河谷中的猫了,对吧?"雾羽开始说道,"我敢打赌,他们让你误以为他们就是天族,但他们不是。他们是邪恶的泼皮猫,他们攻击了真正的天族,将我们的领地据为己有。"

赤杨爪的第一反应是深深的宽慰。我就知道那些猫不对劲。他们根本就不是族群猫!难怪他们不知道该如何举止。但是,听说

学徒探索

这样可怕的命运降临天族，他也颇为惊讶，难道这就是我的幻象试图告诉我的事情吗？天族已经被驱逐，他们需要我的帮助？

"这些泼皮猫来自哪里？"他问道。

"我不知道。"雾羽回答道，"我也不知道他们遵循什么守则——如果他们有守则的话。他们就是一群恶棍！"

宽慰感消失了，赤杨爪的脑海里逐渐生出怀疑："整整一个族群的猫肯定可以把他们赶跑吧？"

雾羽没有迎接他的目光，而是羞愧地垂下胡须："我们当时的生活很艰难，实话告诉你吧，我们有很多日光武士，数量与长期在河谷里生活的猫数量相当。"

"日光武士？"赤杨爪迷惑不解地问。

"就是白天来和我们一起狩猎和训练的武士。"雾羽解释说，"晚上他们会返回两脚兽地盘。"

"你的意思是他们是宠物猫？"赤杨爪气得几乎无法把这个词说出来，"你们让宠物猫待在你们的族群里？"

"在我们这儿这是可行的。"雾羽辩解道，"日光武士很勇敢，值得敬重。但是，就在他们晚上回到主人身边时，泼皮猫向我们发起了进攻。所以我们的数量远不如他们。"

"于是泼皮猫胜利了？"

雾羽点点头："我们尽力保护族猫而不杀戮敌猫，所以很容易被大开杀戒的泼皮猫击败。"

"那其他的天族猫去哪里了？"赤杨爪问道。他环顾四周，仿

佛期待着会有更多的猫从林下灌木中出现。

"我不知道。"雾羽告诉他,"我们失散了,我是唯一留在这里的,我不知道还有多少猫幸存下来,也不知道他们在哪里。"

"你为什么要留在这里?"

雾羽那双琥珀色的眼睛里浮现出深深的悲痛:"我的伴侣在战斗中被杀死。我宁愿在她死去的地方做一名独行猫,也不愿离开这里去寻找新的领地。"

由于同情和怒火,赤杨爪的心抽搐起来。现在所有的事情都讲得通了!当他意识到自己在幻象中看到的是真实情景时,愧疚感像狐狸的尖牙一般撕扯着他。天族确实曾需要帮助,但他和他的朋友们来得太晚了。

"这就是河谷中的猫行为举止不像族群猫的原因。"他喃喃自语道,"因为他们就不是一个族群。他们不过是一群在天族最容易受到攻击时群起攻之的泼皮猫。他们比小偷好不到哪里去。"

"你知道什么?"

一个刺耳的声音从赤杨爪身后传来。他跳起来,猛地转身,看见暗尾就站在一狐狸身长的地方,脸上挂着讥笑。他注视着赤杨爪和雾羽,他那令人不安的蓝眼睛中几乎看不出任何情感。

"你好像遇到了河谷中的一只渣滓。"他对赤杨爪说,"不知何故,他竟然还活着!听起来你们在密谋对付我的猫。"

赤杨爪向后退去,靠到身后的树干上。他的目光左右瞟动,希望看到族猫就在附近。但这里没有他们的丝毫声音和气味。在树木

学徒探索

投下的阴影之中,暗尾的身形似乎有他的两倍大。我得快点想出办法摆脱这个困境。

但是,疲劳和饥饿似乎已经令雾羽变成鼠脑子了。他吃力地站起来,弓起背,对暗尾发出嘶吼:"你是偷走我们领地的肮脏泼皮猫!"

"领地属于能够保卫它,或者夺取它的强者。"暗尾指出了这一点,寸步未移,"要是天族不能牢牢掌握他们宣称属于自己的土地,他们就没什么可抱怨的。如果你还想冒险坚持你所宣称的一切,雾羽,那你敢与我为了领地而战吗,就在此刻、此地?"

赤杨爪气得几乎窒息:难道暗尾看不出雾羽现在的状态不可能和任何猫战斗吗?

但是,这只被驱逐的猫竖起毛发,弹出爪子,翻卷起嘴唇,龇牙咧嘴地咆哮起来:"使出你最狠的招数吧,暗尾!"

赤杨爪走上前去,插到两只猫中间。但是,雾羽一甩尾巴,示意他让开。

"退后!"雾羽嘶叫道,"战斗就是战斗。"

不,这将是一场屠杀。赤杨爪想着,不情愿地退后。

雾羽向前扑去,照准暗尾就是一掌。但这只泼皮猫首领轻松地滑向一侧,同时将爪子从雾羽后脑勺上掠过。

"你需要再快一些!"暗尾嘲讽灰毛公猫。

雾羽没有气馁,原地转身,再次扑向泼皮猫首领。但是,暗尾同样轻松地避开了第二击。雾羽的呼吸已经变得不规律起来,嘴里

发出呼呼的喘息声。当暗尾轻蔑地用一只脚掌将他推开时,他打了个趔趄,差点跌倒。

赤杨爪禁不住钦佩雾羽的勇气。在这场一边倒的战斗中,他看出了一些巧妙的战斗动作,心中暗想,要是这只天族猫有足够的力气,他会是一只很难对付的猫。

雾羽一次又一次爬起来冲向暗尾,但每一次,泼皮猫都躲开了他无力的进攻,反而还他一击。很快,鲜血从雾羽侧腹流下来,他的一绺绺毛发掉落在森林的地面上。

最后,雾羽的力气完全耗尽。他吃力地喘息着,胸脯剧烈起伏。暗尾慢慢向他走过去,俯视着他。雾羽抬起一只前掌向他打去,但他的动作缓慢无力。暗尾轻而易举地将他的脚掌拨开。看到真正的天族猫瘫倒在地,筋疲力尽,毫无自卫能力,不祥的预感令赤杨爪绷紧了肌肉。

"愚蠢的癞疮猫。"暗尾咆哮道,"你早就该滚了。"

"住手!"赤杨爪说道,试图上前保护被打败的猫,但为时已晚。

暗尾用后腿直立起来,挥起一只前脚掌,猛地砍劈下去。他的利爪刺入雾羽的喉咙,将它撕开。鲜血呈弧形喷射而出。雾羽的整个身躯痉挛起来,随后无力地瘫软下去。

赤杨爪惊恐地凝视着死去的天族武士。

第十八章

暗尾的爪子刺入赤杨爪的臀部,他疼得龇牙咧嘴。凶手在屠杀雾羽片刻之后,便将赤杨爪驱赶回营地。

"继续走。"泼皮猫首领粗声粗气地说道。

赤杨爪跌跌撞撞地走着,仿佛依然能看见雾羽的尸体,看见暗尾的爪子撕开他的喉咙时涌出的鲜血。"你没必要杀死雾羽。"他说道,努力控制着对这名泼皮猫首领的恐惧。"他早已虚弱得毫无自卫能力。他会对你造成什么伤害吗?你甚至没有埋葬他!"他补充道。

暗尾再次把爪子刺入赤杨爪的臀部。"我绝对不会埋葬这样一只阴险的猫!"他咆哮道,"当你和你的同伴们死了,我也会任由你们的尸体腐烂。"

赤杨爪惊恐地半转过身,面对着暗尾。泼皮猫只是粗暴地推推他,让他继续前进。难道这就是我探索的尽头吗?他绝望地想着,也许我早该听其他猫的话离开!

"我们没有对你和你的猫做出任何应该被你们杀死的事情!"他抗议道。

213

"别撒谎,跳蚤皮!"暗尾嘶吼道,"很明显,你们是天族的盟友。你们是来动摇我的猫群的间谍,为的是让那个虚弱的族群和他们的日光武士回来。但是我和我的族猫光荣地占领了这片土地,并打算捍卫它。你们的计划已经彻底失败!"

赤杨爪不知道该如何回应这样莫须有的谴责。但他知道,无论他说什么,都不会改变暗尾的想法。

当暗尾推着赤杨爪翻过岩石堆,返回营地的时候,每一只猫都站起来盯着他们。赤杨爪欣慰地看到,他的族猫们已经返回。当暗尾把赤杨爪推到泼皮猫围成的圆圈中心时,他们走到他身旁。

"这是怎么回事?"鼹鼠须问道。

暗尾站在岩石堆底部,用目光扫视他的追随者们,准备对他们讲话。

一切其实早已一目了然!赤杨爪暗想,他总是坐在岩石旁边。真正的族群首领会在岩石堆顶上向他的猫讲话。我们不应该相信暗尾是一只族群猫。他从来就没有表现得像一只族群猫。

"我发现这只讨厌的猫,"暗尾轻蔑地推了一下赤杨爪,"在森林里和一只天族猫交谈。很明显,这些猫骗了我们。他们不是友好的访客。我们那样勇敢地战斗之后,才赢得这片领地。他们却在与天族合谋,妄想把这片领地从我们掌中夺回去!这从一开始就是个阴谋。"

愤怒的低语声从泼皮猫群中响起。赤杨爪看见,他们正向远征猫逼近,他们颈部的毛逐渐立起来,尾巴快速甩动着。他的同伴们

学徒探索

几乎没有反抗，他们还没从这个消息和受到的指责中缓过神来。

"他们不是天族吗？"樱桃落问道。

"我们早该知道的！"鼹鼠须嘶吼道，"现在，很多事情都说得通了。"

"这是真的吗？"雨问松针爪。他猛地把脸伸向她的脸，直到他们的鼻子几乎碰到一起。"你们与天族合谋？"雨的爪子不停地伸缩着，赤杨爪能够看出他的愤怒。但是，他也感觉到那后面隐藏着其他含义。他感觉受到伤害了吗？赤杨爪猜测道，胸中怪异的刺痛感再次膨胀起来。

松针爪镇定自若地迎视着雨那双狂怒的绿眼睛。"当然不是真的。"她回答说，"我们生活的地方离这里很远。我们出发的时候，甚至不确信天族是否存在。我们如何与他们合谋？"

她话音未落，暗尾就愤怒地咆哮道："你说我是骗子？"

"当然不是。"松针爪的声音依然很平静。她抬起一只脚掌，捋了捋胡须。赤杨爪很钦佩她竟然没有表现出丝毫的恐惧。"我没说任何猫是骗子。"她转身看着赤杨爪，脸色愠怒，就像鼹鼠须曾是赤杨爪老师时偶尔会表现的那样，"我的巫医朋友也许和一只错误的猫度过了一段时间，但我敢肯定，他并不是有意为之。"

暗尾似乎在思考着她的话。在这短暂的沉默中，那只黑色母猫渡鸦悄悄贴近暗尾。

"小心一点总比将来后悔好。"她说道，"我们不能肯定是否可以相信这些猫。他们毕竟是突然冒出来的。有哪只猫真的相信他

们说的话吗？"

赤杨爪感觉他的气管仿佛在肿胀，阻断了他的呼吸：难道这里的每一只猫都是如此残忍且险恶？

暗尾继续思考了更长一段时间。然后，他那双蓝眼睛一眨不眨地盯着松针爪："你知道我不能就这样放你们离开，尤其是在这一切发生之后。"

鼹鼠须和樱桃落立即走上前去，弓起背，他们肩膀上的毛竖立起来。"要是我们不想待在这里，你们不可能把我们留下来的。"鼹鼠须怒吼道。

"是的。"樱桃落附和着，"我们说要离开，就会离开。"

赤杨爪绝望地意识到，暗尾根本就不需要回应。他没说任何一句话，泼皮猫就已经缩小了包围圈。他们竖起尾巴，伸出爪子，随时准备战斗。

我们寡不敌众，赤杨爪想，他们可以把我们扣留在这里，可以随意处置我们。

"这与私人恩怨无关。"暗尾平静地说道，"已经有一只敌猫侵入森林。我只是想确保没有更多的危险被带到河谷中。一旦我确信危险已经过去，我就会让你们走。"他舔了下脚掌，然后用它抹抹耳朵，"我承诺……"

但我们怎么能够相信你的承诺？赤杨爪默默地想。

太阳已经落山，长长的影子笼罩着河谷。经过先前的对峙之后，

学徒探索

赤杨爪和其他远征猫已经被押送到另一个巢穴,这个巢穴仅仅是岩石中的一道裂缝。他们紧紧地挤在一起,石壁硌得他们皮毛生疼,在这里不可能舒服。

渡鸦坐在外面,背对巢穴看守着。看见她的耳朵机警地竖立着,远征猫都明白他们不可能讨论下一步行动计划。

"那真正的天族猫发生了什么事?"樱桃落最后低声问赤杨爪,"你弄清真相了吗?"

赤杨爪点点头说:"雾羽——我在丛林里面遇见的那只猫——告诉我说,泼皮猫攻击了天族,把他们赶出河谷。从那以后,天族猫就流落他乡。雾羽不知道他们去了哪里。后来,暗尾杀死了他。"

烁爪发出一声惊骇的喘息,用力将爪子插入巢穴的沙质地面中。

"暗尾就是个恶魔。"鼹鼠须说着转身面对着松针爪,又补充说,"今天早上你是怎么想的呀?我们不应该试图对他解释。我们应该一走了之。"

"你难道不认为泼皮猫会跟踪我们?"松针爪反驳道,"我们会把他们径直引回我们自己的族群。"

她说话时提高了声音。赤杨爪和其他猫都转头去看渡鸦。但即使那只母猫听到了他们说的话,她也没有表现出来。

族群猫再次陷入不安的沉寂之中,在这很不舒服的新巢穴里互相依偎着。赤杨爪感觉沙尘沾附到他皮毛上,尖锐的岩石和鹅卵石戳着他的肌肉。他心里想这次探索是从哪里开始出错的。

我们找到了天族残众……但我们会和他们一样遭遇厄运吗?

第十九章

赤杨爪心神不定地打着盹儿。突然,他感觉一只脚掌在轻轻戳着他的肩膀,他再次醒了过来。他睁开眼睛,正好有足够的光线让他看到烁爪正低头凝视着他。

"嘘!"她悄声说,"我们得走了——就现在。"

赤杨爪对她眨眨眼睛:"你说什么?"

"泼皮猫睡着了,"烁爪低声说,"但谁知道他们会睡多久?太阳很快就要升起。这是我们的最佳时机。"

赤杨爪摇摇晃晃地站起来,张开嘴巴,打了个大大的哈欠。当他弓起背,舒展着有些痉挛的身体时,他看见鼹鼠须和樱桃落就站在妹妹身后。松针爪正在巢穴入口等着,她看上去有些犹豫。

"我认为这是个糟糕的主意。"她嘟哝道,"要是被他们抓住——"

鼹鼠须将尾巴从她肩上拂过。"我们必须确保他们抓不到我们。"他说道。

松针爪垂下头,勉强表示同意。鼹鼠须转向其他猫,摆摆头,示意他们应该行动了。他率先走出巢穴。两尾远外,渡鸦正把尾巴

学徒探索

盘在鼻子上睡觉。赤杨爪猜想，暗尾醒来后，她会有麻烦。

远征猫静静地在岩石之间穿梭前进，朝着水边走去。想象着泼皮猫可能正从岩壁上的巢穴里向外张望，并且发现他们在偷偷行动，赤杨爪的皮毛刺痛，但是没有报警的号叫声刺破黎明的宁静。

最终，他们抵达河边，然后转身顺流而下。鼹鼠须不断加快步伐，直到他们在岩石上敏捷地跳跃前进。赤杨爪在潮湿寒冷的空气中瑟瑟发抖。天空乌云密布，丝毫看不出太阳会从哪里升起。

他们没走多远，就到达一个地点，这里有一块岩石突兀地从悬崖上伸出，深而急的河水环绕岩石流过。

"老鼠屎！"鼹鼠须爬到岩石顶上时咕哝着说，"难道我们永远走不出这个肮脏的地方吗？"

赤杨爪跟在他后面吃力地爬了上去，将爪子插入细小的裂缝中，感觉沙砾刺入他的脚垫，值得欣慰的是，岩石的另一边平缓地倾斜向下，让他可以轻松地滑下去，站在鼹鼠须旁边。

其他猫都翻过岩石后，樱桃落说道："至少现在从营地里看不见我们了。"

"我们必须继续前进。"鼹鼠须发言说，"别忘了泼皮猫能跟踪到我们的气味。"

"那也许我们应该过河。"赤杨爪建议道，"河水能切断我们的气味踪迹，让暗尾和其他猫更难跟上我们，这使得我们有更好的逃跑机会。"

"好主意。"樱桃落回应道，"我们找个地方过河。"

但是，当鼹鼠须转身准备继续前进时，烁爪犹豫了。

"你怎么啦？"鼹鼠须问道，声音中透出一丝恼怒。

"我不知道我们是否应该离开。"烁爪迟疑地回答说，"星族把我们派遣到这里，我们却没找到天族。也许我们应该留在附近，继续寻找他们。"

"我们现在帮不了天族。"赤杨爪冷冷地回应，不过他很钦佩同胞手足有勇气提出这个建议，"我们不知道他们去了哪里。要是我们留在森林里，暗尾和他的泼皮猫肯定会找到我们。也许我们回家之后，黑莓星会知道我们该如何帮助天族。但是这次探索……"他顿了顿，迫使自己的声音不颤抖，"这次探索失败了。安全到家是我们能够做到的最好结果。"

"赤杨爪说得对，"樱桃落说道，同情地碰碰她学徒的肩膀，"我们已经做了我们能够做的一切，但我们现在救不了天族。"

烁爪叹息一声，点点头："我想也是。"

鼹鼠须再次带领大家沿着河边往前走。赤杨爪时刻留意是否有能够安全过河的地方。但是，天空依然很黑，无法分辨出水有多深。河水急速流动着，翻滚的水流很容易把猫卷走。

河族猫会游泳，想到这一点，赤杨爪打了个寒战，但我们不是河族猫，我也不想尝试游泳。

"下游远处有树林，"烁爪指出，仿佛知道同巢猫在想什么，"也许在那儿能找到过河的办法。"

樱桃落轻快地点点头："好主意，我们快走，太阳很快就会升

学徒探索

起,泼皮猫就要醒了。"

她大步朝着树林跑去,其他猫跟在她后面。他们抵达的第一棵树又小又细,而且距离水面太远,对渡河起不了任何作用。赤杨爪曾希望会有一棵倒下的树,就像族群猫用来过湖参加森林大会的那棵。但是,他唯一看到的是一根圆木以一定角度被卡在河岸上,另外一头伸进急流之中。

稍远处,更大的树木开始出现,其间散布着灌木。"这是个绝佳的狩猎地点。"烁爪急匆匆地跟在手足旁边,喘息着说。

"没有时间了。"赤杨爪喘息着回应道。

"我感觉肚子里空荡荡的!"烁爪抱怨道,"真希望——"

"看!那里!"樱桃落的声音打断了烁爪的话。她奔向一棵向河面倾斜的树,树枝悬垂在水面之上,几乎伸展到对面。"简直太完美了!"

当赤杨爪走近时,他认为那棵树看上去很危险,但并没有表示反对。为了避开泼皮猫,从这里过河显然是他们最好的机会。

"嗯……"鼹鼠须喃喃地说,专心打量着树木,"树枝也许足够长。而且如果我们的气味踪迹从这里消失,暗尾也许会以为我们掉进河里,被卷走了。"

"这值得一试。"赤杨爪表示同意,尽管他的肚子因恐惧而翻腾。

"我第一个过去。"烁爪主动请缨。她敏捷地跳上倾斜的树干,沿着最长的树枝缓慢地向前挪动。"来吧——没有问题!"

当烁爪冒险走到河流上方更远处时,鼹鼠须跟着她爬上树干,

樱桃落费力地跟在他后面。赤杨爪设法把目光从妹妹的步伐上移开，向上游张望，发现那些泼皮猫并没有追赶上来。虽然曙光越来越亮，视野中依然没有任何动静。

我觉得希望他们不来追是太大的奢望……

"下一个该你了！"松针爪的声音把赤杨爪的注意力拉回到树上。

现在，烁爪几乎已经到达她必须从树枝上跳到河对岸的地方。鼹鼠须和樱桃落就在她后面。他们在狭窄的树枝上艰难地保持着平衡，赤杨爪几乎不敢看。

"不，你先走。"他对松针爪说道，"我继续警戒。"

松针爪看起来有些不太情愿，但迟疑片刻之后，她耸耸肩。"照你说的办。"她一甩尾巴爬上树干，顺着树枝往前走去。

没有理由再拖延了，赤杨爪跟了上去。爬上倾斜的树干很容易，当他走到树枝上时，树枝踩上去也足够牢固。但是，前面猫的重量已经把树枝压得很低，树枝伸向水面。

更明智的做法应该是一个接一个过去，赤杨爪想着，把爪子抓得更紧了，但是我们没有时间那样做。

看见烁爪蹲下来，收缩肌肉，准备跳上河岸时，赤杨爪的肚子猛地收紧了。烁爪起跳后，树枝剧烈地抖动着。赤杨爪几乎无法抓稳，发出一声惊叫。看见手足平安落到对面的河岸上，他这才如释重负地长舒一口气。片刻之后，鼹鼠须和樱桃落也跳落在烁爪旁边。

松针爪就在赤杨爪前面，她正慢慢地往前移动，每次移动一只

学徒探索

老鼠身长的距离。随后，她停下脚步，用爪子紧紧抓住树枝。在她的重压之下，树枝危险地弯曲下垂。

"继续走！"赤杨爪催促她。

松针爪回头瞥了他一眼。"我害怕掉进水里，不行吗？"她嘘声说。

"你不会有事的。"赤杨爪说道，"总比被泼皮猫追上强！"

然而，松针爪刚开始重新慢慢往前走，树枝就嘎吱作响起来。赤杨爪吓得僵在那里，几乎不能动弹，然后开始后退。但为时已晚，咔嚓一声，树枝断裂了，松针爪恐惧的尖叫声随之响起。两只猫坠入冰冷的激流中，尖叫声戛然而止。

赤杨爪在汹涌的水流中胡乱蹬腿，冰冷陌生的触感将他包围，他吓坏了。水流异常湍急，他很快被冲走，不知道从何处可以上岸。沉重的压迫感充斥着他的耳朵，他努力睁开眼睛，但四周全是黝黑的水，什么也看不见。他绝望地乱蹬着，疼痛在他胸口激增，直到他感觉自己要失去知觉了。

然后，他的脑袋终于浮出水面。他深深地吸了一大口气，随着水流蹬动四肢，让自己保持漂浮。他环顾四周，想看看是否能看到松针爪，但周围没有她的丝毫踪迹。

天色依然很暗，看不到太多的东西。他想着，希望松针爪就在距离他不远的水中。

他竖起耳朵，试图捕捉到她的喊叫声或者族猫们在河岸上的呼唤声。但是，耳边只有哗哗的水声，他听不到任何其他声音。

水流似乎比之前更快了。赤杨爪向前看去，汹涌的水面突然就到了尽头，除了阴郁的天空，那边什么都没有。耳朵里的轰鸣声更大了。

瀑布！

赤杨爪知道他必须上岸。他搏击水流，奋力把自己拖向安全的地方。但是，水的力量太强大。

我做不到，这里将成为我的葬身之地。

随后，赤杨爪感觉到前掌被突出水面的什么东西绊了一下。不知怎么回事，这次接触把他朝河岸推去。当波涛将他抬起的瞬间，他意识到他正紧紧抓住的是松针爪。

近在眼前的河岸给了赤杨爪新的希望。"继续走！"他气喘吁吁地对松针爪说，"我们可以做到的！"

但是，无论这两只猫如何努力，河流的力量依然更强大。赤杨爪眼睁睁地看着水流到达瀑布，渐渐过渡为平滑的曲线。他发出一声惊恐的惨叫，意识到自己就要跌落下去。

他发觉自己正在坠落，并且已经与松针爪分开。他的身体被瀑布抬起又抛下，砰地落在瀑布下的水面上。他惊慌失措的号叫声突然中断，体内的所有空气几乎都被挤压出来。

赤杨爪深深沉入水中，眼前一片漆黑。当他再次从水面冒出时，光线刺痛了他的眼睛。他有气无力地茫然挣扎着，惊讶地发现自己还活着。有什么东西使劲推着他的后颈，把他朝河岸推去。很快，他感觉脚掌碰到了泥地。他奋力把自己往上拖，艰难地爬出水面。

学徒探索

他扭头望去,看见松针爪跟在后面把自己从水里拖出来,她的皮毛紧贴在身上。

赤杨爪瘫倒在地上,侧腹剧烈起伏着。他冷得直打战,庆幸自己逃过一劫。松针爪一屁股坐在他旁边。

终于缓过气来之后,赤杨爪抻长脖子,竖起耳朵,捕捉同伴们的踪迹和声音。"我听不见其他猫的声音。"赤杨爪说道,"你能吗?"

松针爪只是抖动着湿漉漉的皮毛。"不能!"她吼道,"我听不见他们的声音——我满耳朵都是水声。我告诉过你我不喜欢那样过河!"

赤杨爪焦急地转了一圈,但他所能看见的,只有树木和天空;所能听到的,只有湍急的水声;所能闻到的,只有身体下潮湿的泥土气味,还有他和松针爪散发出的恐惧的气息。

我们现在该怎么办?他无助地问自己。

河岸就在前方!

继续走!我们可以做到的!

不好!我们被水流带向瀑布了!

HONG!!

HONG!!

啊呀——

第二十章

起初,赤杨爪和松针爪并排躺着,精疲力竭,神情恍惚。但是没过多久,想到族猫们,赤杨爪便立即清醒过来。"我们该起来了,"他喘着气说道,"我们得想办法回去,与其他族猫会合。"

松针爪有气无力地舔了几下肩上的毛。"我不知道你怎么样,"她说道,"但我需要休息。"

"但是,我们不知道他们怎么样了!"赤杨爪说道,焦虑地向上游望去,"我们得找到他们!"

现在我们要怎样才能找到天族啊?

松针爪哼了一声:"你最好别太担心别的猫,而应该担心你自己。让他们来找我们吧。在这期间,我们需要休息。"

赤杨爪觉得松针爪说得对。他摇摇晃晃地站起来,环顾四周,只看见几条狐狸身长外有一条雷鬼路,怪物在上面来回奔跑。雷鬼路那边有一排两脚兽巢穴,空气中弥漫着怪物和两脚兽的臭味。

"饶了我吧!"赤杨爪呻吟道,"到处都是两脚兽!"

"没关系。"松针爪回应道,摆摆尾巴,指向生长在水边和雷鬼路之间的一丛灌木,"我们可以在这里做个窝,两脚兽不会发现

学徒探索

我们的。"

赤杨爪希望她说得没错,于是跟着她挤进灌木深处,将一片深草压平,做了一个临时的窝。赤杨爪早已累得腿脚酸疼,一下子便在松针爪身边蜷缩了起来。

很快,巢穴中就响起了松针爪的鼾声。赤杨爪尽管也已精疲力竭,却发现自己很难入睡。怪物的声音和臭味离得太近,从泼皮猫那里拼命逃离的经过,也不停在他脑海中闪烁。赤杨爪依偎到松针爪身边,鼻子里面弥漫着她的气息,努力想象着自己已经返回营地,正和烁爪一起在学徒巢穴中打盹儿。最后,他也睡着了。

赤杨爪醒来的时候,灿烂的阳光透过灌木树枝,稀疏地照射进来。当看见松针爪已经消失不见时,焦急感一下刺中了他。两脚兽的声音飘进他耳朵里。他小心翼翼地爬出灌木丛,看见几只小两脚兽正在巢穴旁边玩耍,互相投掷着某种色彩斑斓的东西。

赤杨爪心底涌起对湖泊和森林的思念之情。那些幼崽太闹腾了!什么时候我们才能得到片刻宁静呀?

这时,草丛分开一道缝,松针爪出现了。她小步朝他跑来,嘴里叼着一只肥硕的麻雀。"新鲜猎物!"她开心地说道,把麻雀放在赤杨爪脚边。

"感谢星族,你回来了!"赤杨爪大喊道,"我正担心你呢。"

松针爪甩甩尾巴:"不用担心。来吃吧。"

"你认为我们下一步该怎么办?"赤杨爪问道。他狼吞虎咽地

撕咬着麻雀,满口生津。坐在灌木丛下,阳光温暖着潮湿的皮毛,这种感觉很好。但他知道他们不应该再在这里逗留。

"我想,应该是寻找其他猫。"松针爪嘴里含着猎物回答。

赤杨爪很开心自己不用和她争辩。他无法想象,如果他们直接回家,都不试着去找一找族猫,会是什么情景。

吃完猎物后,赤杨爪和松针爪逆流而上,一直走到瀑布那里。

"我想,我们必须走这条路。"赤杨爪低声说着,抬头望着奔腾而下的水流旁边的悬崖。一些岩石从崖壁上突出来,上面布满苔藓。

"看起来并不太难。"松针爪说着跳上第一阶岩石。

赤杨爪不确定自己是否同意她的看法,但也跟着她跳了上去。河水从他们身边奔流而下,发出雷鸣般的响声。赤杨爪想起自己曾被冲走而且差点被淹死,腿脚颤抖起来。由于流水长期喷溅在岩石上,岩石很滑。如果他将爪子插入苔藓,苔藓会脱落,这可能会让他失去平衡。松针爪在他前面,动作果断地攀爬着,把沙砾和水珠洒落到他身上。

爬到顶部时,赤杨爪已经气喘吁吁。他本想休息一下,但一想到族猫们,紧迫感又让他的脚掌充满力量。

他和松针爪顺着小河边艰难跋涉,努力探寻同伴们的气味,不时呼喊他们的名字,不停地来回张望。当他们再次接近河谷时,赤杨爪变得沮丧起来。也许波皮猫重新抓住了他们。他们现在可能都死了!

"嗨!"终于,松针爪兴奋地呼叫起来,她停下脚步,嗅闻着

学徒探索

一株生长在水边的榆树根，"快过来！"

赤杨爪走到她身边，嗅闻树根间那个铺满树叶的土坑。他辨别出了所有三只族猫的气味。

"他们肯定在这里停留休息过。"赤杨爪说道，声音因欣慰而颤抖。"烁爪！鼹鼠须！樱桃落！"他高喊道，希望他们能听到。但是，没有任何猫回应他。

"我要告诉你一些事，"松针爪低声说道，她全神贯注地循着气味踪迹，从榆树那里开始追踪，"他们顺流而下了。我敢用一个月的黎明巡逻和你打赌，他们是在找我们。"

赤杨爪兴奋得心跳加速："那么，我们在路上和他们错过了？"

"我不知道我们怎么会错过。"一时间，松针爪看上去有些迷惑。

"不管怎样，"赤杨爪继续说道，力量重新涌进他的脚掌，"我们要做的就只是跟踪他们的气味了。走吧！"

"而且要再爬下那个被星族诅咒的瀑布！" 松针爪嘟哝着跟上他。

气味踪迹通往下游，有时候出现在水边，有时候又离得很远，不时会有单独的气味从主要踪迹中分离出来，但总是又汇合到一起。

"他们在搜寻我们。"松针爪说道，"我想不出我们怎么会和他们错过。"

但是，当他们到达两脚兽巢穴附近那个他们曾经蜷缩起来休息的灌木丛时，他们发现气味踪迹继续向前，经过他们的临时巢穴，沿着河流和雷鬼路之间的草丛向前延伸。

猫武士
MAOWUSHI

"难以置信！"松针爪甩着尾巴怒吼着，"是他们错过了我们！我们睡着的时候，他们肯定直接走过去了。"

赤杨爪沮丧得想吼一声，但忍住了。"我们当时浑身透湿，水冲掉了我们的气味。"他说道，"而且，这些两脚兽的气味也有掩盖作用。但情况不算太糟，最起码我们知道他们还活着，没有被暗尾重新抓住。现在我们要做的，就是跟上他们。"

但是，当他们顺流而下时，却发现这并非易事。太多两脚兽和怪物混杂的恶臭掩盖了气味踪迹。最后他们到达了一个地方。赤杨爪认为，肯定有怪物在那里停留过，草地上留下一些黑乎乎臭烘烘的东西。猫的气味被完全湮没，他们无法分辨出气味踪迹。

"我们把他们跟丢了。"赤杨爪说道。

"他们也许认为我们被淹死了。"松针爪小声地回应道，"谁知道他们后面往哪里去了？"

"他们肯定还是顺着河流走的。"赤杨爪指出，"他们还有什么其他地方可以去吗？这里也没法过河。"

"也许吧。"松针爪显得异常沮丧，"但是，要是我们错了呢？要是我们永远找不到他们怎么办？"

赤杨爪艰难地咽了口唾沫。"那么，我们就得从这里开始，自己找到返回营地的路。"他郑重其事地说，努力让自己听上去充满自信，"要是他们放弃寻找我们，他们就会回营地。"

赤杨爪扫视四周，意识到自己根本不知道他们身在何处。他们是从对岸到达河谷的。从他现在站立的地方看，一切都不同。他甚

学徒探索
XUETUTANSUO

至不敢确定他们是否已经被冲过他们第一次遇见河流的地点。

"我们必须到河对面去。"赤杨爪说,"然后我们朝着太阳落下的方向走。"

"这路线有些模糊,"松针爪吸了吸鼻子说,"我们完全可能错过大湖和族群领地,更别想着游过河去,因为我不想那样做。"

"没有谁要求你那样做,"赤杨爪柔声说,"我们先沿着这边顺流而下,也许会有棵倒树或者别的什么能够让我们过去。要是运气好,我们甚至可能追上其他猫。"

松针爪笑了一声说:"我们最好有一点点运气!"

这时,太阳已经开始落下,在河面上投下猩红色的光线。赤杨爪意识到,他们将不得不寻找一个过夜的地方。最起码,我们已经远离两脚兽巢穴了。他心里想。

很快,雷鬼路改变了方向,向远离河流的方向延伸,狭长的草地开阔起来,上面时不时点缀着一些灌木。

"这应该是一个绝佳的休息地点。"赤杨爪说着,张开嘴巴打了个哈欠,"我们可以在这儿捕获猎物吗?"

一想到狩猎,松针爪振作起来:"看我的吧!"

她消失在最近的灌木丛里。没过多久,她就回来了,一只画眉瘫软的身体在她下巴上晃荡。与此同时,赤杨爪在一丛榛树灌木的树枝下找到一个凹陷的遮蔽处,他扒拉一堆枯树叶做了一个窝。享用着自己那一份新鲜猎物的时候,赤杨爪这才意识到自己是多么疲惫不堪,甚至连找不到回家之路的焦虑,都不足以妨碍他陷入沉睡

之中。但在梦境中，星族依然没有拜访他。

赤杨爪和松针爪沿着河流又跋涉了三天。他们不时会捕捉到同伴们的踪迹。知道自己正循着同伴们的足迹前进，希望重新燃起。河流继续滚滚向前，变得更加宽广且迅猛，已经没有任何安全地方可以让猫过河。

在第三天，赤杨爪再度嗅到怪物的臭味，而且他们前方的空气中有一片烟雾。正午后不久，更多的两脚兽巢穴在地平线上若隐若现。

"那是一个真正巨大的两脚兽地盘。"赤杨爪有些沮丧地说，"而且我确信我们去河谷时绝对没有经过这里。我们往下游走得太远了。"

松针爪耸耸肩："我们往下游走时别无选择。"

"现在也没有。"赤杨爪瞥了一眼汹涌的河流，对岸看起来遥不可及，"我们将不得不穿过那个肮脏的地方。"

"你知道吗，那可能并不是什么糟糕的事情。"松针爪若有所思地说。两只猫肩并肩继续走着，离第一个两脚兽巢穴越来越近。

两脚兽地盘的噪音和恶臭已经让赤杨爪感觉快喘不过气了。"那不好笑，松针爪。"他厉声地说。

"我没有开玩笑。"松针爪停下脚步，转头看着他。她那双绿眼睛里闪动着戏谑的神情。但当她接着说下去时，语气很认真："我们需要找到一只宠物猫。"

"一只宠物猫？"赤杨爪被激怒了，"你没事吧？我可不知道

学徒探索

有草药能治疗脑子进蜜蜂的猫。"

"不，听着，傻瓜。"松针爪不耐烦地抖了一下耳朵，"宠物猫也许能告诉我们哪里可以过河。"

赤杨爪嗤之以鼻："是什么让你那样认为的？"

"宠物猫很熟悉这个区域，"松针爪回答说，"我们却不熟悉。而且他们甚至可能给我们一些宠物猫食。"

赤杨爪反感得作呕："你在开玩笑，对吗？"

"我是认真的。我们接下来还要走很长的路。"松针爪说道，"尽我们所能填饱肚皮也未尝不可。"

"我可不愿意用那些东西填饱肚子。"他们继续前进时，赤杨爪小声说道，"吃宠物猫的食物完全违反了武士守则。我还听说，宠物猫的食物看起来就像老鼠屎！"

当赤杨爪跟着松针爪走向两脚兽地盘时，他知道继续抗议已经没什么意义了。松针爪步伐坚定地大步走着，最后，他们到达紧临着最近两脚兽巢穴的蜿蜒延伸的雷鬼路。松针爪停下脚步，左右打量，寻找怪物。然后，她伸出一只脚掌，把它轻轻放在雷鬼路那坚硬的黑色表面上。

"你在做什么？"赤杨爪问。

"感觉震动。"松针爪回答，"怪物太大了，在看见它们之前，你能感觉到它们的到来。"

"这办法有用。"赤杨爪喃喃地说。他以前从没看见松针爪那样做过。不过，在他们外出探索的旅程中，穿过雷鬼路的时候，先

是由沙风带路，后来是由鼹鼠须和樱桃落带路。

不知道在此之前，松针爪已经独自游荡了多久。

松针爪捅捅他的侧腹，把他从沉思中唤醒："走吧！可以安全通过了。"

当赤杨爪跟在松针爪后面，大步穿过雷鬼路，深入两脚兽巢穴组成的像蜘蛛网一样的空间时，他越来越不安。好像这个地方就属于她一样，赤杨爪心里直纳闷，她怎么敢如此接近两脚兽？两脚兽甚至可能捉住我们攻击我们！

一只公两脚兽正在巢穴外面洗刷着一只亮蓝色怪物。当松针爪小跑到它面前时，赤杨爪紧张得浑身颤抖。她没有表现出丝毫胆怯，摩挲着两脚兽的腿，发出一声友好的颤音。

不等两脚兽抓住她，赤杨爪已经冲过去，用力将她推开，一直把她推得离两脚兽远远的。"你在干什么？你想让它用你喂那只怪物吗？"

"别傻了！"松针爪反驳道，"你不知道吗，要是你巴结两脚兽，它们通常会给你一片肉或者别的好吃的东西。整个绿叶季，我都会去影族领地上的两脚兽地盘这么做。当然，这办法对你不起作用。"她补充道，上下打量着赤杨爪，"它只对聪明伶俐的猫起作用。"

"你脑子里进蜜蜂了。"赤杨爪咆哮道，"给我继续走。"

松针爪自鸣得意地再次大步走起来，她的尾巴在空中高高摆动着。

令赤杨爪感到欣慰的是，他们刚刚转过下一个角落，就看到一

学徒探索

只宠物猫——一只体形硕大的姜黄色公猫正懒洋洋地趴在墙头上。

"嗨！你好！"松针爪跑向他，大声喊道。

"嗨，"那只宠物猫从瞌睡中惊醒，回应道，"有什么能帮忙的吗？"

"我们是族群猫，我们迷路了。"松针爪解释道，"我们需要返回我们的领地。而那样的话，我们必须过那条河。你知道怎样过去吗？"

赤杨爪既惊讶又有些不安。松针爪向这只宠物猫透露了那样多的信息。我们不了解这只猫。不过话又说回来，赤杨爪安慰自己说，他也许根本不知道她在说什么。

那只姜黄色公猫张开嘴巴，打了一个大大的哈欠。"你们和今天日出时在这里的那三只猫有什么关系吗？"他问道。

"三只猫？"赤杨爪连忙上前问道，"是一只奶油色和棕色相间的公猫，一只姜黄色的母猫，和一只年轻的橙色虎斑猫吗？"

宠物猫点点头："就是他们。他们真的很沮丧。他们说他们走失了两只年轻猫。"

奇妙的欣慰感在赤杨爪心中荡漾："他们说过要去哪里吗？"

"你们就是走失的猫，对吗？"宠物猫眼中充满同情和兴趣，"他们也在寻找过河的地方。"

"你告诉他们了吗？"松针爪问道。

"就在那下面。"姜黄色公猫用尾巴指着两排两脚兽巢穴之间一条狭窄的巷子，"那会把你们带回到河边。下游不远处有一座桥。"

"两脚兽的桥吗?"赤杨爪满腹疑虑地问。

"当然是两脚兽的桥,鼠脑子!"松针爪生气地推了赤杨爪一下,"我们以前走过。谢谢你!"她又抬头看着那只宠物猫,补充道。

"不用谢。"宠物猫又打了个哈欠回应道。

赤杨爪正要转身走开,又想到另外一个问题。"你有没有看见过另外一大群猫从这里走过?"他问那只宠物猫,"离现在应该有一段时间了。"

那只宠物猫摇了摇头:"对不起,没有。"

那么天族没走这条路。"还是谢谢了。"赤杨爪说,找到失散天族的最后希望破灭了。

赤杨爪再次转身准备离开,但松针爪似乎并不急着跟他走。"在我们离开之前,"松针爪说,"你能帮我们找些食物吗?我们真的饿了。"

"当然没问题。"姜黄色公猫站起来,伸了个懒腰,"顺着那堵墙走到入口处。我在那里等着你们。"说完之后,他从墙头跳下来,消失了。

松针爪急切地沿着墙走过去,赤杨爪极不情愿地跟在后面。宠物猫正在一道栅栏边等着他们。栅栏是由某种闪亮坚硬的东西做成的,每一根栏杆之间有着宽松的间隙。松针爪和赤杨爪钻了过去。

他们前面是一片粗糙的鹅卵石地面。那边有一块狭长的草坪,四周是灌木和两脚兽种的鲜艳的花朵。草地那边耸立着两脚兽巢穴的墙壁。想到自己就站在两脚兽的地盘上,赤杨爪的毛竖立了起来。

学徒探索

"食物在这里。"那只宠物猫用尾巴指着说。

赤杨爪转向那个方向，恐惧立刻刷过他的皮毛。宠物猫指着的，是鹅卵石小路尽头的一个小巢穴，一只怪物正蹲伏在入口处。

"你不能到那里面去！"赤杨爪倒吸一口凉气，对松针爪说。可松针爪已经和宠物猫并肩走向了那个小巢穴。

"怪物睡着了。"松针爪漫不经心地回答道，"老实说——返回营地后不要告诉他们——我有点好奇，想尝尝宠物猫的食物。"

"但要是——"赤杨爪不说话了，因为松针爪没有理会他，跟着宠物猫消失在怪物的巢穴里。

赤杨爪不打算跟上去。我不会让谁看到我吃宠物猫食的！因此，他担任警戒，以防两脚兽从巢穴里面出来，或者怪物有醒来的迹象。整个过程中，他一直用前脚爪撕扯着地上的草，不耐烦地把它们伸出缩回。在这里每耽误一刻，他的族猫们都会走得越远。

最后，松针爪和宠物猫终于从怪物的巢穴里出来了。松针爪满足地用舌头舔着下巴。"太棒了！"她说道，"谢谢你，鲍勃。"

鲍勃？赤杨爪想，宠物猫的名字叫鲍勃？太奇怪了！

"是的，谢谢你，鲍勃。"赤杨爪重复道，"你真的帮了大忙。"

"很高兴帮到你们。"鲍勃回应道，并和松针爪碰碰鼻子，"祝你们旅途好运。"

赤杨爪朝着鲍勃刚才指给他们的小巷走去，松针爪快步走在他旁边。"你可以以后再感谢我。"松针爪说道，"我的主意完全奏效！现在，我们知道如何过河，就可以踏上回家的路了。"

她顿了顿,然后问道:"你又怎么啦?为什么你就不能表现得开心一点?"

自从鲍勃告诉他们,他没看见天族的任何踪影之后,赤杨爪的心情就愈发沉重起来。他希望能够掩饰自己的情绪。但很明显,在松针爪面前什么也藏不住。

他停下脚步,转身对着她。"难道你不明白吗?"他难过地问,"那是因为我已经失败了。我算是哪门子巫医啊?"

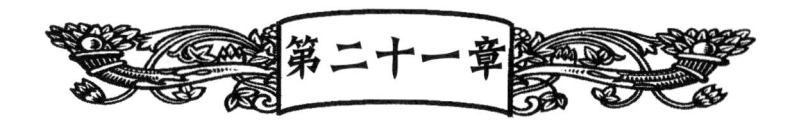

学徒探索 XUETUTANSUO

第二十一章

松针爪满脸疑惑地问:"你什么意思?"

"你知道我是什么意思!"没想到松针爪竟然如此迟钝,赤杨爪强忍着心里的怒火说,"天族受到泼皮猫攻击之后离开了河谷,似乎没有谁知道他们去了哪里。我们本来应该去救他们!可是我们到得太晚了!"

"你怎么能那么确定?"松针爪歪着脑袋问。

"因为其他族群——包括我们的族群——把天族驱逐出了森林。这令我们的族猫太过羞愧,从那之后,这件事一直被作为秘密保守着。我的幻象告诉我,要到天族去,把他们带回来,与他们共享我们在湖边的领地。就像预言里说的那样,驱散天空的阴霾。"赤杨爪的声音颤抖起来,因为他意识到自己的失败是多么彻底,"我把事情搞砸了!我没有马上明白第一个幻象,然后沙风去世……我们到达河谷太晚了。我们找不到暗影中隐藏的东西,因为天族已经离开。现在,天空中的阴霾永远不会被驱散了!谁知道族群会发生什么事情?所有这一切,都因为我是一名糟糕的巫医!"

他蹲坐在硬邦邦的两脚兽道路上,把鼻子放在脚掌上面,发出

一声孤寂的呜咽。在他前面，除了黑暗，似乎别无他物。

松针爪什么也没说。当赤杨爪终于再次抬起头来时，发现松针爪正坐在那里注视着他。松针爪的尾巴整齐地盘在前脚掌上面，满脸不相信的表情。"你说完了吗？"她问道。

赤杨爪抖抖一只耳朵，他不仅生松针爪的气，也生自己的气，因为他在松针爪面前崩溃了："我想是的。"

"你这是在犯蠢和自怜。"松针爪语气严厉，"泼皮猫应当是用了很长的时间才在天族的旧营地上安顿下来。从你对雾羽的描述来看，他皮毛破烂、骨瘦如柴，因此攻击肯定不是昨天才发生的。从你得到幻象的时间来看，我们根本就不可能及时赶到河谷中拯救天族。"

赤杨爪觉得松针爪说得有道理，开始感觉好受一点。"所以呢？"他最后说道。

"所以，"松针爪说着站起身，沿着小巷向前走去，"你的幻象肯定有别的含义。"

赤杨爪陷入沉默，仔细回想所有的事情。当他们走到小巷尽头时，看到下游不远处，鲍勃刚才告诉他们的地方，有一座桥。令他感到欣慰的是，那不是一条可以把怪物带过河的巨大雷鬼路，而是一座狭窄的木质结构，有点近似于伸进大湖中的半桥。四周没有两脚兽的踪影，赤杨爪和松针爪只用了片刻时间，就冲过桥去。

在河对岸，一条小溪注入主河道。小溪在深草丛中穿流而过，那边有一片矮树林。他们一走进树林，赤杨爪的情绪就好了一些，

学徒探索

但他仍然禁不住思索,他探索的意义究竟是什么。

他不得不承认,松针爪说的话有道理。但要是我的幻象不是为了把我带到天族去拯救他们,那它们的目的究竟是什么?他几乎感觉不到他们在旅程中完成过什么事情。我们没有挽救过任何猫。我们没有拥抱在暗影中找到的东西。我们只是勉强设法让自己活了下来,而且我们还失去了沙风。还有什么其他事情是我应该做的吗?

没有星族的指引,赤杨爪感觉自己和幼崽一样无助。

赤杨爪和松针爪又在旷野中跋涉了几天,他们朝着太阳落下的方向一直走着。他们穿过雷鬼路,绕过两脚兽地盘,在田野中穿行,奇怪的动物趴在草丛中,好奇地观察着他们。现在,又度过了艰苦的一天,赤杨爪又累又冷,他早已厌烦了睡在灌木下或者透风的洞里,他渴望回到石头山谷里自己舒适温暖的窝中。

至少,我的狩猎技能提高了,赤杨爪安慰自己,好像我只需要多饿几次,就能把注意力集中到猎物身上,就像鼹鼠须希望我做的那样。

他和松针爪不时会捕捉到其他远征猫的气息,这让他们很安心,至少他们的前进方向是正确的。但是,每次他们找到气味踪迹的时候,这些气味都非常淡也不是最近的,好像其他猫正在加快脚步,把他们甩得越来越远。

日光渐弱,灰色的云团在头顶聚集,一阵冰冷的风吹过草地,吹乱他们的皮毛。赤杨爪不时地感觉到大雨的浓烈气息。他猜想,

一场暴雨即将来临。

不想要什么偏偏来什么！赤杨爪心中暗暗叫苦。

突然，前面不远处的松针爪兴奋地高喊起来，开始往前冲。

"等等！发生什么事了？"赤杨爪在后面喊道。

"是那个农场！"松针爪回头说出这几个字，"我们在路上经过的农场！"

赤杨爪跟着松针爪跑去，看见了那道闪亮的栅栏，还有那片生长着高大的黄褐色植物的田野。现在，只有光秃秃的残株留在地里，没看到那只长着旋转嘴巴的怪物。

松针爪跑到栅栏那里，很轻松地翻了过去，然后冲向那一大片密集的两脚兽巢穴。

"等等！回来！"赤杨爪吼道，但松针爪没理他。

与此同时，天空裂开，大雨倾盆而下。转眼之间，赤杨爪已被浇透。在雨幕之中，他几乎看不见前面的松针爪。当他到达栅栏的时候，那闪亮的栏杆已经变得又湿又滑，他竭尽全力才爬了过去。

这时，赤杨爪想起了沙风，一阵强烈的痛楚从心头掠过。这里就是一切开始出错的地方。这可怕锋利的栅栏和泥泞的地面让她的伤势加重。我们肯定已在不知不觉中路过她的坟墓。噢，沙风，对不起……

赤杨爪笨拙地落到栅栏的另一边，抛开各种回忆，努力寻找着，终于看到了松针爪。松针爪还在向农场中心冲。"停下！回来！"赤杨爪再次喊道。但她就算听见了赤杨爪的声音，也根本没有理会。

学徒探索

"狐狸屎!"赤杨爪咆哮道。他知道,明智的做法是离开农场,栖身在树下,直到暴雨过去,然后找到最佳的路,继续走。但是,他感觉自己现在别无选择,只能跟随松针爪。

松针爪跑过密集的两脚兽巢穴,冲进了有庞大的黄色谷仓的空地。宽大的木门挡住了谷仓入口,但底部有一道缝隙。松针爪设法挤了进去。赤杨爪愤怒地低吼着,匍匐到泥泞的地面上,跟着她把自己拖了进去。门的底部刮擦过赤杨爪背上的毛发。

赤杨爪摇摇晃晃地站起来,环顾四周。庞大的谷仓被木质栅栏分隔成几个区域。当他看见马正站在其中两个区域里时,顿时愣在那里。

"松针爪,小心!"他喊道。然后,他发现马被长长的藤蔓拴着。感谢星族!它们没有办法够到我们!

松针爪跑进一个空荡荡的区域,然后把头探出来,一抖耳朵,示意赤杨爪:"过来呀,鼠脑子!"

赤杨爪跟了进去。那个区域内的谷仓地面上覆盖着干燥的秸秆,这让他想起田野中的黄褐色植物。空气中弥漫着一股温暖的动物气味,马的气味最强烈,但赤杨爪也探寻到了老鼠的气味。

"你为什么到这里面来?"赤杨爪问松针爪,心里依然很生气,"难道你什么都没学到吗?两脚兽很危险!"

松针爪在尖尖的秸秆中安顿下来,开始梳理自己。"我永远不想和两脚兽一起生活。"她一边舔着皮毛一边说道,"但是,它们确实有舒适温暖的巢穴,还有很多很多的食物。难道你现在真的宁

愿在外面淋雨吗？"

听着雨滴击打屋顶的声音，赤杨爪不得不承认，这只讨厌的母猫说得有道理。他叹息一声，在母猫旁边的秸秆中躺下。

"雨停了我们就走。"松针爪说，"此刻，我们有了一个可以休息的安全地方，还有很多老鼠可以吃。"

她突然停止梳理自己，跳起来，钻进一堆秸秆。片刻之后，她重新出现了，浑身沾满秸秆碎渣，嘴里紧紧叼着一只肥硕的老鼠。

"这只给你。"她说着把猎物放在赤杨爪面前，"为我没在雨中听你的话道歉。"

松针爪，你什么时候听过任何一只猫的话？赤杨爪不置可否地摇了摇头。"谢谢。"他对松针爪说，然后把牙齿嵌入温热的猎物中。

松针爪又为自己捕到另外一只老鼠，然后在赤杨爪身边蹲伏下来开始享用。赤杨爪渐渐放松下来。填饱肚子后，他浑身暖洋洋的，屋外滴滴答答的雨声很快将他引入梦乡。

"很高兴看见你。"

赤杨爪睁开眼睛，首先感受到的是水潭表面闪烁的星光，还有轻柔的水声。他跳起来，激动得心怦怦直跳，他意识到自己正站在月亮池边上。沙风站在自己身旁，她那身浅姜黄色皮毛射出寒霜一般的冷光，她的脚掌也是星光熠熠。她咕噜着，绿眼睛慈爱地看着赤杨爪。

"沙风！"赤杨爪脱口而出，"看见你太高兴了！"

学徒探索

当沙风低下头，用鼻子触碰着他的耳朵时，赤杨爪忍不住把头转开。

"那不是你的错。"沙风柔声告诉他，仿佛能够听到他的想法。"我离去的时候到了。当我决定和你一起去寻找天族的时候，我就感觉我可能无法走完这次旅程。你知道的，"她说着，嗓音愈发柔和，"作为长老，我从来就不想无所事事地待在营地里，度过我生命的最后时光。我想在做重要的事情时死去……而你的探索给了我机会，让我可以重温与火星在一起的特别记忆。"

"你现在与火星一起在星族吗？"赤杨爪问道。

"是的，我们在一起。"沙风咕噜道。她在月亮池边上坐下来，用尾巴示意赤杨爪坐到她身边。"现在，"她继续说道，"给我讲讲你的旅程。告诉我你学到了什么？"

沮丧从赤杨爪的心里涌了出来。"太糟糕了！"他冲口而出，"我觉得我什么也没学到。"

沙风只是静静地待着，她那双绿眼睛专注地看着赤杨爪。赤杨爪开始倾吐她去世以后发生的所有事情：在河谷中找到暗尾和他的猫群，发现他们不是真正的天族，天族已经被驱逐；竭力确定该怎么做，然后从营地逃离，和松针爪一起被冲到下游。他最后说："请告诉我，现在我该怎么办？"

沙风没有回答。赤杨爪可怜兮兮地耷拉下脑袋："我知道，我把所有的事情都搞砸了。"

"为什么这样说？"沙风问道。

赤杨爪认为那是显而易见的。"我没有及时赶到那里！如果我们的使命是去拯救天族，'驱散天空的阴霾'，那就没有猫完成这个使命。我把参加这次探索的猫带入极大的危险之中。我们完成了什么呢？什么也没有！我失败了。"

他甚至不敢再看沙风，发出一声绝望的呜咽。片刻之后，他感觉到沙风正在用鼻子爱抚他的脖子，一种舒适的感觉传遍他全身。他努力地抬起头。

"你知道你和烁爪之间有什么不同吗？"沙风问道。

赤杨爪不知道沙风为什么这么问："是什么？"

"烁爪相信她已经解决了每个问题。"沙风回答道，眼睛闪现出深深的慈爱，"而你却相信每个问题都是你造成的。你们是同一片叶子的两面，但这个问题不是你造成的。"她继续说道："你没有失败，完成这次探索为时还不晚。它只是需要不同的途径。"

"你的意思是什么？"赤杨爪问道。可是，就在他说出这句话的时候，他感觉自己正被摇动着。月亮池表面的星光开始暗淡，沙风的身形也随着它开始消失。"等一等！"赤杨爪惊慌地喊道，"什么不同的途径？"

但是，他已经醒来，发现松针爪正在摇晃他的肩膀。"雨已经停了。"松针爪说道，"我还以为你想知道呢，毕竟你那么急着想回家。"

赤杨爪无力地坐起来。"是的，我们回家吧。"他低声说道。但是，他又默默地对自己说道：我们需要走一条不同的路……

第二十二章

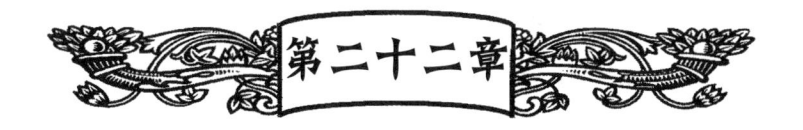

赤杨爪和松针爪正在接近他们许多天之前离开领地后第一次经过的那条雷鬼路。赤杨爪累极了,脚掌也疼得厉害。一想到离家已经这么近了,赤杨爪百感交集。

"我等不及要回到影族领地了。"松针爪大步走到赤杨爪旁边说,"我非常想念我的巢穴,还有——"

"你的族群不会找你麻烦吗?"赤杨爪问道,"你的老师会说什么?学徒是不应该擅自离开领地的。"

"我是为了族群才离开的,记得吗?"松针爪回答道。"因为我知道,你们这些鬼鬼祟祟的雷族猫打算去寻找'暗影中的所得'。另外,"她又轻描淡写地补充道,"在影族,没有一只猫会真正惹上麻烦。当然了,老猫会骂两句,跺跺脚,但他们能怎样……"

他们已经来到雷鬼路边上,松针爪的声音越来越小。他们停下脚步,看着来往闪闪发光的怪物呼啸而过。

赤杨爪已经没再认真听松针爪说话,他静静地站在那里,若有所思地凝视着远方。

过了一会儿,松针爪捅了他一下:"你在做什么?"

"思考。"

松针爪恼火地哼了一声："思考什么？"

"我并不期待着到家。"赤杨爪叹了口气，回答道，"因为那意味着探索结束，但我甚至还不知道那到底是怎么回事。"

"那肯定跟你在暗影中发现的东西有关，对吗？我们没有找到它，但我们已经发现很多和它相关的事情。你没必要站在这里为它闷闷不乐。我们为什么不能直接回家呢？"

"因为我感觉我还有很多该做的事。"尽管很不情愿，但赤杨爪知道，自己不得不告诉松针爪，他在两脚兽谷仓中睡觉的时候，沙风曾经拜访过他。他曾努力想弄清楚星族武士所说的"不同途径"是什么意思。但是，直到他们的探索接近尾声，他依然没明白沙风的话。"我做了个梦……"他开口说道。

当他把沙风所说的话透露给松针爪之后，松针爪惊愕地瞪大眼睛。"你为什么不早点告诉我呢？"她问道。

赤杨爪尴尬地耸耸肩："那是我的幻象。我想自己弄明白它的含义！"

"在我们共同经历了这一切之后，"松针爪故作夸张地叹了口气，"你应该意识到你需要我！嗯……"她若有所思地环顾四周，说道："不同的途径……"

"我认为沙风的意思并不是字面意义上的不同途径，"赤杨爪说道，"而是一种不同的思维方式，就像……"

但是，松针爪已经没在听他说话了。"看！"她大叫着离开了

学徒探索

雷鬼路。

赤杨爪看到，她跳进黑色路边草丛中的一条沟里。那条沟通向一条通道的入口，入口有结实的栏杆遮挡着，栏杆是用某种两脚兽的东西做成的，栏杆之间的宽度足够让猫钻过去。潮湿发霉的气味从入口处弥漫出来。

"你在做什么？"赤杨爪一边问一边尾随着松针爪，"那儿看上去很危险。"

松针爪转身面对着他，转了转眼珠："你脑子里进蜜蜂了还是什么？你瞧，我们是从雷鬼路上面过来的。现在，这里有一条'不同的途径'，通往它下面。而且，它完全处于暗影之中！我们可以走这条路！"

"你才是脑子里进了蜜蜂的猫！"赤杨爪反驳道，"我不相信星族只是想让我们穿过一条通道！那里面很暗，味道怪怪的，什么东西都可能潜藏在里面，而且我还看见它底部有水。"

但是，争吵毫无意义。松针爪已经扭动身子从栏杆之间往里钻。"你从来不听我的话！"赤杨爪抱怨道。但是，那只母猫根本没理会他。

赤杨爪叹息一声，看看雷鬼路，又看看通道，再看看雷鬼路。雷鬼路不像他们上次穿过时那样挤满了怪物。他可以不理会松针爪，一头冲过雷鬼路，丢下她自生自灭。毕竟，她又不是雷族的一员，她甚至就不该参加这次探索。但是，尽管这些想法从赤杨爪脑海里闪过，他却知道它们毫无意义，因为他已经跟着松针爪进

入了通道。

他从栏杆之间挤过去之后,一股恶臭扑鼻而来,让他恶心得想吐。他小心翼翼地在积水中择路而行,随后意识到通道的一侧有个更高的地方,他可以爬到那上面去,保持脚掌干燥。

通道里面一片阴暗。但是,当赤杨爪的眼睛适应之后,他立即意识到,有微弱的光线从他身后的入口,以及对面的出口处照射进来。他能够分辨出松针爪的身影。在出口微光的映衬下,松针爪的黑色剪影在他前面蹦跳。

"我想知道沙风想让我们下一步去哪里。"松针爪说道,她的声音在通道里面怪异地回荡着。"什么是最不同的?也许我们根本不应该重走来时的路。如果我们走另外一个方向会怎么样?"她继续说道,并停下脚步,转向赤杨爪,"我们可以环绕整个族群领地,从影族那儿进入。或者,我们走另外一条路,环绕大湖,从河族那儿回去。"她又若有所思地补充道,"我只去过河族领地一次,他们抓到了我,训斥我一番,然后把我送了回去。"

赤杨爪摇了摇头。"你真是鼠脑子!"他回应道。

松针爪转身继续往前走。赤杨爪正打算跟上去,就听见暗影深处传来轻微的猫叫声,是从通道边的墙壁处传来的。他僵在那里,竖起耳朵。当叫声再次响起时,他小心翼翼地朝着它走了过去。

在昏暗的光线下,赤杨爪仅能分辨出一个由苔藓和树叶做成的窝,里面有什么东西蠕动着。他猛地退了回来,接着又闻到熟悉的小猫气味,他心里一惊,俯身向前。一只瘦弱的黑白色幼崽躺在

学徒探索

窝里，旁边还有一只瘦弱的灰色小猫。黑暗之中，他们的颜色几乎无法分辨。

幼崽似乎感觉到了赤杨爪的存在。他们朝他抻长脖子，眼睛紧闭着，粉色嘴巴张开着，发出尖锐的叫声。

"怎么回事？"松针爪转身从通道里返回，向赤杨爪跑过来。"你在做什——"她看到了那个窝，猛地打住话头。

"他们是——"赤杨爪张口说。

"他们是幼崽！"松针爪难以置信地摇头。"他们的母亲呢？"她环顾四周，问道，"他们的眼睛都还没睁开，可能才出生几天。"

"而且他们好瘦。"赤杨爪补充道，"我可以看出，他们有段时间没吃东西了。"

"我去找他们的母亲。"松针爪跑向通道的另一端，从栏杆中间钻了过去。赤杨爪听见她在外面高声叫喊。

赤杨爪探身俯到那个窝上方，仔细地观察着小猫。两只都是母猫，瘦得几乎皮包骨头。

"嗨，松针爪！"他大喊道，"先别找她们的母亲了。这两只幼崽需要吃东西。抓点什么来，快！"

"好吧！"松针爪回喊道。只过了一小会儿时间，松针爪便再次从栏杆之间钻过来，沿着通道跑到赤杨爪身边，嘴里叼着一只肥硕的田鼠。

"真快！"赤杨爪钦佩地说，"现在，我们把肉嚼烂，喂给小猫。"

他们把一些新鲜猎物咀嚼成肉泥之后，赤杨爪轻轻掰开灰色小猫的嘴巴，把肉泥放进去。小猫被噎住了，把肉吐了出来。

"噢，老鼠屎！"松针爪叹了口气，"她们还不习惯吃这些东西，她们需要奶水。"

"你说得没错，但我们必须继续让她们吃田鼠，除非你有奶水。"赤杨爪坚决地说。

他把更多的肉泥放进小猫的嘴里，然后按摩小猫的喉咙，以便她能够吞咽。那只小猫又被噎住了，但过了一会儿，咀嚼好的田鼠肉消失了。小猫又开始尖叫，要吃更多的肉。

"感谢星族！"赤杨爪欣喜地说。

松针爪开始喂那只黑白色小猫。很快，两只瘦弱的小猫都急切地吮吸起肉泥来，不顾一切地想要填饱肚子。

"要是没有我们，她们会饿死的。"松针爪喃喃地说。她眨着眼睛，慈爱地看着小猫，她的声音异乎寻常地温柔。

一阵突如其来的温暖掠过赤杨爪全身。我可能在探索中失败了，但最起码我救了这两只小猫。

当小猫们终于停止进食，小肚皮胀鼓鼓的时候，赤杨爪说："现在，我们得让她们暖和起来。"小猫们被他们身体的热量吸引，已经朝着他和松针爪偎偎过来。"哎哟！"灰色小猫打到赤杨爪的鼻子，赤杨爪尖叫一声，"你们的爪子太锋利了！"

他开始舔那只灰色小猫，从尾巴倒舔向头部，让她的血液流动起来。松针爪也用同样的方法舔这只黑白色小猫。很快，两只小猫

学徒探索

都咕噜着沉沉睡去。

"幸好我们找到了她们。"赤杨爪告诉松针爪,"否则她们可能会死在这里。"

松针爪喃喃地表示同意,问道:"不知道她们的母亲发生了什么事。你觉得可能是在雷鬼路上被怪物抓住了吗?"

赤杨爪对这个想法不寒而栗,说道:"我不确定。但是,我认为我们应该把这两只幼崽带回营地,她们在那里可以得到照顾。"

"好主意。"松针爪说,"而且我认为我们应该给她们取名字。这只小家伙叫小紫罗兰怎么样?"她用尾巴尖抚摸着黑白色小猫的脑袋说,"我闻到了紫罗兰的气味。我想,她们的母亲肯定用了些紫罗兰叶子做窝。"

"好名字。"赤杨爪咕噜道,"我打算叫这小家伙……小枝,她瘦弱得像根小树枝!"

松针爪喵呜笑出声来:"就是它了!"

当他们站起来,准备咬着沉睡小猫的后颈,把她们叼起来时,松针爪转身面对着赤杨爪,脸上挂着得意的笑容。"你打算什么时候为我把你带入通道而感谢我呢?"她问道。

依然专注在小猫身上的赤杨爪一脸困惑地看了她一眼:"你说什么?"

"这还不明显吗?"松针爪看起来更加自鸣得意了,"这两只幼崽就是你在暗影中的所得!"

第二十三章

赤杨爪站在山脊上，劲风吹乱了他的皮毛。他朝斜坡下看去，湖面在晨光中闪闪发光。他嘴里紧紧咬着小枝的后颈，虚弱的小猫挥舞着脚掌，发出高亢的尖叫。赤杨爪轻轻地把她放在高低不平的草地上。

"我们就要到家了！"他长长地出了一口气。

离开通道之后，他和松针爪继续跋涉，直到夜晚降临。他们在之前看到过两脚兽还吃过它们食物的地点附近，搭起一个临时巢穴。松针爪捉到几只老鼠，他们再次给两只小猫喂食。现在，大湖四周的树林和高地在他们前方延伸，日出之前，他们应该就能返回各自的营地。

松针爪吃力地爬上山脊，站在赤杨爪旁边，把小紫罗兰放到小枝身边的草地上。"到了！"她气喘吁吁地说道。

"我想，我们应该说再见了。"赤杨爪有些难为情地开口说，"你可能想穿过河族回到你的领地——那是最近的路。"

"是的，我想应该是。"松针爪表示同意。

"嗯……松针爪……"赤杨爪转身面对着她，神情愈发尴尬起

学徒探索

来,"也许你可以对河谷中发生的事保持沉默,至少等到我有机会和黑莓星交谈之后。我告诉过你,有关天族的事情都是秘密。"

说这话的时候,他心里有些忐忑。他知道,让松针爪为了帮助一只雷族猫而保守秘密,是不太可能的事。他以为松针爪会愤怒地冲着他嘶吼,但松针爪只是盯着他,嘴巴紧闭。

"那就这样。"赤杨爪意识到现在他能指望的最好情况是能够尽快离开,"要是你能帮忙把小紫罗兰放到我背上……"

听到这话,松针爪张大嘴巴。"你在说什么?"她质问道,"我才不会就此离开暗影幼崽呢。是我帮忙找到她们的!谁说她们要去雷族?"

赤杨爪几乎无法相信自己的耳朵。她脑子里进蜜蜂了!"要不是有我的梦,还有沙风告诉我的事情,我们绝对不会找到这些幼崽的!"

松针爪脖子上的毛开始竖立起来,耳朵也伏到头顶上。"要是没有我,"她指出,"没有我穿过通道的主意,你还站在那条该死的雷鬼路前面,挖空心思去想沙风所说的不同的途径是什么。你是在跟我开玩笑吗?"

赤杨爪怒火中烧,感觉自己的毛都竖起来了。"你是在和我开玩笑吗?"他嘶吼道,他其实明白,他把怒气发泄到松针爪身上是不对的,但过于沮丧的感觉让他无法控制自己,"这从一开始就是我的探索!另外,你真的以为我会让你带着幼崽返回影族吗?那里没有任何规矩,学徒到处游逛,总想着用什么新的办法违背武士守

则。我宁愿把她们带回河谷，给那些泼皮猫。"

"懦夫！"松针爪啐道，满脸鄙夷，"我们至少已经打破了好几次武士守则，否则我们根本回不到这里。赤杨爪，你的眼睛已经被守则蒙蔽了，你甚至看不到自己鼻子前面有什么！"

赤杨爪无言以对。小猫的叫声打破了沉默。他和松针爪低头看着蠕动的毛团。赤杨爪发觉，他对她们的关心压倒了对松针爪的愤怒。他也能从松针爪那双绿眼睛里看到同样的感情。

"有一个公平的办法可以解决这个问题。"过了一会儿，松针爪说，"我们把幼崽分开，分别带一只回各自的族群。"

赤杨爪低头看着小猫。她们偎依在一起，喵呜着。一种疼痛感撕扯着他的心。"我们不能那样做。"他回应道，"那是不对的。难道你看不出来吗，松针爪？这两只猫现在只拥有彼此了，就像我和烁爪——我并不总是赞同她，但要是没有她，我无法想象生活会是什么样子。"

松针爪沉默不语，低头凝视着小猫。不知道她是否有关心的猫，就像我和烁爪互相关心一样。赤杨爪想着。

就在赤杨爪继续看着松针爪和小猫时，从斜坡下面稍远的地方传来一只猫的叫声，把他的注意力吸引过去。他和松针爪本能地走到小猫前面，想保护她们。但是，当赤杨爪低头看见那只猫时，他欣喜地大叫起来。

"鼹鼠须！"

他的前任老师正跃上斜坡，另外三只雷族猫紧跟在他后面。赤

学徒探索

杨爪冲下斜坡，在马场栅栏边迎接他们。

鼹鼠须又惊又喜，眼睛睁得大大的。"噢，感谢星族，你还活着！"他大喊道。

"你们也活着！"赤杨爪如释重负，感觉自己轻盈得几乎可以飘起来，"樱桃落和烁爪都好吧？"

"是的，大家都好。"鼹鼠须安慰他说，"我们昨天返回营地，告诉其他猫发生的事情。每一只猫都非常难过，以为你们被淹死了。我们在河边到处找你和松针爪，但没找到你们。"

"所以，今天早上，"桦落走上前来，站在赤杨爪身边说，"黑莓星派出我们这支搜寻队，让鼹鼠须带我们返回你们失踪的地方。"

"你们怎么活下来的？"罂粟霜问道，她凝视着赤杨爪，似乎无法相信他就在那里。

"松针爪帮着我从河里爬起来的。"赤杨爪回答道，"她也在这里，就在山坡上面一点点。"

赤杨爪开始沿着来路往回走，把其他猫带回山脊上他刚才离开松针爪的地方。

"嗨！"当雷族巡逻队走到她身边时，那只影族母猫说道，"如你们所见，我们带来了同伴。"她用一只脚掌把草丛拨到一边，露出两只小猫。两个小家伙正缩成一团打盹儿。

鼹鼠须和其他猫惊讶地低语着，围到小猫身边，低头凝视她们。

"她们太可爱了！"罂粟霜欢呼道。

"她们是谁？"莓鼻问道，一脸疑惑地嗅嗅她们，"你们在哪

喵—

有一个公平的办法可以解决这个问题!

我们把幼崽分开，分别带一只回各自的族群！

赤杨爪看着紧紧依偎的幼崽，一种疼痛感撕扯着他的心！

我们不能那样做！那是不对的，这两只猫现在只拥有彼此了。

里找到她们的？"

"我回头再告诉你们整个经过。"赤杨爪回答道，"但是现在，这两只幼崽需要照料。她们的身体不是很好，所以我们正打算把她们带回雷族营地，精心照料她们，让她们恢复健康。"

松针爪瞪了他一眼："事实是——"

"好主意。"桦落威严地说，很显然，他是这支搜寻队的头，"赤杨爪，你本身就是巫医，所以你可以帮着照看她们。"

"可是，我也发现了幼崽。"松针爪反驳道，她肩膀上的毛再次立起来，"也就是说，幼崽是我们一起找到的。我们觉得也许这些幼崽……嗯，也许她们就是星族要我们去找的东西。"

雷族猫惊讶地交换着眼神。"你相信吗？"桦落问赤杨爪。

"我认为她们可能是。"赤杨爪回答，"但是我还不太确信。"

"那我们这么办。"桦落做出决定，"我们现在先把小猫带回雷族，让她们得到照顾。然后——"

"她们在影族同样可以得到照顾。"松针爪打断了他的话。

她们能吗？赤杨爪心里有些怀疑，雷族有两名巫医——如果算上我就是三名——影族却只有小云，而且他正在老去。

桦落严厉地瞪了松针爪一眼，好像他很不习惯一天到晚顶嘴的学徒。"让我把话说完。"他继续说道，"几天之后就是森林大会，我们可以把幼崽带到那里，然后决定怎么处理她们。这样行吗，松针爪？毕竟，我们大家都觉得，最重要的是让幼崽恢复健康。"

松针爪埋下头，轻声道："好吧。"

学徒探索

赤杨爪注意到，她看起来好像被桦落威严的语气驯服了。嗯，这我倒是从来没见过！

"你自己回影族营地没有问题吧？"桦落继续对松针爪说，"你甚至不应该独自出营地。"

"我没有问题，谢谢。" 松针爪翻了个白眼，回应道。她显然已经厌烦了那个问题，她尊敬的举止也没能维持多久。她转向赤杨爪，又说了一句："那我们就到时候再见。"

赤杨爪盯着她，怀疑她是否还记得自己让她保守天族秘密的事。"我会在森林大会上设法找到你的。"赤杨爪说道。

松针爪转身离去时，赤杨爪感觉心里有被利爪撕扯般的疼痛：我们一起经历了那么多，我们之间应该有更多的……我也不知道……

松针爪看了他最后一眼，跑下斜坡，朝着河族领地方向跑去。赤杨爪觉得她看起来也很难过。

他目送松针爪离去，这时罂粟霜摩挲着他的皮毛，明亮的眼睛里透出钦佩的神情："你太棒了，赤杨爪！"

"是的，雷族会为你自豪。"鼹鼠须告诉他，"我迫不及待想听到樱桃落看见幼崽时会说些什么！"

桦落和莓鼻也向他表示祝贺。赤杨爪觉得心中溢满了自豪之情。我感觉自己就像英雄！啊，星族，回家的感觉真好！

第二十四章

赤杨爪把脑袋伸进育婴室入口。"可以进来吗？"他轻轻叫道。

"当然！"百合心回应道，"但要注意你下脚的地方。"

逐渐适应育婴室昏暗的光线之后，赤杨爪才明白百合心为何让他当心脚下。她自己的三只小猫——小叶、小云雀和小蜜正四处乱滚，在育婴室地上厚厚的苔藓和蕨叶上玩打仗游戏。小紫罗兰和小枝坐在那里看着他们，她们的眼睛现在已经睁开了。

"你们成为学徒后，就要这样学习打仗。"小叶坐起来，抖落玳瑁色皮毛上的苔藓碎片，告诉两只更小的幼崽。

"学徒是什么？"小枝问道。

"就是等你六个月大以后，你拥有一位老师，并且学习如何成为武士的时候。"小云雀回答道。

"然后，你就必须和狐狸、獾还有敌猫战斗。"小蜜补充道。她跳到哥哥身上，气势汹汹地咆哮着："滚出我们的营地，臭獾！"

"你才臭！"小云雀反驳道，并用后掌击打妹妹。

赤杨爪绕过打斗的小猫，在百合心旁边的苔藓中坐下来。"你忙得不可开交。"他说道。

学徒探索

"我知道，但我喜欢。"百合心咕噜道，"我有黛西帮忙，她这会儿出去给我们狩猎了。"

"太好了。"赤杨爪说。然后，他抻着脖子，和小紫罗兰还有小枝碰碰鼻子，问道："你们两个怎么样呀？"

"我们很好，谢谢你。"小紫罗兰回答道。

赤杨爪看出她说得没错。现在已经不用再担心小猫们的健康了。在营地度过几天之后，她们瘦弱的身体已经开始强壮起来，皮毛也光滑油亮。如今，她们的眼睛已经睁开，又大又亮。

"和妈妈在一起太好了。"小枝说了一句，又往百合心跟前凑了凑。

还没等赤杨爪或者百合心说什么，小叶就尖叫道："她不是你们的妈妈！她是我们的妈妈。你们从很远的地方来——那地方甚至比大湖更远。"

两只小猫互相瞥了一眼，满脸疑惑，似乎受到了伤害。

"别担心，小家伙。"百合心说着低下头，舔舔每只小猫的耳朵，"我爱你们，就像你们真正的妈妈那样爱你们。"

"没错。"赤杨爪表示赞同，他慈爱地爱抚着两只小猫，"你们只需要知道，你们与众不同。"

两只小猫安下心来，心满意足地咕噜着。一时间，赤杨爪也为自己救了她们而感到满足，无论那到底意味着什么。

"她们很可爱。"百合心说道，"她们成为我们家的一员，我很开心。我的孩子们也爱她们！"

赤杨爪点点头。但是他心里知道，决定两只小猫未来的最终决定，只能在森林大会那天晚上做出。我希望她们会被允许留在这里，他想着，突然觉得自己已经非常挂念她们，但那不是我能决定的。

从育婴室出来时，赤杨爪差点一头撞上松鸦羽。
"你在这里呀！"松鸦羽生气地大喊道，"我一直在到处找你。"
"我来看看幼崽。"赤杨爪解释道。
松鸦羽哼了一声："我早应该想到。跟我来吧，黑莓星和叶池要跟你谈谈。"

曾经有一段时间，赤杨爪很害怕接到族长的传唤。现在，尽管他仍然有些紧张，但内心却涌动着期待。

他跟在松鸦羽身后，回想起几天前返回营地的场景：全族群的猫都热情欢迎他归来，从那之后烁爪几乎没有离开过他身边。今天早上，烁爪第一次离开他，和樱桃落、蕨毛还有栗条一起去狩猎。

刚回到营地时，黑莓星首先把赤杨爪拉到一边，询问他对河谷之中发生的事情怎么看。

"太令人沮丧了！"赤杨爪低头说道，"我们本该及时赶到那里，把天族从泼皮猫手里救出来的。我感觉自己已经失败了。"

黑莓星将尾巴尖放在赤杨爪肩膀上停了一下。"我也被搞糊涂了。"黑莓星承认道，"星族为什么要在已经为时太晚没有任何补救措施的时候给你一个幻象？"他又急忙补充说："但那不是你的失败。"

学徒探索

赤杨爪心神不定地耸耸肩:"我感觉自己错过了某些重要的事情……我感觉沙风死得很不值,那是我的错。"

"没有猫会因为沙风的死而责怪你。"黑莓星坚决地说道,"我哀悼她,我们族群的其他猫也哀悼她。但是,参加探索是沙风自己的决定。还记得我如何竭力阻止她去吗?她已经下定决心,你无论如何也不可能说服她改变主意。"

"我想也是……"赤杨爪说,不过他依然无法减轻自己心中的内疚感。

"另外,"黑莓星转换了话题,"我已经和鼹鼠须、樱桃落、烁爪谈过保守天族秘密的事情,最起码暂时保密。"

"我希望我把秘密告诉他们不会有什么问题……"赤杨爪抱歉地说,再次想起松针爪也知道这个秘密。

"没什么问题。你别无选择。"

得到父亲的认可,赤杨爪如释重负。他问道:"那我们应该为天族,或者说残存的天族猫做些什么?河谷中那些可怕的泼皮猫怎么办?"

"我已经仔细考虑过了。"黑莓星回答道,他那双琥珀色的眼睛紧盯着赤杨爪,"我的结论是,雷族目前对天族无能为力。"

"但是——"赤杨爪正想要反驳。

黑莓星打断他:"天族已经四分五裂,没有一只猫知道他们去了哪里,除非雷族得到更多信息……"

赤杨爪感觉到了族长目光中的力量。他的意思是要得到另一个

幻象。焦虑像暴风雨来临前的积雨云一样,在他心里翻腾。我会得到它吗?要是没有怎么办?

"我告诉其他族猫,你已经到达你在幻象中看到的地方。"黑莓星语气轻快地继续说道,"但是,你在那里一无所获。这样做已经足可以保守天族秘密了,直到我们从星族那里得到更明确的指示。至少……"他犹豫了一下,"松针爪怎么办?"

"我要求她一定保密。"赤杨爪回答道,"但我不知道她能不能做到。"

黑莓星若有所思地点点头,终于做出了决定:"嗯,我们目前也只能做到这样了。"最后他说,"幼崽的事情,我们回头再与叶池和松鸦羽讨论。"

回想起先前的会面,赤杨爪断定,此次他被召唤过来是为了讨论小枝和小紫罗兰的事情。我希望她们能够留下来和我们在一起。他心里想。

松鸦羽爬上落石堆,步伐矫健利落,充满自信,仿佛他能看见一样。赤杨爪跟在他后面爬上去,发现叶池、松鼠飞和黑莓星正在位于高石台上的巢穴中等着。

"很好,你们到了。"黑莓星说着关爱地将尾巴从赤杨爪背上拂过,仿佛依然在为儿子还活着感到惊讶,"你从旅程中恢复过来了吗?"

"是的,我恢复得很好。"赤杨爪回答道。

"那我们需要谈论一下未来了。"黑莓星宣布道,"最紧急的

学徒探索

事情，就是小枝和小紫罗兰。"他甩甩尾巴，邀请其他猫坐下。"赤杨爪，把你知道的事都告诉我们吧。"黑莓星继续说道。

赤杨爪蹲着，描述沙风如何出现在他梦里，给他线索，让他和松针爪在通道里找到小猫。

"松针爪真的帮了忙吗？"松鼠飞问道，听起来有些惊讶。

"嗯，是的。从通道里面通过是她的主意。她还帮我把幼崽带回湖区，帮着喂养和照顾她们。她对她们真的很温柔。"

"所以，现在的问题是怎么处理她们。"黑莓星继续说道，"叶池、松鸦羽，你们认为她们可能就是预言中所说的'在暗影中的所得'吗？"

松鸦羽扭动着肩膀，似乎皮毛底下不太舒服："我不确定，感觉太简单了。也许她们就是两只被遗弃的幼崽。她们的母亲可能在雷鬼路上遇害了，或者被狐狸抓住了。"

"但是，沙风告诉赤杨爪还有时间去继续他的探索。"当叶池说到逝去的母亲的名字时，眼神黯淡了片刻，"然后，她又告诉赤杨爪如何找到幼崽。我认为她们很可能就是'在暗影中的所得'。要是我们拥抱她们，'就能驱散天空的阴霾'。"

"赤杨爪，你是怎么想的？"松鼠飞问道。

处于如此尴尬的境地，赤杨爪紧张地眨眨眼睛。"她们可能是。"他回答道，"但是，现在下定论为时太早。等她们长大些时，我们才会知道更多信息。"

"说得好。"黑莓星赞许地说，"那就意味着我们不应该放弃

小猫。"

　　松鸦羽哼了一声："我看影族不会同意这样！虽然我不愿意承认，但他们有充足的理由。正如赤杨爪说的那样，发现幼崽，松针爪至少有一半的功劳。影族有权利认领她们。"

　　"可能的确如此。"黑莓星叹息一声，表示同意，"但我们可以等等，看看他们在森林大会上怎么说。"

　　"我们知道影族会说什么。"松鸦羽抽抽胡须，"虽然花楸星最不需要的就是额外增加两只需要抚养的幼崽。"

　　黑莓星打趣地从胸腔深处发出一阵隆隆的咕噜声。

　　赤杨爪无法产生同样的感受。一提到影族，他又想起松针爪来……

　　一轮满月宁静地挂在空中，寒风吹皱湖水，打破满月的倒影。树枝嘎吱作响，枯叶在空中飞舞。

　　赤杨爪和族猫们走在湖边，为了抵御寒冷，他蓬松起皮毛。小紫罗兰骑在赤杨爪的背上，她的小爪子深深抓入赤杨爪的皮毛中。在赤杨爪旁边，烁爪背着小枝。

　　"我觉得，河族和风族根本就不知道我们去寻找天族的探索，以及'你在暗影中的所得'。"烁爪对赤杨爪说道，"他们肯定会惊讶不已！我的意思是，不管怎么说，我们发现了暗影中隐藏的东西。当他们发现是雷族猫找到时，他们肯定会怒不可遏，把自己的耳朵撕掉。"

学徒探索

"但是，黑莓星也不完全确信，预言指的就是这两只幼崽。"赤杨爪谨慎地指出。

"你的意思是他不会说出来。"烁爪回应道。她兴奋得跳起来，差点没让小枝落到地上。小家伙发出一声惊恐的尖叫。"哎哟，对不起，小枝。"烁爪又继续说道，"不管怎样，这两只幼崽就是你在暗影中发现的。要是你连这点都不知道，你肯定是森林里最愚蠢的毛球！"

赤杨爪心满意足地眨眨眼睛，让她继续絮叨。他们蹚过小溪，跟着黑莓星和资深武士沿着大湖前往风族领地。在他们共同经受了所有的危险之后，能够再次和烁爪在一起，沉浸在她的欢快和自信之中，赤杨爪感觉非常开心。

当他们接近风族领地的边界时，赤杨爪看见一星和他的猫从小山上鱼贯而下，在他们前面绕过大湖，走过马场。

"那些猫是谁？"小紫罗兰问道，声音有些紧张。

"哦，那是风族猫。"赤杨爪回答道。

"没有猫给你讲过族群的事情吗？"烁爪问道。"他们应该告诉你们的！嗯……不瞒你们说……"她继续说道，显然很高兴能够向小猫卖弄她的知识，"大湖周围有四个族群，我们是雷族——我们是最棒的！前面那些瘦骨嶙峋的家伙是追兔子的风族，然后还有河族和影族。今天晚上，你们会见到所有族群的猫。"

"是的，所有族群的猫在满月时相聚。这被称为森林大会。"赤杨爪补充道，"就在大湖中的那个小岛上召开——你能看见它

吗?"他甩动尾巴,指向幽暗的小岛。

"我害怕!"小枝说道,"我不想见到那么多猫。"

"没什么可害怕的。"烁爪语气轻快地说,"森林大会的时候,猫群绝对不会打架。事实上,你们俩都很幸运。通常幼崽是不会被允许参加森林大会的。你们能来这里,是因为你们与众不同。"

"想想你们回家后,都想告诉小叶、小云雀和小蜜什么事情吧。"赤杨爪说。要是你们能够回家的话。他又在心里默默地补充道。

赤杨爪和烁爪背着小枝和小紫罗兰走过通往小岛的树桥时,两个小家伙紧紧地趴在他们背上。赤杨爪从灌木中挤过去,进入大橡树周围的空地时,看见这块开阔的空间里已经挤满了猫。其他三个族群的气味弥漫在空中,他意识到雷族是最后到达的族群。

他和烁爪带着幼崽在空地边上的一丛灌木旁安顿下来。两只幼崽都瞪着大眼睛看着四周。

"我没想到世界上会有这么多猫!"小紫罗兰说道。

赤杨爪几乎立刻就看见了松针爪。她在空地对面,在大橡树的另一边。看见赤杨爪和小猫时,她的眼睛顿时睁大了。

赤杨爪希望松针爪能穿过空地来见他。但是,松针爪一动也不动,直到一只白色影族公猫走到她身旁。松针爪和那只公猫交谈了几句,随后转身背对赤杨爪,与那只猫一起走开,进入猫群,从赤杨爪视野中消失。

赤杨爪心中突然有一种奇怪的空落落的感觉。他很开心回到自

学徒探索

己的族群，在族猫们为他感到高兴的时候尤其如此。但是，他依然对松针爪几乎没和他告别就独自回家耿耿于怀。他也很紧张，不知道松针爪是否已向自己的族猫说起天族的事情。赤杨爪心里产生了跑过空地去找她的想法，但赤杨爪知道，他现在的职责是陪着小猫。因为关于她们未来的最终决定一旦做出，他和松针爪将会是敌手。

当这些想法走马灯似的在他脑海中盘旋时，赤杨爪意识到，四位族长已经跳上大橡树的树枝，副族长聚集在树根处，巫医坐在旁边。空地上的猫渐渐安静下来。

雾星先向大家问好，然后说道："我可以开始了吗？河族猎物丰沛，而且——"

花楸星突然站起来，走到树枝末端，打断她。雾星恼怒地瞥了花楸星一眼，打住话头。

"我们为什么要表现得好像这是一次例行的森林大会呢？"影族族长质问道。"我知道黑莓星有消息要分享——对吗？"花楸星补充道，转身面对雷族族长，并狠狠瞪了他一眼。

黑莓星僵硬了片刻。赤杨爪确信父亲肯定在思考什么，他心里也蹿起一阵同样的恐慌。松针爪向花楸星说过天族的事情吗？

"可能是和预言有关的消息，也许还和一些幼崽有关？"花楸星继续说道，他的声音里透出极大的讽刺意味，"你肯定想把一切都告诉我们大家。"

赤杨爪欣慰地深深舒了一口气，松针爪没有泄露秘密。

黑莓星清清嗓子，站起来。"是的，有个消息。"他抬高声音

说，以便让空地上的每一只猫都能够听见，"但是，我还不确定它是否和预言有关。我们的巫医学徒赤杨爪踏上探索旅程，去寻找隐藏在暗影中的东西。遗憾的是，我们睿智的长老沙风死在探索中，全体雷族猫为她哀悼。但是，在回家的途中，赤杨爪发现了那两只幼崽——"黑莓星用尾巴指向她们，"她们就在族群领地外面。"

赤杨爪意识到，每只猫都在盯着他以及与他和烁爪在一起的两只小猫。他很想躲进最近的灌木下面，但他强忍着，他一动不动地待在原地，用平静的目光迎接大家的好奇心。

"我认为你说得不太对，黑莓星。"花楸星继续说道，"你的意思难道不该是赤杨爪和松针爪共同找到了那两只幼崽？难道松针爪没有在探索中救了赤杨爪的命，在他快被淹死时帮着他回到岸上？"

黑莓星点点头说："是的，你说得没错，那是真的。但是，我首先想问的是，松针爪在那里做什么？影族学徒独自随意四处游荡是正常的吗？"

"那与你无关。"花楸星厉声说道。赤杨爪看出这个问题让他十分尴尬。"影族能够照顾好自己的学徒，非常感谢。重要的是，雷族猫是在别的猫的帮助下，才找到那两只小猫的。而且根据我的理解，"他抽了抽胡须补充道，"那两只小猫被带回雷族，只是为了让你们的巫医对她们进行紧急救治。但她们永久性留在哪里，将在本次森林大会上做出决定。"

不等黑莓星回应，雾星已经上前一步，礼貌地说："谢谢你们。

学徒探索

我觉得一星和我都希望能多了解一些信息。这是我们第一次听说这次探索的事。"

"没错,我们当然想知道。"一星低吼道,他蹲在一根较低的树枝上,几乎只有眼睛从树叶中露出来,"或者,这是雷族自以为能掌控整座森林的另一个举动?"

"绝对不是。"黑莓星回答道。赤杨爪看出他在竭力压制着自己的怒火。

雷族族长开始解释探索的原委,但他略过了天族。"是沙风的灵魂指引赤杨爪发现了幼崽。"他最后说,"那让我认为,在某种程度上,她们肯定对我们很重要,就算她们不是预言中所说的'在暗影中的所得'。"

空地上的猫兴奋起来,各种推测声和议论声此起彼伏。赤杨爪担心幼崽会被吵嚷声和好奇的目光吓坏,但她们似乎没有受到惊扰。她们蜷缩在一起,听着正在发生的一切,但显然不知道她们的未来正在被决定。

大橡树的树枝上,族长们也在争吵。

"你永远不可能让我相信,那些幼崽就是我们要去拥抱的。"一星嘟哝道,"我的意思是说……她们只是幼崽而已!她们能知道什么?"

"她们不需要知道什么。"花楸星恼怒地用力甩动尾巴说,"但是星族指引我们找到她们,在我看来,那就足够了。"

雾星点头表示同意。

"我们无法肯定这件事。"黑莓星说着看向另外三名族长,"只有等到幼崽长大,显露出更多迹象时再看。现在最清楚的是,族群有责任照顾她们。"

"说得没错。"花楸星回应道,露出牙齿开始咆哮,"但是,那并不意味着幼崽需要留在雷族。也许她们适合到影族生活,和松针爪在一起,她曾帮着找到和照顾她们。"

"但她们现在既快乐又安全。"黑莓星争论道,"把她们送走太残忍了。"

"你当然会这么说,黑莓星。"一星嘶声道,"你所感兴趣的不过是如何为雷族留住幼崽。"

"看起来好像是那样,黑莓星。"雾星有些抱歉地说,"但是,预言涉及每个族群,不仅仅是雷族。你没有权利把幼崽据为己有。"

"那样太不公平了!"烁爪大声说。但是,赤杨爪摆摆尾巴,示意她保持安静。他不想听漏争论的每一个字。

令赤杨爪沮丧的是,黑莓星说:"我接受。我同意影族有权利拥有幼崽——或者至少拥有其中一只。"

"那么,唯一公平的决定是,"雾星指出,"雷族保留一只幼崽,把另外一只给影族。"

赤杨爪惊恐地低头看着小枝和小紫罗兰。把她们分开太残忍了!

"发生什么事了?"小枝问道,不安地快速眨着眼睛。

"对啊,为什么每只猫都很生气?"小紫罗兰也问道。

学徒探索
XUETUTANSUO

"没事的，小家伙。"赤杨爪慈爱地舔舔小猫的耳朵，"族长们总是在吵架。"

小猫们听了他的话，安静了下来。赤杨爪却感到愧疚，他可能是在骗她们。

"你不会认为黑莓星真的会允许她们被分开吧！"烁爪在他耳边低语道。

"我不知道。"赤杨爪喃喃地回答道。但是，赤杨爪从内心害怕他们的族长会同意。在其他族长都反对的情况之下，黑莓星真的别无选择。

当赤杨爪再次去听族长们说话的时候，是黑莓星在说话。"让她们俩分开，我很难过。"黑莓星说道，"但是，我感觉我不得不同意一只幼崽去影族。"

"但那还不够好！"当赤杨爪绝望得浑身发冷时，一星反驳道，"风族和河族怎么办？难道不应该所有族群一起抚养幼崽吗？"

其他族长都没对他的建议发表意见。"他是鼠脑子吗？"烁爪对赤杨爪嘀咕道，"那怎么行得通？"

一星恼怒地嘶叫一声，缩进树叶的更深处，恶狠狠地瞪着眼睛。

空地上的猫依然窃窃私语。有些猫围过来，以便看清幼崽。小枝和小紫罗兰缩成一团。这么多高大的成年猫逼上前，让她们看上去更小了。

"退后，跳蚤皮！"烁爪嘶叫道，"你们吓着她们了。"

大橡树上面，雾星沮丧地甩动着尾巴。"还有别的事情要讨论

吗？"她大声喊道，努力地让大家在嗡嗡的交谈声中听见她的话。

"别犯蠢了！"一星怒吼道，"听到这件事之后，哪有一只猫还想谈论日常事务！"

"那么，我宣布森林大会结束。"雾星说着从树上跳下来，消失在河族武士中。

赤杨爪非常忧虑，觉得自己的心都要碎了。他看到黑莓星和花楸星一起从树上跳下来，从猫群中挤过，向他和烁爪带着幼崽等候的灌木丛走来。

父亲靠近的时候，赤杨爪大声说："我不相信你同意了这个方案！"

黑莓星眼神黯淡，低着头回答道："我别无选择。花楸星，选择一只幼崽吧。"

花楸星迟疑起来。赤杨爪感觉到，他对这个方案也不满意。为了影族的权利，他可以反对任何一只猫，但他并不冷血，而且很清楚自己正在做什么。

"我要那只黑白色的。"他说道。

"那是小紫罗兰，"赤杨爪告诉他，无法让自己的声音不颤抖，"请照顾好她。"

花楸星点点头。"她在影族会得到很好的照顾。"他许诺道。然后，他轻柔地叼住小紫罗兰的后颈，将她提起。

幼崽终于明白发生了什么事情。小紫罗兰尖声号叫起来，无助地挥舞着幼小的脚掌。

学徒探索

"不！不！别带走她！"小枝尖叫着，扑向花楸星的腿，将爪子插入他的皮毛。

"赤杨爪！救救我！"小紫罗兰乞求道，"我要回家！我要百合心！"

赤杨爪感觉自己的心都要碎成冰冷的残片了。他用尾巴拥着小枝，将她从花楸星那里拉回来。"没用的，小家伙。"他说道，"这是不得已的办法。"

"快把她带走。"黑莓星厉声对花楸星说。

影族族长立即转身，扭头走向已经聚在一起准备离开的影族猫群。小紫罗兰在他下巴上晃荡着，奋力扭转身体，以便能够看见她的姐妹。

"小枝！小枝！"她一直叫喊着，直到最后从赤杨爪的视野中消失。

赤杨爪想象着自己被迫和烁爪分离的情景。那将是多大的伤害啊！但现在撕扯着他全身的痛楚甚至更加剧烈。他感觉族群正被卷入一条又长又黑的洞窟，这场可怕的分离只是开始，更可怕的麻烦即将来临。

我应该感到开心，赤杨爪告诉自己，我找到了幼崽，如果我们拥抱她们，她们也许就能挽救族群。但是，一种不祥的预感却笼罩着他，仿佛暴风雨正在等待时机倾泻怒火。

"别发呆了！小枝需要你。"烁爪突然推了赤杨爪一下，把他拉回现实。

那只弱小的灰色幼崽已经蜷成一团,正在孤苦伶仃地喵呜着。赤杨爪俯下身去,舔着她的头部和耳朵。"别伤心,小家伙。"他喃喃地说道,"我们会照顾你的。等你长到足够大,能够来参加森林大会的时候,就能再次看见小紫罗兰。"

"但那不一样。"小枝呜咽道,"我现在就要小紫罗兰!没有百合心,她怎么办呀?"

"会有一只影族猫照顾她的。"烁爪向她保证说,"一只很好的影族猫。"

赤杨爪用尾巴轻轻拍着小枝,烁爪从另一边爱抚她,但小猫仍然无法平静下来。

"其他猫要走了。"烁爪说道,"我们也应该出发了。"

赤杨爪抬起头,看见黑莓星和其他族猫已经聚集在大橡树根附近,影族猫正蜂拥着从他们身边经过,走向树桥。他在他们中间看见了松针爪,小紫罗兰正骑在她背上。

有一个瞬间,松针爪捕捉到赤杨爪的目光,赤杨爪也回望着她。他满脑子都是问题,嗡嗡作响,仿佛蜜蜂在里面筑巢。

你告诉他们关于天族的事情了吗?你会告诉他们吗?你会照顾小紫罗兰吗?你想我吗?

但是,松针爪的目光并不友好,而且她几乎立即转过身去,跟随着族猫们走了。当松针爪压低身躯,从灌木中挤过的时候,小紫罗兰看起来很害怕。然后,她们就不见了。

赤杨爪不知道小紫罗兰将来会怎样。他回想起曾在松针爪身上

学徒探索

感觉到的孤独，不知道小紫罗兰失去姐妹后是否会有同样的感受。但他也知道自己无能为力，无法控制将会发生在她身上的事情。我能够照顾好小枝，他低头看着灰色幼崽想，我会永远照顾她，我会为她做一切事情，确保她幸福。他和小猫碰碰鼻子，浑身洋溢出温暖的感觉。就算我的探索一无所获，至少我能够确保这个小家伙过上美好的生活。

精彩内容抢先看

下集预告

　　雷族学徒赤杨爪、影族学徒松针爪在一次探索中找到一对被遗弃的小猫——小枝和小紫罗兰。星族的预言说,暗影中藏有能驱散天空阴霾的东西。小枝和小紫罗兰恰恰是从暗影中找到的,因而被认为与星族预言有关,由雷族和影族分别收养。

　　泼皮猫入侵湖区来势汹汹,打败了风族,幸好被雷族发现并驱逐。风族族长一星要求雷族对泼皮猫开战,雷族族长黑莓星拒绝了。一星暴怒之下性情日趋乖张,风族与其他族群产生隔阂。

　　影族唯一的巫医死去,族长花楸星随意指定了一只小猫为巫医学徒。随即一场大疫袭来,经验不足的巫医学徒一筹莫展,族猫纷纷病倒,健康的猫只顾自己逍遥,不愿意照顾病猫。影族的凝聚力经受考验。

　　松针爪投入泼皮猫阵营,并把小紫罗兰带到了泼皮猫营地。小紫罗兰被泼皮猫们的野蛮震惊,下决心离开泼皮猫营地,回归影族。不料回归之后不久,泼皮猫入侵影族营地。被疫病侵袭的影族几无还手之力,族长花楸星只带了两只族猫出走。此时,一直渴望安定生活的小紫罗兰已经没有勇气反抗命运,只好留在了泼皮猫统治下的影族营地。

　　雷族巫医学徒赤杨爪,经历了猫族史上最漫长的学徒期,从最严厉的巫医松鸦羽手上毕业。他能成为史上最优秀的巫医吗?

猫武士 黑莓掌

猫武士 松鼠飞

猫武士 松鸦羽

猫武士 鼹鼠须

猫武士 赤杨爪

猫武士 烁爪